人生悟語

卷五

共悟人間

編　　輯　　陳小歡
實習編輯　　陳泳淇（香港城市大學中文及歷史學系四年級）
書籍設計　　蕭慧敏　Création 城大創意製作

「人生悟語」四字由香港著名書法家何幼惠先生題字。何先生為中國書協香港分會執行委員及大方書畫會會長，精於小楷，筆法雅淳秀逸。謹此致謝。

國際統一書號：978-962-937-439-6

出版
香港城市大學出版社
香港九龍達之路
香港城市大學
網址：www.cityu.edu.hk/upress
電郵：upress@cityu.edu.hk

Contemplating Life: Liu Zaifu's Meditation for a New Genre
Volume V: Dialogue in the Human Realm
(in traditional Chinese characters)

ISBN: 978-962-937-439-6

Published by
City University of Hong Kong Press
Tat Chee Avenue
Kowloon, Hong Kong
Website: www.cityu.edu.hk/upress
E-mail: upress@cityu.edu.hk

Printed in Hong Kong

目錄

第二輯 共悟人間（上）

第三輯 共悟人間（下）

附錄

序言——「新文體寫作」的意義

劉劍梅

我父親（劉再復）非常勤奮，數十年如一日地堅持「黎明即起」，每天早晨五點便開始寫作。從五點到九點，這是他的黃金時段，創造時刻。數十年的「一以貫之」，使他著作等身，僅中文書籍就出版了一百二十五種（五十多種原著，七十多種選本、增訂本、再版本）。我從讀北大開始，就喜歡他的片斷性思想札記，那時札記發表得並不多，但因我是「近水樓台」，所以還是讀了一些，比如《雨絲集》。出國之後，他思如泉湧，一發而不可收，竟然寫下了二千多段悟語（「獨語天涯」八百多段，「面壁沉思錄」四百多段，「《紅樓夢》悟語」六百多段，「《西遊記》三百悟」三百段，「雙典百感」一百段，各類人生悟語近一百段）。這些悟語，精粹凝煉，語短意長，每一段都有一個文眼，即思想之核。二千多則，可以視為「悟語庫」了。

我稱父親的悟語寫作為「新文體寫作」。所謂新文體，乃是指它不同於當下流行的小品、雜文、散文詩，也不同於隨想錄等文體。雜文較長，有思想、有敘事、有議論，而悟語則只有思想而沒有敘事與感慨。與散文詩相比，它又沒有抒情與節奏。與隨想錄相比，它顯得更為明心見性，完全沒有思辨過程，也可以說沒有邏輯過程。這種文體很適合於生活節奏快速的現代社會。我相信，那些忙碌又喜歡閱讀的智者與識者，肯定最歡迎這種文體，他們在工作的空隙中，在旅途的勞頓中，都可以選擇一些段落加以欣賞和思索，享受其中一些對世界、人類、歷史的詩意認知，達到事半功倍的效果。

我稱這些悟語為「新文體」是否恰當？可以討論。說它是「新」，乃是相對於流行的文體即論文、散文、雜文等，但如果放眼數千年的文學藝術史，我們還是可以發現，這種「思想片斷」的寫作曾經出現過。例如古羅馬著名的帝王哲學家馬可·奧理略（Marcus Aurelius）所寫的《沉思錄》（中文版由何懷宏先生所譯），便是他在軍旅勞頓中的哲學感悟，一段一段都是精彩的悟語。此書影響巨大，千年不衰，早已成為西方思想史上公認的名著。我覺得他寫的正是「悟語」。每一則都有思想，但沒有思辨過程。尼采（Friedrich Nietzsche）和羅蘭·巴特（Roland Barthes）也喜歡採用這種片斷式寫作來表述他們靈動的思想。魯迅的《熱風》，其文字形式正是尼采式的悟語。諾貝爾文學獎評委霍拉斯·恩格道爾（Horace Engdahl）在他的著作《風格與幸福》（中文版由陳邁平先生所譯）中，有一章題為「有關碎片寫作的筆記」，專門論述「悟語」這一革命性文體，談到歷代西方文學家各式各樣的「碎片寫作」。他認為「碎片寫作」是對立於體系寫作的一種寫作。它不求邏輯建構，而是像精靈一樣四處遊蕩，這些表面無序的不連續的文字，「是在無數個體的中心生出來的」。恩格道爾有一段精彩的定義：「碎片寫作的決定可以讓不同思想區域之間的自由移動成為可能。諾瓦利斯（Novalis）談到過『精神的旅行藝術』，在他的筆記裏這種藝術採用永遠處在回到一切涉及精神的事物的返鄉形式。這是一部飛翔着的百科全書。」[1]

儘管悟語寫作、片斷寫作已有前例，但我父親能寫出這麼多的感悟之語，實在不容易。況且他又有新的創造，例如評述中國四大名著的悟語，便有許多新的眼光和新的思路，無論是對《紅樓夢》、《西遊記》的禮讚，還是對《水滸傳》、《三國演義》的文化批判，都可謂入木三分，不同一般。文學評論、文化批判也可通過悟語進行，而且可以超越文本和擊中要害，這的確是一種有意思的實驗。可以說，父親對碎片寫作的思維空間進行了先鋒性的拓展。他認為，在人文科學中，文學只代表廣度，歷史呈現深度，哲學則可代表高度，而碎片寫作也可以在此三維度上加以發展。從廣度上說，以往的碎片寫作多半着眼於人生遭際中的感受，倫理色彩較濃。從孔子的《論語》到奧理略的《沉思錄》以至尼采，皆是如此。但他加以擴展，把碎片寫作運用到文學批評、文化批評、國民性批評和人類性批評。文學批評如對《紅樓夢》中的人物分析；文化批評如〈西遊記三百悟〉講「禪而不相」、「禪而不宗」、「禪而不佛」等；國民性批評，如〈西遊記三百悟〉中的第二百九十八則和二百九十九則尖銳地批判了中國的國民性問題；人類性批評，如〈童心説〉涉及的是普遍的人性問題。從深度上説，悟語的深度來自他對歷史的認知與對世界的認知。歷史有表層結構，也有深層結構。深度主要是呈現於對深層歷史的認

1 〔瑞典〕霍拉斯·恩格道爾著，萬之譯：《風格與幸福》（上海：復旦大學出版社，2017），頁76–77。

知和深層文學的認知。如〈雙典百感〉的第五十六則，揭露《三國演義》維護正統的旗號，實際上漢王朝已日薄西山，奄奄一息，美化劉備與抹黑曹操全是權術（騙人的把戲）。還有〈《紅樓夢》悟語二百則〉的第二百零五則，寫的並非歷史，但把文學的深度揭示出來了。至於他如何把碎片寫作推向哲學，看看〈紅樓哲學筆記三百則〉就明白了，其中每段都有一個小標題——無相哲學、自然的人化、情壓抑而生大夢、叩問人生究竟、色透空也透、立人之道、意象心學、棄表存深、通脱主體論、隨心哲學等——每一題都有哲學感悟，每一段均有所妙悟。在中國寫作史上，如此大規模地通過片斷寫作展示密集豐富的哲學思想，以前還沒有見過。

父親晚年近莊子和禪宗，他對自己在海外近三十年漂泊生活的領悟，以及對中國四大名著的重新闡釋，都採取「片斷悟語」的寫作形式，其實如同一段段「禪悟」，以心讀心，與古典名著裏的一個個靈魂對話，也同時與自己的多重主體對話，捕捉思想的精彩瞬間。他曾經這樣描述自己的悟語寫作：

> 在我心目中，「悟語」類似「隨想錄」與「散文詩」，有些「悟語」其實就是散文詩和隨想錄，但多數「悟語」還是不同於這兩者。隨想錄寫的是隨感，「悟語」寫的是悟感。所以每則悟語，一定會有所悟，有所「明心見性」之「覺」。隨想錄更接近《傳習錄》（王陽明），悟語更近《六祖壇經》（慧能）。與散文詩相比，「悟語」並不刻意追求文采和內在情韻，只追求思想見識，但某種情思較濃的

「悟語」也有些文采，只是必須嚴格地掌握分寸，不可「以文勝質」，只剩下漂亮的空殼。[2]

我個人認為，父親的這種「新文體寫作」，跟他自一九八九年選擇海外漂流的「第二人生」有緊密的關係。這第二人生給他的最大收穫，就是獲得了內心的大自由，身心均得大自在。這種不再被政治權力、國家界限、世俗利益約束的內心大自由，不可能再用學院派的重體系、重邏輯、重理論的文學批評語言來表述，而必須找到實驗性更強、自由度更大的文體來承載他自由的心靈書寫，「悟語」或「碎片寫作」這種文體，給了他一種解放的形式，便於闡發一種屬於他自己的內心真實，而且他在瞬間感悟的真實都是他自身的多重個體的折射，於是，這種「新文體寫作」成了呈現他選擇的徹底的「心性本體論」的載體，如同他所說的：「佛就是心，心就是佛。佛不在寺廟裏，而在人的心靈裏。講的是徹底的心性本體論。慧能的《六祖壇經》說『自性迷，即是眾生；自性覺，即是佛』，所謂『覺』，就是心靈在瞬間抵達『真理』的某一境界，在心中與佛相逢，並與佛同一、合一。」[3]這種「新文體」寫作——碎片寫作、悟語寫作，是對個體「瞬間領悟」、「瞬間覺悟」的記錄，是飛翔的思緒，是流動的靈光，是精神的自由旅行。

2 劉再復：《天涯悟語》（北京：三聯書店，2013），頁404–405。
3 劉再復：《什麼是人生——關於人生倫理的十堂課》（香港：三聯書店，2017），頁106。

卷一至卷四的「劉再復新文體沉思錄」有兩項基本內容。第一部分體現了父親在海外漂泊的歲月裏不停地尋找「家園」及尋找精神皈依的旅程。從前的地理意義上的故鄉消失了，他需要重新定義自己心目中的家園，於是他在碎片寫作中，一邊叩問歷史和家國，一邊叩問「我是誰」；一隻眼睛看世界、看歷史，另一隻眼睛看自我——看被粗暴的時代分割成碎片的自我；他一邊讀生命，另一邊讀死亡；他一邊讀東方，另一邊讀西方；他一方面重新找尋中西方文化相通的精神家園，另一方面又重新組合起一個多重的自我，有矛盾掙扎的自我，有回歸童心的自我，也有不斷超越的自我。這套新文體寫作的第二部分內容是重讀文學經典，也就是重讀中國四大古典名著：《紅樓夢》、《西遊記》、《三國演義》、《水滸傳》。用「片斷悟語書寫」闡釋中國四大古典名著的學者，恐怕父親是第一位，這種讀法既是一種文化批評，又是一種帶有啟迪性的文體創造。無論是討論小說人物，還是討論小說主題、文化內涵，父親其實最重視的還是這些小說塑造的「心靈世界」，以及這一心靈世界對中國國民性的深刻影響。我在閱讀父親的這四卷「新文體沉思錄」時，認為父親用「片斷寫作」打破了傳統文學形式的界限，放下散文詩、文學評論、哲學思緒等形式阻隔，融合不同學科領域的特長和內涵，使得不同的表述形式和感悟處於一種自由的不規則、不系統的狀態，讓他的語言在稠密的思想中，撲扇着翅膀在空中滑翔，傳達了他聞的道、悟的道，傳達着普世哲學，也承載着中國當下幾乎喪失的人文精神。

帝王哲學家馬可·奧理略所寫的《沉思錄》已過去近兩千年了，他大約沒想到，今日的世界，人類的生活更為緊張，節奏更為快速，人們更需要這種言簡意繁的文字。我父親的這一新文體寫作，居然在不經意間與現在的微博、微信寫作有了一些外在的聯繫，就像他寫的：「老子所講的『大音希聲』，乃是對語言的終極性叩問。真正卓越的聲音是謙卑的、低調的，甚至是無言的。中國的詩句『此時無聲勝有聲』，乃是真理。最美的音樂往往是在兩個音符之間的過渡，此時沉靜的瞬間可以聽到萬籟的共鳴。」[4] 雖然父親的新文體寫作彷彿是「微言」，可是它讓我們以微見大，感悟生命的終極意義。它既是感性的，又是理性的；既是文學評論，又是文學創作；既是哲學的，又是文學的。它是對概念的放逐，是一種解放了的語言和文學實踐，是一種「心生命」。

香港城市大學出版社的社長朱國斌先生、副社長陳家揚先生，慧眼獨具，深知悟語的價值，支持我父親的寫作試驗，這不僅鼓勵了父親，也鼓勵了我。我一直認為，文章與書籍是人寫的，人性極為豐富，文章也可有千種萬種，不必拘於幾種樣式。碎片式的寫作，悟語的嘗試，肯定也是一種路子。香港城市大學出版社的決定與支持，使我的思想更為開放，視野更加拓展，為此，我和父親一樣，都心存感激。

劉劍梅

二〇一八年寫於香港清水灣

4 劉再復：《天涯悟語》（北京：三聯書店，2013），頁352。

第一輯　共鑒滄桑

二十世紀「柔與剛」的選擇

劉再復

小梅：

近幾年所讀的書，留下印象最深刻的，有一本是意大利天才小說家意達婁・卡爾維諾的《為下一個千禧年所寫的六份備忘錄》（*Six Memos for the Next Millennium*）。香港社會思想出版社出了一部中譯本，叫做《未來千年備忘錄》（楊德友譯）。台北時報出版社也有譯本，名字更有文采：《給下一輪太平盛世的備忘錄》（王灒誠譯）。卡爾維諾寫過《蛛巢小徑》、《阿根廷螞蟻》、《看不見的城市》、《命運交叉的城堡》、《帕洛瑪先生》等小說，而《備忘錄》則是一九八五年他準備提交給哈佛大學諾頓講座的演講稿，可惜尚未完成就去世了。這部未完成的講稿，貢獻給讀者五種文學素質：輕盈、迅速、確切、易見、繁複。在第一講中，卡爾維諾談論文學中輕與重的對立，而側重於對輕的價值肯定。他坦率地說：我的寫作方法一直涉及減少沉重。我一向致力於減少沉重感：人的沉重感、天體的沉重感和語言的沉重感。卡爾維諾顯然在告別但丁傳統，而繼承吉多・卡爾康蒂（意大利早期的輕逸詩人）傳統，不過，他聲明說，把輕與重、把卡爾康蒂和但丁作出大的區別和對比，在總體上是可以成立的，但必須作具體及繁複的分析，因為每一個作家總是重中難免有輕，在輕中也偶爾有重，輕重交叉的現象很多。

由於卡爾維諾的啟發，我想到文學中大基調上的區別，例如亞洲文學中明顯的冷與熱的區別：川端康成、高行健屬於冷文學，大江健三郎、莫言等則屬於熱文學，但這也只是從「總體」上比較而言。就魯迅來說，他的《狂人日記》可說是熱文學，而《阿Q正傳》則屬於冷文學。熱文學一般都比較重，而冷文學一般都比較輕。文學研究與科學研究的困難正是概念與所描述的對象內涵總是有距離。科舉研究也因此永遠無法終結。

卡爾維諾的總體選擇還推動我思索二十一世紀的社會文化基調，並在悲觀中產生一種嚮往，或者說，一種宏觀的期待視野。這種期待可以用卡爾維諾兩個對比性的概念作簡化表述。我選擇的概念是柔與剛。你希望二十一世紀乃至下一輪千禧年的基本面貌是什麼樣的？我回答說：柔。「柔」是我的全部期待與嚮往。柔是什麼？柔是水，是清澈，是舒緩，是低姿態，是抒情曲。剛是什麼？剛是火，是堅硬，是激烈，是高姿態，是進行曲。心嚮往之的「柔」，應是和平，協商，教育，建設；而不是剛，不是戰爭，不是革命，不是破壞，不是階級鬥爭與種族鬥爭，不是「一個吃掉一個」的哲學，不是「你死我活」的思維，不是「成王敗寇」的遊戲規則，不是各種行為暴力和語言暴力。

二十世紀下半葉兩大陣營的近乎熱戰的冷戰，以色列與巴勒斯坦數十年你死我活的爭鬥，南北韓遍地橫屍的戰爭分裂，最後的結果都只能在談判桌邊坐下來。人類發明各種概念和道理，但確實是大道理管小道理，大境界帶領小境界；道理千條萬條，最高的道理應是讓地球上的人類安生安寧的和平道理。到處都有矛盾，到處都有衝突，但階級調和、民族調和總比階級鬥爭、民族鬥爭好。

中國的智慧最為寶貴的應是老子的「聖人之道，為而不爭」的「不爭」之境。不爭就是自然，就是尊重自然，包括外自然與內自然（人性）。他說：「天下之至柔，馳騁天下之至堅。」所謂至柔，正是最柔弱，也是最自然的東西。嬰兒最柔弱，但也最敏感最自然。水最柔弱，也是最自然又能克服「至堅」的最有終極力量的東西。有人說老子是兵書，說老子是謀略家，這是誤讀。《道德經》雖也談兵，但有一個大前提是確定的：「兵者，凶器也。」老子反對戰爭，所以他說「大兵之後，必有凶年」，戰爭的勝利者不可慶祝勝利，而應當以喪禮的儀式來為死者致哀（「殺人之眾，以悲哀莅之，戰勝以喪禮處之」），老子的「不爭」思想，與其說是智慧，不如說是道德。柔，不平，自然，和平，悲憫，建設，生生不息，才是天下無可否認的大德。

卡爾維諾在逝世之前所說的至善之言是嚮往下一輪千禧年的輕文學，倘若我們請教他對新世紀、新千年的社會期待，我相信他的回答一定也會與「走出沉重感」相通。也許他也會用老子的語言表述：請把「柔」字寫進下一輪千年備忘錄。

爸爸　於香港

（原載《亞洲周刊》二〇〇一年八月十三日至八月十九日，選自《大觀心得》）

輕與重選擇的困境

劉劍梅

爸爸：

卡爾維諾的《為下一個千禧年所寫的六份備忘錄》在輕與重中選擇了輕，而你在剛與柔中選擇了柔。毫無疑問，你的選擇來自對中國二十世紀的反省。經過整整一個世紀火的洗禮、重的積壓和激昂的高姿態，你反過頭來更看重所有「柔」的含義——和平、改良、協商、妥協、讓步、悲憫、教育、建設——輕緩的節奏，清澈的溪流，日常生活的點點滴滴，讓這一切逐漸地、靜悄悄地結晶。這個結晶的過程雖然緩慢，但不是破壞。在平緩中，我們或許能找回人類心靈曾經投射在世間萬物中的光明。

我認同你的選擇，也許因為我是女性，天生就喜歡「輕」的文學和「柔」的內涵。不過，我對二十一世紀的展望，恐怕沒有你那麼清晰。在幾秒鐘內，我的思緒飛越過人類文明的幾十個世紀，在隱約的輪廓中，發現被時代限制的作家和超越時代的作家都同樣失落，前者在集體的合唱中對自己的歷史處境失去了反省和批判的意識，後者則不屬於自己的時代，被孤獨地懸置在半空中，為大眾揭示了「彼岸」的世界，自己卻與那世界格格不入。

在這個失去了神秘信仰的時代，無論是重文學還是輕文學，熱文學還是冷文學，都無法讓我們相信人們還可以通過藝術來挽救生命。正是藝術不能挽救任何東西，所以張愛玲和她的崇拜者寧肯把世紀末的頹廢姿態延伸到新的千禧年裏，為我們文明的墮落作出一個清醒的、絕望的預言和總結。

說起輕與重文學，我雖然喜歡優美與輕柔的文學，如普魯斯特的《追憶逝水年華》在回憶的細流中，從遙遙的遠方來到我的內心深處，那經久不散的滋味令我陶醉，但我也喜歡重的文學，如杜斯托也夫斯基對人生充滿哲理的不屈不撓的叩問，每一下沉重的敲擊都能引起我的共鳴。我實在是難以作出選擇，只希望二者能夠共存。不過，在美國校園裏用英文講授中國文學時，我發現美國學生並不缺少輕的興趣，他們其實犯的都是「失重」的毛病。經過了後現代社會文化工業的洗禮，我的學生大多只懂得欣賞「輕」的、幽默的、好玩的東西，十分懼怕沉重感。偏偏我所教的中國現代文學又承擔了大量的歷史與民族國家苦難，讓學生們大大叫苦，而我也常常苦於找不到與他們對話的途徑。偶爾在課上放一兩部中國影片，他們也嫌太沉重了。學生們的這種失重感揭示了後資本主義工業社會的文化轉向，正如弗雷德里克·詹姆遜（Fredric Jameson）在他的《文化轉向》一書所論述的，如果說現代性還擁有崇高的美學的話，那麼後現代性則完全拋棄了崇高，拋棄了美的自律狀態，轉而推崇美所帶來的快感和滿足。

所以，後現代文學裏充斥着許多戲仿（parody），對現代主義的經典著作的戲仿，對歷史的戲仿，對崇高的戲仿，這些戲仿有時並不帶有尖銳的諷刺意味，只是一種拼貼——用詹姆遜的話說，是一種空洞的拼貼。再者，以往現代主義中私人性的、驚世駭俗的、警世般的語言也已經被大眾化的後現代式的媒體語言所代替，視像文化的盛行已在不知不覺中改變了人們看現實的眼光，我們消費着文化，也被文化所消費。在被幻象所取代的生活裏，什麼是真實的？什麼是虛假的？這時，我反倒感到「輕」的可怕了。

我對下一個千年有何期待的話，我的回答只能是逾越輕與重的界限，停佇在人類生命最原始的一種存在感，那是一種生靈在冥冥中能體會到的一種感動，通過這種感動，我們心靈得以相通。人們不必刻意去追求自身的沉重感、天體的沉重感和語言的沉重感，但也別在千姿百態、姹紫嫣紅的視像文化中丟了對生命的感悟與責任。

最近我在今年第四期《讀書》中讀到一篇關於林徽因的文章，林的一段文字讓我對未來的期待充滿了感傷。她寫道：

在昏沉的夜色裏我獨立火車門外，凝望着那幽暗的站台，默默地回憶許多不相連續的過往殘片，直到生與死間居然幻成一片模糊，人生和火車似的蜿蜒一串疑問在蒼茫間奔馳……，世界仍舊一團糟，多少地方是黑雲佈滿着粗筋絡往理想的反面猛進，我並不在瞎説，當我寫：信仰只是一細燭香／那點子亮再經不起西風／沙沙的隔着梧桐樹吹！

倘若有理想，倘若對未來有過多期待或過多的預示，我想結果都是渺茫的。我們想揭示世界的是哪一個表象？通過這種揭示對世界是否會帶來任何改？我們是否能捕捉住人與世界自身的真理？這些問題纏繞着以往千百年的作家，它們還會繼續纏繞着將來的作家。

小梅　於美國馬里蘭州

（原載《亞洲周刊》二〇〇一年八月十三日至八月十九日）

香港大都市的隱喻

劉再復

小梅：

文學指向、社會指向的輕，重、柔、剛選擇，可能永遠是一對悖論。就文學而言，每個作家作輕、重的基本選擇時，除了被自身的審美理想所決定之外，還與歷史語境相關。當歷史在一段時間中產生了太多悲劇作品（重）之後，人們大約會產生觀賞喜劇（輕）的要求，反之亦然。中國文學產生太多「感時憂國」的現實主義作品之後，讀者自然就會期待幽默與荒誕，甚至也不拒絕玩世不恭的「痞子文學」。我的生活經歷過難以承受的重（在中國），也經歷過難以承受的輕（在美國）。而閱讀中積澱的則主要是悲劇性作品，眼淚與憂思曾充斥內心。在此語境心境下，此時就特別喜歡內涵深邃但表現得十分新穎活潑的作品。

説到社會指向，我則沒有太多的徘徊，心思明確地傾心於柔。到香港多次，也多次讚美香港，這不是沒有看到香港的黑暗面，而是覺得香港的總體風貌是柔的風貌。世界上許多大都市在二十世紀中表現為剛，如柏林，莫斯科、華盛頓、東京、北京等，也有一些大都市則表現為柔，如巴黎、斯德哥爾摩、維也納、日內瓦等，香港屬於後者。剛的城市成為戰爭和革命的中心。負載着人類的歷史抉擇，顯得沉重。柔的城市則離生死搏鬥較遠，人們走到城裏，總是輕鬆些，柔和的感覺總是大於沉重的感覺。

二十世紀下半葉，大陸中國人包括知識分子相當嚮往香港。香港之所以對知識分子也有吸引力，完全是因為「香港」這個概念對於他們是一個隱喻，象徵着一種日常生活狀態，一種保持生活的常識、常理、常態的狀態。人餓了要吃飯，冷了要穿衣，寂寞了要説話；吃飯不必有糧票限制，穿衣不必有布票限制，説話不必受各種主義的限制。人們可以以自由養豬養雞，自由出入交易所與夜總會，可以自由戀愛、結婚、生孩子、賽馬、辦報，集會，還可以自由地繪畫繡花、請客吃飯……。這一切都是那麼平常，然而，這正是生活。香港這一國際大都市所暗示的香港原理，就是日常生活天然合乎人性的原理，就是「生活無罪」的原理。這種原理和這種原理支撐着的香港生活狀態，被五六七十年代的大陸所遺忘。那個年代的中國，只有國家生活、黨團生活、政治生活，而沒有日常生活。個個忙着國家大事，忘了生活本來就是自發的，自然的，柔和的。他們誤認為柔和的生活只是屬於資產階級和修正主義。因此，他們人為地製造一種堅硬的生活，刻意地製造烏托邦神話，製造階級鬥爭，然後展示一種與「生活無罪」相對立的法則，這就是「造反有理」的法則。於是，整個生活便被拖入革命狀態與持續鬥爭狀態中。穿越過飢餓、瘋狂、恐怖與絕望之後，我們這些大陸的革命工農和革命知識分子才醒悟到：日常的生活多麼好，繪畫繡花多麼好，請客吃飯多麼好，溫、良、恭、儉、讓多麼好，香港的不要早請示晚彙報、不要揭發批判、不要鬥私批修、不要交心交肺多麼好。

當然，香港也有暴力，也有貧窮，也有社會垃圾和語言髒水，但是香港的總面貌是清晰的，社會的基調是柔和的。香港的日常生活狀態正是人類本應有的最正常的狀態。這種狀態包含着維繫這個地球健康運作的基本價值元素：和平、安寧、自由，民主、溫飽、自律、和諧、有序、人際溫馨等。這些最基本的生活元素，如同鹽和水，最要緊，也最容易被忽略和被遺忘。常識的命運就是常被遺忘與常被蔑視的命運。

我和我的同一代人，長時間被政治搞瘋了，在「與人奮鬥」中走火入魔，並在大概念與大範疇中丟失了生活與常識，忘卻首先必須確認生命價值，然後才尋求生命意義與昇華。因此，當新的一百年降臨的時候，倒願意首先面對生活與常識，面對香港所隱含的輕柔的真理。面對時我產生了一種渴望，一種返樸歸真的渴望，一種回到人類最初那種努力取火、努力取水、努力造房屋的生活狀態的渴望。那些大而無當的空想，那些悲壯的「改造中國、改造世界」的革命宏圖，還是留給舊世紀吧。新世紀還是多研究些問題，少談些主義，多一些老百姓的日常關懷，少一些「萬言書」的政治高調。在香港的柔和世界裏。我也沒有忘記它是柔中帶剛的。這「剛」，不是鐵的專政，而是獨立的法制體系和嚴格的執法觀念。沒有執法的「剛」，柔就會喪失。柔的原理使生活無罪，剛的因素又使生活無憂。補充剛的概念，香港的柔美隱喻才是完整的。

爸爸　於香港

（載《亞洲周刊》二〇〇一年八月二十日至八月二十六日，選自《大觀心得》）

命運交織的香港

劉劍梅

爸爸：

這次在香港逗留兩個月，對你所論述的「香港的隱喻」很有同感。雖然我只是過客，卻也被香港所打動。在尖沙咀海邊觀賞對岸的一片輝煌，真是心蕩神搖。天底下竟有如此奪目的燈光和迷人的建築！不過在我的眼裏，香港更像是卡爾維諾筆下的「命運交織的城堡」，有燈紅酒綠，也有唉聲嘆氣；有邁向天堂的階梯，也有令人沮喪的股災；有摩天大樓的巍峨，也有狹小空間的壓迫感。各種政治、宗教、文化力量在此交織，展開較量。說香港是各種矛盾的總和，並不過分。

有關香港的城市文化研究，在學院派裏已逐漸形成一門「香港學」，與近幾年時髦的後殖民主義理論銜接，探討港人的身份認同、文化政治、地緣想像與都市空間，從這門學科的崛起，我們可以看到香港人處於中英夾縫中的不安與焦慮，而九七回歸後，所謂「香港意識」更是對大中國意識和民族話語的一種抗爭。只可惜學院派讓人覺得「香港意識」只是美國後殖民主義理論話語的附屬產品。相對而言，我比較欣賞李歐梵以「都市漫遊者」的角色對香港展開閱讀，「漫遊者」的角色類似班雅明所欣賞的閒遊人，生活在都市，可又與城市的喧囂保持距離，對他所眷戀的人群、都市和商品有着清醒的認識和批判態度。

在香港這個講求效率、重視實利的商業大都市裏，很少有波德萊爾的波希米亞次文化人、班雅明情有獨鍾的閒遊人，或李歐梵那樣的知識漫遊者。人們大多被技術思維、商業思維所支配，在快速的節奏裏，主體已變得支離破碎，既無力再承受任何「重」的國家使命，也無暇停下腳步，津津有味地去尋找任何「輕」的、不帶商業氣息的「人文空間」。香港人的這種支離破碎絕對不是現代主義者所感到的彷徨困惑和主體的分裂，因為後者的分裂是其主動對終極世界進行不懈地探求和叩問的結果，前者則是在商品充斥的社會中隨波逐流，失去了主動性，這種分裂狀態反映在情感生活和文化生活當中，便是情與愛的短暫與不可靠，真與假的混淆使情感不像傳統的愛情那樣真實。正如班雅明所嘆息的，我們不再是悠閒地走進作品中，不再有足夠的空間和時間審視作品與自我，在高科技的複製時代，我們只能被動地被圖像一次又一次震驚，讓圖像走進我們的身體，把完整的身心分割成片段。

香港常被稱為「文化沙漠」，這種本質化的負面判斷，並不能真實地反映香港的整體風貌。判斷者眼睛朝上，即看不起流行的大眾文化，又看不見與大眾文化交織的高雅文化與精英文化。連王朔這位「痞子文學」的代表也看不起香港文化，這大約是他認為「痞子文學」對政治權威和主流文化有着尖銳的穿透力和瓦解力，而港台文化卻一味討好大眾。我並不贊成這麼簡單地貶低香港文化，因為我看到雅俗文化的交叉，看到俗中有真金子在。我非常喜歡金庸充滿想像力的武俠小説，李碧華世紀末的故事新編，西西冷靜的女性寫作，王家衞才華橫溢的《阿飛正傳》和《重慶森林》，關錦鵬低迴婉轉的《胭脂扣》和《阮玲玉》，徐克波瀾起伏的《刀馬旦》、《東方不敗》及黃飛鴻系列。李安的《臥虎藏龍》在荷里活的成功也使得美國的許多學者把目光移向香港。是的，香港的確藏龍臥虎，還有相當多被埋沒的文化精品等着人們去挖掘。

不過，香港文化確實太受商業的支配，太注重追求快感與滿足；關於「快感」的理論在大眾文化的研究中很盛行，以往法蘭克福學派對「快感」持強烈批判態度，認為大眾文化通過感官快樂來麻醉人，使人們失去了獨立思考的能力。而約翰·費斯克則給予「快感」全新的定義，認為快感不是逃避，而是對社會權威與強制力量的一種反抗。費斯克反對把大眾看成是一個一成不變的、穩定的整體，而強調大眾的複雜性和生產性，也就是説，大眾在消費、生產快感的同時，對主導力量有隱蔽的對抗。我既不像法蘭克福學派那麼悲觀，也沒有費斯克那麼樂觀，我認為快感像一隻小船，既能將我們駛向巴赫京的狂歡的小島，把規範化的高低之分與等級秩序顛覆，也會讓人消融，沉醉在快樂的河流中，懶於思想。就像其他後工業社會一樣，香港充滿着美學消費者，渴望着浮於表層的刺激，沉溺於物質世界，不想昇華，不想超越。在網絡時代，香港被無數的信息所填滿，但人文意識卻愈來愈輕，愈來愈淡。

我這個香港的旅遊者，眼光也交叉，既感到香港的迷人，又感到香港的不足；既愛香港，又想對香港指手畫腳。真要請勤奮的香港人原諒。

小梅

（載《亞洲周刊》二〇〇一年八月二十七日至九月二日，選自《大觀心得》）

世俗之城與精神之城

劉再復

小梅：

讀了你的《命運交織的香港》，便想起奧古斯丁的《上帝之城》。這部名著的中心論點是說我們生活着的世界存在着世俗之城和精神之城，就像人性存在着邪惡與善良一樣。人應當排斥前者而選擇後者。奧古斯丁以兩極對峙的思維方式把世俗之城視為罪惡的淵藪，它毒化了城中無知的亞當的每一位子孫。他說：

……無知產生了遍佈亞當子孫的所有罪惡。要不是苦刑、痛苦與恐懼，沒有一個人會從無知中被拯救出來。這不已被人們對這麼多虛幻與有害東西的偏愛所證實了嗎？這些偏愛產生了漠不關心、不安、悲傷、恐懼、粗魯的玩笑、爭吵、訴訟、戰爭、背叛、發怒、仇恨、欺騙、阿諛、偽善、盜竊、搶劫、不義、傲慢、野心勃勃、嫉妒、謀殺、弒親、殘忍、狂暴、邪惡、奢侈、無禮、卑鄙、奸淫、私通，亂倫，以及數不清的、骯髒的和不自然的兩性行為……程度之烈，羞於提及……瀆神、異端、褻瀆、起偽誓、迫害無辜、誹謗、陰謀、虛假、偽證、非正義的判決、暴力行為，掠奪，雖不能發現邪惡行徑進入純粹精神的概念裏，但不論何種相似的邪惡行徑都可以發現它們已散佈在人的生活之中。

奧古斯丁給世俗之城開了一份「罪惡的清單」，至今仍發人深省。與民風純樸的鄉村相比，城市的確集中顯示着人性負面。上世紀三十年代中國大都市剛興起時，沈從文就寫了《邊城》，歌吟不被污染的水鄉，顯然也在反襯城市的骯髒。新世紀降臨，中國剛好進入城市時代，此時閱讀奧古斯丁的罪惡清單，多一分清醒，沒有壞處。但我們對奧古斯丁也要提出質疑。基督教在中世紀的雄心太大，期望在塵世中建立天國，即純粹聖潔的精神之城。可惜，過於完美的理想不僅只是空想，而且帶來很多流弊，如迫害異端，推行禁慾主義、殘酷用刑，以至把人們對世俗幸福的追求也視為罪惡。中世紀的黑暗就是以為「生活有罪」、毀滅世俗幸福的黑暗。中世紀基督教統治的教訓和今天伊斯蘭原教旨主義的教訓使我們明白：什麼都不可太絕對，追求聖潔一旦絕對化，就會導致專制與暴力。建造精神之城如太絕對，也會導致烏托邦和摧毀世俗生活的革命。中國的文化大革命正是把「精神」、「思想」、「主義」推向極端的結果。而這種苦果又形成全民的精神膨脹病和精神狂躁病。上海等龐大的世俗之城全在「反對物質刺激」的病狂中沉淪，而取代世俗之城的精神之城又完全是畸形與病態的，因此，可說中國在上世紀六七十年代經歷了一次雙城的同時沉淪。想到故國大陸的昨天，就羨慕香港這一繁榮的世俗之城，而面對香港，則希望它既能守住世俗的優勢，又能注意精神之城的建造，勿犯精神貧血症和心理脆弱症。

世俗的高樓大廈不等於就是現代化。現代化還包括高樓大廈之外那些難以一目了然的精神文化的豐富與健康。從這一角度上說，奧古斯丁關注精神之城的建設對現代人仍具有啟迪意義。如果只注意「看得見的城市」，不注意「看不見的城市」，或者說，大都市中只有慾望而沒有靈魂，那麼，整個城市就會向物質傾斜而最後佈滿奧古斯丁的罪惡清單。罪惡一旦越過臨界點，世俗之城的幸福也會毀於一旦。

借用「精神之城」的概念，並不等於認同奧古斯丁的烏托邦。我們能夠期待的也只是城市多一些精神的建設、靈魂的建設、藝術的建設，多一些超功利的美的氛圍，多一些生命意義的追求。去年我到維也納、倫敦之後，曾一再感嘆維也納被音樂所覆蓋、倫敦被博物館與畫廊所充塞，這也是對精神之城的嚮往。但在香港居住一年之後，才知道熱心觀賞藝術展覽的人並不多，這才悟到，精神之城固然有外在部分，但更重要的是內在部分，即建立在每一個亞當子孫和女媧子孫內心的精神之城。沒有個體生命中的精神之城，外在的精神建築不過是座空城。精神之城應遍佈於學校、報刊、書籍、俱樂部、電台、論壇之所，還應遍佈於每個人的腦中、心中、眼中，當然也應遍佈於作家、詩人、教師、編輯、記者的紙上、桌上和筆下。前些時，李歐梵到香港，他發現我在最小的房裏「面壁」寫作，非常羨慕，立即寫了〈〈面壁功夫〉〉一篇短文。我真的把斗室乃至整個大香港當作「達摩之洞」。這一洞穴，正是我自己建構的可供沉思的精神之城。由此，我想到，如果精神之城具體化，如果每一生命個體都在內心中建造精神之城，那麼，整個城市的心理質量、生命質量與精神質量就會大大提高。與世俗之城的霓虹閃爍相比，精神之城一定也會有另一派燈火輝煌。

爸爸　於香港

（原載《亞洲周刊》二〇〇一年十一月十九日至十一月二十五日，選自《大觀心得》）

世俗化喧囂中的孤寂思索

劉劍梅

爸爸：

我們正處於一個日趨世俗化的時代，人類精神世界的完整性已不復存在，二十世紀八十年代的啟蒙理想和形而上的衝動，已成為被調侃的對象，王朔「千萬別把我當人」的宣言鋪墊了當下時興的玩世、遊戲、滑稽的基調，「潑皮藝術」、「普普藝術」、性和身體的狂歡、犬儒主義的逃避、明星般美女作家群的「身體寫作」，在不知不覺中匯成了文化界主流。當我們還未看清這幅光怪陸離的景象時，就已經身不由已地被一片反崇高、反理想、充滿雜耍式的喧囂聲淹沒了。

在今年的《萬象》雜誌上，批評家吳亮陸續介紹了幾幅大陸年輕畫家的作品，其中裴晶的畫給了我很深的印象。裴晶的幾幅畫的背景基本上都是典型的後現代式的「拼貼」——不是「文革」時期的毛主席像章和資本主義的麥當勞並置，便是雷鋒的肖像和瑪麗蓮夢露的明星照並置，要不就是解放軍手裏的衝鋒號和時髦女郎手裏的樂管並置。所有這些毫不相干的排列都是為了映襯幾位美麗、快樂、領時代風騷的女郎。這些女郎全都煥發着令人羨慕的青春氣息，可她們的眼神，皆一味的空洞、無神、平庸，很像朱天文的小説《世紀末的華麗》中的女模特兒。用吳亮的話説，裘晶的畫並沒有什麼大大的意思，倘若有的話，那便是「浮華、短暫、易朽、低智、無深度、輕鬆、豔麗、俗趣、調侃、對比、戲仿、時髦、慾望、快樂、不思考」。

裘晶的畫很有日本浮世繪的特點，是日常生活中享樂的記錄，畫的是平民的奢華，而不是貴族的奢華。須蘭有幾句談日本浮世繪的話講得很透徹，她説：「浮世繪的人物是沒有表情的，但卻有着一種奇異的美麗。如同偶人製作一般，在完善的技藝中，人的因素全部被滅去了，捨棄了，留下的是氣韻、線條、顏色、構圖。浮世繪的無情即是千種風情。」而裘晶畫筆下的中國浮世繪，除了人物的「無情」和「千種風情」外，背景中雜亂的歷史和政治符號的堆積與對立，又是對這種日常「愉悦和華美」的不痛不癢的反諷。這些畫真正代表了我們的時代，連反諷也沒有什麼穿透力，是為了反諷而反諷，它本身也成了一種戲謔的姿態。

中國知識分子在這種歷史圖景下的尷尬地位是不言而喻的，就連王朔這個最早擁抱文學商品化的「弄潮兒」，最近也表達了他的失落感。在與老俠的對話錄《美人給贈蒙汗藥》中，他談到他與馮小剛的不同立場。雖然都是「搞笑耍貧嘴」，王朔覺得他的「喜劇」有個性，有諷刺官方話語和虛偽道德的力量，而馮小剛則只是為「搞笑」而「搞笑」，是完完全全屬於大眾的東西。在中國文學界，王朔恐怕是最早把文學與電視劇這種大眾文化的製作形式結合起來的作家之一，並由此而大紅大紫；然而，正因為如此，當他想撇清自己與大眾絲絲縷縷的聯繫時，反而愈發顯得尷尬。

那麼，作為知識者的我們，對待大眾文化時應該採取什麼姿態呢？有一種姿態是擁抱式的，像英國的理論家斯圖爾特·霍爾（Stuart Hall），是以欣喜的目光來看待大眾的日常生活。他在消費主義與快感文化中看到建設性與生產性的一面，看到多元的大眾文化為少數民族開發了更多的活動空間。我覺得這種過於樂觀的態度缺少批評性，容易把任何受大眾歡迎的消費品都視為一種對權威的對抗。還有一種是居高臨下式的姿態，像美國女批評家蘇姍·桑塔格（Susan Sontag），刻意地守住高雅文化的領地，以曲高和寡的孤獨姿態頂風而立，即使是評介大眾文化，也是從高級的藝術趣味向下凝視。這種姿態很顯然是在固執地疏遠人群，不肯融入世俗化的世界。桑塔格的這一精英姿態過於看重高雅文化和大眾文化的界限，並對現代主義的思想過於依賴。她也參與社會批評與政治批評，如「九·一一」事件後她也寫文章批評美國，但我覺得她在此次批評中的姿態有點做作，像是「象牙塔裏的精英姿態」，說話時似乎忘記眼前堆着紐約的五千具屍首，聲音顯得縹緲。

再有一種姿態是法國詩人波德萊爾在街頭找到的拾垃圾者的形象，這也是詩人的形象。他們在城市沉睡時，孤寂地收集着被大都市拋棄的東西，並分門別類地存放起來。德國思想家班雅明非常欣賞這種姿態，因為他和波德萊爾一樣，既迷戀街頭的人群，又在人群中保留了「轉身的餘地」，不放棄自己在哲學層面上的思考。在「世俗之城」中，唯有保持一定的距離，才能既在大眾文化中漫遊，又不迷失思想者自我。波德萊爾曾說：「誰不會使孤獨充滿人群，誰就不會在繁忙的人群中獨立存在。」正如你，「面壁」是為了在浮躁的都市中建立起個人的「精神之城」，但仍然關懷社會並作出評論。李歐梵叔叔也是這樣，既面對自然之海，也面對社會之海。這種「精神之城」既是個人化的，又是社會化的。你的「達摩之洞」既是小房間又是大人間；既是小洞穴，又是大宇宙。洞中的你，既是專業者，又是業餘人——走出專業圈子的業餘人。我想，這倒是知識分子應有的角色。

小梅　於美國

（原載《亞洲周刊》二〇〇一年十二月三日至十二月九日，選自《大觀心得》）

浮華都市的永恆動力

劉劍梅

爸爸：

上海文藝出版社去年出版的《三城記》中，女作家王安憶編了一本上海卷。在這本集子裏，上海變成了一個異常「樸素」的城市，可是我讀了之後，心裏卻有一種莫名的感動。因為今天的上海，一樣是日新月異、無比繁華，一樣是一點點地碾平帶有文化遺產的廢墟，然後又在廢墟上建造一個與台北相似的「世紀末的華麗」，可是王安憶偏偏去尋找一些日常生活中恆定不變的東西。她寫道：「隨着年長，一些奇峻的東西倒是看得平常了，反是人情之常，方才覺得不易。在多變的世事裏，景物都是繚亂的，有時候，連自己都認不得自己了。可是，在浮泛的聲色之下，其實有着一些基本不變的秩序，遵守着最為質樸的道理，平白到簡單的地步。它們嵌在巨變的事端的縫隙間，因為司空見慣，所以看不見。然而，其實，最終決定運動方向的，卻是它們。在它們內裏，潛伏着一種能量，以恆久不移的耐心積蓄起來，不是促成變，而是永動的力。」

我所能產生共鳴的正是這種「人性中的常情」，因為它往往被城市研究者所忽略了。如王安憶所說的，「在這個物質主義的時代，生活佈滿了雕飾，觀念呢，也在過剩地生產，又罩上了一層外殼」，可是，「生活」在這個時代裏卻萎縮與退化了。她所說的「生活」，實際上是一個城市繁華與衰敗的基點，是城市的骨髓。我們談到城市時，常常會談到城市景觀，比如建築、街景、咖啡館、舞廳、電影院等那些看得見的城市風景，但是卻很少談一個城市的「心靈景觀」，即由人的常情與常理構成的人倫觀念和時代風情。王安憶於一九九五年完成的《長恨歌》，現在已經成了研究上海的學者們最常談到的一個「經典文本」。雖然《長恨歌》是半個多世紀前上海的歷史圖景，「上海小姐」王琦瑤橫跨新舊上海，可是王安憶為我們展示的是藏匿於大歷史下的「家常」，那種瀰漫和洋溢在空氣裏的不可複製的昔日記憶與情懷。從「日常生活」的角度對比新舊上海，即使新上海已在開始復蘇它的繁華夢，可是老上海的富有風情時髦、有滋有味的點點滴滴的日常生活卻所剩無幾了。可以說，新上海的「心靈景觀」比起舊上海的要粗糙得多。當我們談到地方意識的興起是為了抵抗資本主義全球化時，我們卻忘了承載所謂「地方意識」的正是「日常生活」的經驗。當現代人被城市監禁與異化時，我們卻忘了唯一可以逃遁的去處是富有人情味的平實的日常生活。王安憶所選的小說都離不開「歷史」，我們從中可以看到城市的歷史變遷。不過，儘管這些小說都有大時代的動蕩做背景，可關注的卻是生活的原質與本質，也可以說它們表現的是一個城市的「心靈史」。如女作家羅洪的《孤島歲月》，雖然仍是洗不掉意識形態與政治的痕跡，可是愛國的大學生如雲還是得生活，於是瑣細的家庭糾紛讓我們看到孤島時代真實的上海：表舅身上的「人情味」、媽媽的周到、如雲的懂事，以及表舅媽上海式的精明與世故，編織成了上海在這個歷史時期的「心靈景觀」。幾篇有關農村的短篇似乎與上海無關，但是革命時期「農村」對「城市」的洗禮與改造，可以從那些下鄉知青的情感生活與對城市的記憶中反映出來。如《不死鳥傳説》中，當上海在王寶心中只留下點小業主的「下流話」，在根娣那裏只剩下織毛衣的環形針，而在美華那裏僅存一點「三輪車」弄堂裏的童趣時，城市的心靈圖景已是一片荒蕪了。《暗香流動》寫文革的「文攻武衛」時期所殘餘的一點可憐的「夜生活」，美豔高傲的阿玲與酒鬼們及「我」的調情最後也被革命掃蕩得乾乾淨淨了。

王安憶在編選女作家寫上海的作品時，也是強調其抓住「生活肌理」的一面。身為女性作家，王安憶的女性意識也是樸素得可愛。她認為「男性看世界，往往是大處着眼，對思想的期望過高。而女性的眼光則比較流連於具體的人和物」。於是，對於她來説，女性寫作的優勢恰恰是從小處着眼，「那正是生活的本身，掩在了觀念、思想、意識形態之下的，切實可感的肉身」。比如，她選的徐蕙照的《放逐愛情》和陳丹燕的《女友間》，都顯示了女性寫作敏感、細密的特質，把城市在社會改革與巨變中微妙的心靈轉變的景觀揭示了出來。在虛浮造作的新型商品消費文化中，男女之間的真情、女友之間的真情也在浮流着，然後在虛榮的生活中一點點迷失了。

從女性的角度來看，我非常認同王安憶所說的這些「生活的肌理」。現在的人們都覺得談倫理、道德或人之常情彷彿過時了，可是我們浮華的時代缺乏的正是這種不被商品社會吞噬的人倫常理。它可能比不上高昂的思想或超越的精神，但它卻是最質樸和永恆的。所有閃耀着光芒的話語和知識，遲早有一天都會隨着時代的變遷而失去它們的光澤，而人倫常理卻是我們生活的血脈。有了這一根基，作家就不會在華麗的大都市中迷失方向；有了這一根基，我們談超越性的思想時，才不會顯得那麼空泛。

小梅　於美國

（原載《亞洲周刊》二〇〇二年五月十三日至五月十九日，選自《大觀心得》）

尋求生存的「第三空間」

劉再復

小梅：

今天想跟你談一個思索很久的新概念「第三空間」。知識分子的本性應是中立的。站在價值中立的立場進行精神創造，以無私的態度批評社會的缺陷和自身的缺陷，這應是知識分子的天然特點。然而，在中國的現代史上，由於社會矛盾的激化，一直形成「國共兩黨」以及「左翼與右翼」、「革命與反革命」兩大營壘的對峙。一九四九年新政權建立後，又有「兩個階級、兩條路線鬥爭」。結果，除了一部分知識分子屬於黨派中人而樂在其中之外，其他知識分子則常常惶惶不可終日。

金庸小說《鹿鼎記》給中國貢獻了一個「韋小寶」。韋小寶就生活在政府（宮廷）與反政府（天地會）中間。這個中間，實際上只是難以存身的小夾縫。要在夾縫中生存下來，就得使出全部生存技巧。這部喜劇的背後是大悲劇：韋小寶沒有自立自主的生活空間。韋小實的生存狀態正是中國現代知識分子的生存狀態，僥倖的像韋小寶，不幸的則像阿Q，革命派得勢時「不准革命」，反革命派得勢時則要他的腦袋。

受激進政治的影響，在現代文化史上，作家詩人也不能不進入某一陣營。二三十年代，左翼文化與右翼文化兩大集團對峙。周作人、林語堂等想置身於營壘之外「談龍説虎」和抒寫「性靈」，立即遭到魯迅等人批評，當時還有一些知識分子（如杜衡）想當「第三種人」，走「第三條路」，魯迅更覺得可笑。儘管我崇敬魯迅，但在這裏卻要批評魯迅不夠寬容：不給知識分子同行留下超越兩極的存身之地——第三空間。我在文化大革命中看到批判「逍遙派」（即不參加任何派別），心裏就發顫。那些年我老是想起《水滸傳》中的盧俊義。他是「河北三絕」之一，著名紳士，並非朝廷勢力，也非造反營壘中人，本來活得好好的，但梁山好漢因為「替天行道」的需要，非要逼他上山不可。他不想上，他們就不擇手段地「逼」，強制他入夥。無論是「匪」還是「官」，都不給盧俊義以自由的生存空間。文化革命中，對立的山頭都要知識分子上山「入夥」，不入我的「紅名單」，便上「黑名單」。

所謂第三空間，就是個人空間。更具體地説，就是在社會產生政治兩極對立時，兩極以外留給個人自由活動的生存空間。周作人所開闢的「自己的園地」，就是這種個人空間，也可稱作私人空間。尊重人權首先就應確認這種私人空間存在的權利和不可侵犯的權利。第三空間除了私人空間外，還包括社會中具有個人自由的公眾空間，如價值中立的報刊、學校、教堂、論壇等。中國古代知識分子大體上還是擁有隱逸的自由空間，所以才有漢代的商山四皓、晉代的竹林七賢、南北朝的蓮社十八高賢、唐代的竹溪六逸、宋代的南山三友、明代的曹溪五隱等隱士的立足之所。隱士倘若出山，有的也入仕（為官，如諸葛亮）、入夥（當造反謀士，如吳用），但許多則成為自由主義者和「第三種人」。四九年之前，儘管已開始批判「第三種人」，但作為「第三種人」的民主個人主義者還有生存的可能性，到了四九年以後，這種人則全被消滅。第三種人的消滅，意味着第三空間的消亡。兩個階級、兩條路線的政治抉擇無時不在、無處不在，知識者既沒有隱逸的私人空間，也沒有自由講話、自由參與社會的公眾空間。

文化革命結束後，知識分子爭取自由的權利，正是爭取「第三空間」的權利。有不受政治干預的個人空間才有自由。二十年來雖說「第三空間」實際上正在悄悄生長，但人們並沒有意識到「第三空間」是何等重要。反之，無論在國內還是在海外，許多人仍以為知識分子非附上某張「皮」、非依附於某一政治集團不可。敵我分明，或入官，或入夥，或扛政府大旗，或上民運戰車，二者必居其一。倘若獨立，就兩面不討好。李澤厚和我合著《告別革命》，強調知識分子應擺脱兩極思路，應有超越兩極的中性立場，既不當政府的馴服工具，也不當反對派集體意志的玩偶，而應在自己精神空間裏進行價值創造，尋求自由自立的第三空間，也希望社會尊重這一空間。然而《告別革命》出版後卻遭到兩面的強烈批評，這時才明白爭取第三空間十分艱難，也才明白，自由正是從社會文化的絕對兩極結構之處開始消失。今天向你訴說「第三空間」的概念，也算是對自由的一種憧憬。也許又要落入你所說的「渺茫」之中。

爸爸 於香港

（原載《亞洲周刊》二〇〇一年九月三日至九月九日，選自《大觀心得》）

「芝加哥學群」的精神取向

劉劍梅

爸爸：

一九八九年夏天，由於李歐梵教授的邀請，你到芝加哥大學進行講學與研究。同時在那裏的大陸學者還有李陀、黃子平、甘陽、許子東、查建英等，再加上原本就在芝加哥的鄒讜、李湛忞教授，以及常到那裏參加你們的學術講座的劉小楓、林崗、王曉明等，陣容相當可觀。一九九〇年初，我被科羅拉多大學東亞系錄取，途經芝加哥時，決定先留在芝加哥大學旁聽李歐梵主持的東亞系的研究生課程。現在想想，這半年於我是寶貴的，除了開始進入阿多諾、班雅明、巴赫京的文論世界外，還目睹了你和其他大陸學者在去國離鄉之際所經歷的一場心靈與精神上的蛻變。

你們這群學者初聚在一起，尚未擺脫「六四」事件的震撼，加上「戀鄉情結」與「救世情緒」的折磨，情緒起伏，心事浩茫。不過，你們很快就靜下心來，進入精神生活。那時，你們的選擇所蘊含的意義就是尋找你所說的知識分子的「第三空間」。你們既沒有選擇回國，向權力靠攏，又沒有選擇加入海外民運，受制於另一種集體意志。你們選擇超越黨派，超越兩極對立，回到個人化的自由空間裏。面對這一關鍵性的選擇，你們似乎不謀而合，並戲稱自己這群人為「芝加哥學派」。不過我認為稱之為「學群」比「學派」更合適些，因為你們是群而不黨，群而不派。甚至這個群也只是個體的學術聚會，並不是有組織的群體。每個個體都是充分獨立的。

當時，許多出走海外的知識分子都生怕如果選擇中性的「第三空間」，不是遲早被時代和社會所拋棄，便是會得失語症。楊練曾形象而透徹地表達過海外遊子的孤絕狀態：「因為你的頭髮、皮膚和眼睛，你應當是幽靈。每天，出沒於沒有你的街上，避開一排排藍色的實體的人們。因為你的語言，你沉默。沉到最深處時，讓自己消失。」許多人由於擔心失語，思緒仍舊牽掛着中心，無力逃出壓迫與反抗的二極對立模式。不同於這些人，你們甘心身處邊緣，不畏孤絕，退到充分個人化的內在世界，聚精會神地對中國的文化和歷史進行理性的思考和梳理。你所說的「高行健狀態」，正是這種邊緣狀態和內在狀態。在芝大的博士班討論會上，你們提出了許多重要觀念和命題，比如你提出主體間性、多重主體與走出西方理論陰影的問題，李陀提出毛文體的問題，黃子平提出評價實驗小說的問題等，這些問題又與李歐梵和李湛忞介紹的西方現代及後現代哲學思想和文學理論交叉，構成深刻的對話。我有幸參加了一個學期的討論會，被你們豐富的學術思索深深吸引。可以看出，知識分子的「第三空間」為你們提供了一種立足、立心、立言之地，你們並非與世隔絕，也非遺忘歷史的傷痛，而是更冷靜地走進精神的深處。你的《人論二十五種》、《告別諸神》和《漂流手記》第一卷都是在那時開始結果的。後來芝加哥的朋友們雖然天各一方，但每個人都有所建樹。

如果離開中國現代史的語境，恐怕不能理解芝加哥學群選擇知識分子「第三空間」的艱難與重要意義，因為在西方的知識分子世界裏，這一空間是天經地義的，可是在中國現代史中，由於政治的激進，「第三種人」、「第三條道路」或「中間地帶」總是被看成「另類」或「異類」，連古代知識分子那種放任山水的自由都沒有。在國共兩黨決戰之際，一群民主個人主義者不願意「一邊倒」，既不「革命」，也不「反動」，既不絕對「師法英美」，又不絕對「師法蘇俄」，只可惜在中國的實際政治環境裏，這種個人空間沒有生存的權利。一九四九年以後，兩個階級、兩條路線年年月月對峙，知識分子更是彷徨無地。

你提出的「第三空間」概念，強調的是知識分子的個別性與差異性，與哈貝馬斯的「公眾空間」實際上可以形成一種對話關係。哈貝馬斯的「公眾空間」看到的更多是公共性，是民間社會對國家權力的滲透，知識分子是行走於國家與民間社會之間的小卒，儘管他們可以起着相當大的作用。你則揭示了知識分子作為個人的獨特性，不願認同文化統一理想的合法性，並要求社會承認知識分子這種選擇遊離、選擇差異、選擇個體生存取向的權利。我想，首先得有你所說的第三空間，即首先知識分子的個體差異性和自由權利能得到尊重，多元的公眾空間才能實現。

芝加哥學群的故事已經過十年了，可它的文化意義仍然存在。第三空間幫助了你們這群人重新定位，找到自己的角色和功能。時間證明你們選擇對了。

小梅　於美國

（原載《亞洲周刊》二〇〇一年九月三日至九月九日，選自《大觀心得》）

重新定義美國

劉劍梅

爸爸：

我們期望二十一世紀是一個和平的、「柔」的世紀，沒想到這個夢很快就受到邪惡勢力喪心病狂的打擊和摧殘。

在恐怖分子襲擊的前一刻，紐約世界貿易中心的兩座摩天大樓還披着燦爛的陽光，與紐約繁忙的人群一起迎接新的早晨。可這一天卻是毀滅性的一天，象徵着現代文明、象徵着美國的世貿姊妹樓竟然變成了煙塵籠罩的廢墟。無比壯麗的圖景，頃刻間蕩然無存。難道現代文明真的如此脆弱嗎？難道真如張愛玲所預言的，「有一天我們的文明，不論是昇華還是浮華，都要成為過去」嗎？

九月十一日是美國史上最黑暗的一天。知道劫難的消息後，我和學生立即跑到電視機前，眼睜睜地看着濃煙中受害者無路可逃而絕望地從高樓往下跳的情景，真是慘不忍睹，我感到從未有過的恐懼和震驚。華盛頓地區、馬里蘭地區和維珍尼亞地區在五角大樓被炸後立即宣佈進入緊急狀態。當時我馬上取消上課，讓學生們趕緊回家。第二天，馬里蘭大學停課，校長請所有教職員回校舉行祈禱儀式。第三天，我們雖然驚魂未定，但還是返回課堂。

回校後，面對學生們一張張悲傷、震驚、憤怒的臉，我不知應該從何講起。一位邊服役邊讀書的學生，走上來給我看他剛剛收到的命令，說他很快就要去打仗了，這時我心裏更是感到一陣失落。戰爭正在改變一切。美國的象徵被毀了，美國的理念被野蠻踐踏了，美國正在面臨重新定義自己的時刻。這一歷史性的悲劇事件深深地震撼着每一個美國人，媒體慨嘆「美國再也不可能跟以往一樣了」。這時我卻努力地去回憶幾天前的安寧，回憶當時我們並不懂得珍惜的和平和快樂，回憶輕鬆的笑聲及一些日常生活的細節。於是，我跟學生們說，從這門中國現代文學課，你們可以看到，中國在上一個世紀經歷了一個接一個的災難，一場戰爭接着一場戰爭，這些戰火毀掉了人的日常生活秩序。我們應該懲罰恐怖野蠻，不懲罰就不足以維護人類尊嚴，但懲罰也是為了找回正常的生活。守住美好的一切，才是反擊恐怖分子的最佳行動。

應該如何重新定義美國呢？我向學生們提出了現在美國人廣泛討論的一個問題。神情仍然恍惚的學生們，表達的大多是愛國主義的情緒。而我跟他們說，作為一個並非土生土長的美籍華人，我希望美國的定義永遠是開放、自由與包容，美國的自由是無價之寶，而美國的繁榮則來自它的包容性和多樣性，正因為它的開放和包容，世界各地的人都嚮往美國，許多卓越的人才落腳美國。雖然世貿中心大樓被摧毀了，可我不希望美國在重新自我定義時，反而倒退，回到狹隘的愛國主義和民族主義那裏，排斥少數族裔，尤其是美籍阿拉伯族裔。

一九四一年十二月的珍珠港事件後，美國曾經歧視在美定居的日本族裔；而這次恐怖襲擊事件後，阿拉伯族裔的美國人也受到許多騷擾，一些穆斯林的宗教聚會場所被人攻擊，而許多阿拉伯裔家庭收到各種各樣的恐嚇。這種情況下，美國人也許應該想想是誰構成了「美國」？美國人的結構和內涵是什麼？像我班上的學生，有白種人、黑種人、黃種人，每個人的皮膚、背景、文化各異，如果陷入狹隘的愛國主義，豈不是自己就瓦解了兩個世紀建構起來的美國社會本體和精神本體嗎？

另外，這次在美國本土，美國人親眼目睹了普通平民被屠殺的慘狀。可是，無論是一九九一年的海灣戰爭，還是其他美國扮演「國際警察」角色的事件中，電視上只看到關於美國軍隊先進的科技和精良的裝備，美國軍人傷亡極少的報道，但看不到故事的另一面，那就是敵方因為戰爭而無辜死去的平民，他們的悲慘故事被深深地掩蓋住了。如美國學者阿里夫·德里克（Arif Dirlik）所批評的，美國媒體所製造的海灣戰爭的世界新秩序，一方是聰明的炸彈，另一方是愚蠢的中東人，似乎炸彈飛向的目標，只是無生命的設施而不是活生生的人，似乎他們的生命消失無傷大雅。值得注意的是，美國電視的觀眾們也從不過問這些生命的消失。當美國人遭此大劫之後，除了想到報仇雪恥之外，是否還應當想到其他弱小民族無辜的生命呢？聽了我的這些問題後，我的學生們都沉默不語，陷入了沉思。

第四天，也就是九月十四日，美國全民都在為死去的受難者們祈禱。我和黃剛、孩子也拿着蠟燭，來到門外，與鄰居們一起在黑暗中默默禱告，希望這個世紀世界將充滿和平，希望美國在重新定義中放下弱點，但不要丟失二百年歷史所積澱的最美好的一面。

小梅　於美國

（原載《亞洲周刊》二〇〇一年第十五卷第三十九期，選自《大觀心得》）

牛仔驚醒之後

劉再復

小梅：

讀了你的《重新定義美國》，心裏很不好受。無論是你的年輕學生走上前線，還是阿拉伯孩子不敢上街，都使我難過。這幾天我在電視機前看着紐約世貿中心大樓受襲的情景，我的反應全是本能的，憤怒、震驚、困惑等全屬本能。看到有些同胞在網站裏為空中強盜的殺人行為叫好，我同樣本能地感到憤怒、震驚與困惑，人類竟會在意識形態、宗教理念、民族私利中陷入這等迷狂。樸素的本能也許比高深的知識更接近真理。我愈來愈懷疑被知識所遮蔽的知識分子，愈來愈信任沒有知識的純真的孩子。

你說經受了這場浩劫之後美國將改變性格，重新定義自己。我想一定是這樣的。畢生難忘的巨大打擊，常常會逼迫一個民族或一個人醒悟過來。我曾說，被打斷了一條腿之後，對生活總會有所領悟。中國在一八九五年甲午海戰中，北洋艦隊全軍覆沒，全國才痛哭驚醒，並且進行深刻檢討。但是由於醒悟不是自然自發的，而是被逼出來的，因此便帶着被逼迫狀態的過激反應，最後導致二十世紀暴力革命道路的選擇。美國此次醒悟，不是睡醒，而是被打醒，它是否能不過激而保持理性，這面臨着考驗。

我到海外十二年，美國給我留下的總印象，是一個「牛仔」。牛仔年輕、天真、有力。美國是個幾乎沒有歷史的國家，因為年輕，就比較少世故，可是它又偏偏是世界上擁有最先進技術和最強大軍事力量的國家，因此常有過激行為，對此，我的文字中早有過批評。但是，此次世貿中心大樓被毀滅的那一瞬間，我突然發現自己很喜歡美國，恐怖分子的拳頭不僅打擊了美國，也打擊了我的身體與心脈。我說喜歡美國，很關鍵的是喜歡美國的牛仔似的天真，沒有紳士架子，沒有貴族的傲慢，沒有老種族的根深蒂固的圓滑與虛偽，也沒有知識分子的矯情，尤其讓我喜歡的是它的心胸與天空總是向着不同膚色的人種開放，幾乎沒有意識形態的防範，其他防範也很薄弱。這次被恐怖分子鑽入，正是防範不足的結果。通過慘烈的教訓，美國肯定會驚醒過來，進而成熟起來，「牛仔」可能要變成「衛士」或「戰士」。衛士可沒有天真，有的是懷疑的目光和各種警戒系統、防範系統。倘若美國人也像我們過去那樣，個個心中繃緊一根弦，那麼，這個世界就乏味得多。你希望美國的定義永遠是自由、開放與包容，我還希望美國的定義永遠包含着天真與對人類的信賴，不要被恐怖野獸搞亂眼睛。地球上幸而有美國這個心靈指向自由的參照系存在，否則我們說不定會覺得野蠻與專制乃是天經地義的。我們曾批評美國的當代文學太輕，一切都喜劇化。這回他們經受了一次大苦難，說不定會開始向悲劇靠近。這對文學是好事，對人類則未必。倘若不是有美國的喜劇生活參照系存在，說不定我們會認為一切受罪都是活該，牛棚與「焚書坑儒」也符合天道地道王道聖道。

美國蒙受如此巨大的打擊和恥辱，叫他們不報復是不可能的。恐怖分子如此放肆地踐踏人類的尊嚴，如果不給予懲罰便不足以守護人類生存的基本準則。但是，美國面對的敵人既是一群凶殘的、掌握現代技術的暴徒，又是一群不敢承擔責任的流氓。他們可以不顧一切包括不顧毀掉千百萬人的生命和自己的生命而達到破壞的目的，而美國卻不能這樣，它必須護衛美國人民的日常生活秩序和顧全整個人類社會的日常生活秩序，它要想到無數無辜的個體生命，如果傷害太多無辜，越過正義的臨界點，自己就會染上對手的色彩。恐怖分子的炸彈不僅擁有殺傷人身的暴烈力量，而且帶有繁殖仇恨的細菌，如果不小心，就會把自己也變成善於仇恨的種族，在冤冤相報中與暴徒同歸於盡，甚至把自由與日常生活的安寧也作為代價。掌握復仇的分寸是極其困難的，當中包含着美國領導者的全部智慧。

你身處華盛頓，濃煙、彈片和瓦礫就在你身邊。以個人靈魂的生長需要而言，這種劫難教育，真是千載難逢。三百個消防員為救人赴湯蹈火，讓我們知道如何做人。而死難者亡靈的手臂一定會把你推出自我欣賞的小專業圈子，讓你的心胸更貼近真實的大地與生活，你的目光也一定能走進人間與人性的更深處。在大歷史事件的煙火照明之下，許多名字，概念、方式和爭端將會變小，包括你熟悉的許多名字，那些淺薄的狹隘民族主義者的巧言令色，自然就變得更小。我們不要接近他們，這種主義的細菌是不可以接近的，一接近就會落入瘋狂。

爸爸　於香港

（原載《亞洲周刊》二〇〇一年十月一日至十月七日，選自《大觀心得》）

劫後美國文化的轉機

劉劍梅

爸爸：

你說美國九月十一日恐怖事件可能使美國文學藝術的重心發生「從喜劇到悲劇」的轉折，倘若真的如此，我認為是好事。前些時我們討論過關於輕與重的問題，當時我感慨美國學生都有種「失重感」，太沉醉於輕的浮華的表層，無力承擔任何重的思想和責任。沒想到，恐怖事件很快就給美國藝術界和文化界一個「沉重」的教訓，迫使報紙和雜誌紛紛對美國文化的「失重感」進行檢討。

有位評論者在《紐約時報》撰文道，世貿中心的災難「剝掉了紐約層層的自戀與誘惑，把佔領這個時代的輕浮感一掃而光，留給市民的是悲傷和恐懼」。小說家布克萊（Christopher Buckley）更指出，「這是歷史上一個獨特的瞬間，一個文化圈的突破口。它有着去除淺薄無聊的巨大效果：我們難道還會津津樂道茱莉亞羅拔絲昨晚穿了什麼性感的禮服或沉迷於一個又一個電視頒獎會嗎？」新聞工作者 David Halberstam 則認為當代美國人的享樂主義和自大情結已經走到了極限，現在國家正面臨一個漫長的黎明前的鬥爭。這種沉重感甚至蔓延到美國的搞笑節目中，連晚間最受歡迎的脫口秀的主持人 David Letterman 在他的節目中都笑不起來，甚至忍不住對着觀眾落淚。

難道這次災難真的能夠改變美國那種把一切都喜劇化的「輕浮」的大眾文化嗎？這種改變會給美國人民的日常生活帶來什麼變化呢？我們平時常常感嘆美國的大眾文化已經遍佈世界的各個角落，美國大眾文化所創造的「同一性」早已在潛移默化中「殖民」了其他民族的文化肌體，那麼，此次災難對世界文化格局又會帶來什麼影響呢？

我對美國的大眾文化一直抱着批判的態度。美國的大眾文化的「輕」首先迷失在對浮華的物質慾望的追求中，「物世界」壓倒「心世界」。青少年崇拜的「英雄」是大牌的笑星、歌星、電影明星和體育明星，追逐的是琳琅滿目的高檔名牌，羨慕的是性感的身體，欣賞的是輕鬆幽默的「肥皂劇」，夢想的是成為億萬富翁。其次，這種「輕」還表現在缺乏對「真實生活」的認識上。美國的媒體和荷里活電影給大眾塑造了無數「虛擬」的影像世界，即使是世界末日，也不過是荷里活電影裏夢幻的寫實主義和刺激性的商品。當我們進入了無所不包的群體的圖像世界中時，個人的「觀點」早已被整體的生活方式所淹沒，而真實的生活也永遠丟失在虛構的影像裏。

美國有一部電影 *Truman's Show*（港譯《真人騷》，台譯《楚門的世界》），探討的就是這個關於虛構與真實的問題。作為個體的主角杜魯門生活在一個充滿詩意和陽光的小鎮，一切都是那麼美好和井然有序，實在沒什麼可抱怨的。可是有一天，他突然懷疑這個世界是假的，圍繞在他身邊的人們都是些演員。果然，他最後終於證實了這個猜測：他原來是「現實電視」（Reality TV）節目中的主角，那個小鎮是一個巨大的電視製作中心，有無數的攝像機天天監視着他的一舉一動。這個電影的寓意是，美國人就像杜魯門一樣，天天生活在圖像的虛擬世界裏——一個「失重」的虛假的美好空間中，與外界真實的充滿磨難的生活失去了聯繫。

「九・一一」事件不僅毀掉了美國的象徵，同時也擊碎了 *Truman's Show* 中的那個虛假而美好的小鎮生活。電視上不斷回放飛機撞上世貿大樓的一剎那，以及大樓倒塌的瞬間。這些鏡頭給人視覺上的震驚效果遠遠超過了荷里活電影的想像。但這是活生生的而不是虛構的，這些災難就發生在美國的領土，就在自己身邊，而不是落後的第三世界國家，正因為是真實的，對文化界的衝擊才會這麼大。

美國文化藝術界如果真能把九月十一日恐怖事件當作改善自身的歷史契機，是很有意義的。也許通過這次災難的衝擊，美國大眾文化會有新的氣象，會在紙醉金迷的物質世界中重建精神世界。

九月二十日，美國許多著名的荷里活演員一起義演募款，做了一個叫「美國：英雄頌」的節目。在這個節目中，他們講了一個又一個發生在現實生活中感人的「英雄」故事，為大眾重新定義「英雄」：英雄不是笑星、球星，而是捨身救人的消防隊員和警察，是在飛機上與暴徒搏鬥的旅客和支持丈夫冒死搏鬥的妻子。看來美國大眾文化中有了些「沉重」的感覺了，但願美國文化在災難中獲得轉機，獲得厚重，獲得深度。可是我們也不可抱太多希望，這種感覺很可能只是暫時的，傷痛也許很快又會被人們在「笑」中遺忘了。

小梅　於美國

（原載《亞洲周刊》二〇〇一年十月八日至十月十四日，選自《大觀心得》）

劫火重鑄英雄觀念

劉再復

小梅：

你說美國在「九·一一」恐怖事件的教訓之下，正在重新定義英雄，重新調整價值觀念，這是個好信息。英雄觀念包含着國家、個人的精神指向和審美理想。伽利略曾說，需要英雄的國家是不幸的，指的恐怕是救世英雄。而帶有人生指向意義的英雄，恐怕不能沒有。

荷里活和百老匯所製造的明星產生過巨大的英雄效應，但這些明星只是「扮演」的英雄，即假英雄。而「九·一一」事件之後，勇敢赴死捐軀的真英雄（消防隊員、警察、在飛機上與劫匪搏鬥的死難者）出來了，假英雄自然就得讓位。原來荷里活已經拍好的幾部大笑與大暴力的影片被擱置，這是理所當然的。擱置影片是小事，荷里活與百老匯突然迷失了方向則是大事。這兩個美國最大的製造夢幻的藝術工廠，在歷史大事變面前，還能繼續沿用「暴力刺激」、「搞笑刺激」那一套嗎？其實六十年代以後，美國文學藝術乃至美國文化已經滑坡，「嬉皮士」、「垮掉的一代」、「現代派」等佔領舞台，文化愈來愈淺。此次大刺激之後，也許美國真正的思想家和藝術家要考慮回到奧尼爾、回到海明威與福克納的時代，也許美國有見識的父親與母親會意識到，推薦奧尼爾的《長夜漫漫》給年輕一代讀讀，比推薦海勒爾的《二十二條軍規》更有意思。

「九·一一」浩劫對美國人來說當然是巨大的不幸，但是，如果美國人真能改變一下英雄觀念，把數百消防員捨身救人的行為視為真正的英雄行為，並從中領悟人生的真諦，倒是不幸中的大幸。美國因為太富有、太強大，以為世界沒有什麼對手，可以放心「享受生活」，這回才知道事情沒那麼簡單。這個世間有兩個最可怕的敵人，一個是喪心病狂的恐怖主義者，一個是鬆懈了的自己。太安逸的生活和太膚淺的文化會麻醉自己的神經。美國的地位很像當年羅馬帝國在世界上的地位：異常強大、沒有敵手，生活在如夢如醉的「幸福」、「快樂」之中。可是羅馬帝國正是在沒有敵手之時才開始快快活活地「鬆垮」掉的。從更深的意義上說，數百消防員的犧牲不僅是拯救一些逃難者的生命，而且是拯救美國正在沉淪的文化精神。

從紐約世貿中心受襲那一刻起，一個月來我好像又上了一次大學，學習思索了許多問題，包括英雄觀念。美國在改變英雄觀念，我們也應當反思英雄觀念。英雄的原始意義應當是救人、助人、造福人的。去年我在香港城市大學講座的第一課是「中國文學的原始精神」，闡釋《山海經》的精神內涵，其中特別提到，在《山海經》的人類創世時代，所有的英雄都是為人造福的英雄，都是建設性和救治性的，無論是女媧補天、精衛填海，還是大禹治水、夸父追日，均是如此。《山海經》裏的英雄是我們觀照英雄的最本真的參照系。但是，中國人後來把《水滸傳》中的武松、李逵等視為英維，就是巨大的變質。武松、李逵等只把自己的造反兄弟當作好漢，視其他個體生命則輕如鴻毛。武松「血濺鴛鴦樓」，殺了十八個人，除了張都監、張團練、蔣門神之外，其他全是無辜者。可是中國人卻認定武松是英雄。崇拜破壞性英雄，忽略或蔑視建設性英雄，在英雄觀念裏丟掉心靈準則與人性準則，這是一種文化病態。

魯迅在《拿破崙與隋那》中曾批評過這種英雄觀念的顛倒。他說，他認識一個醫生，常常受病家的攻擊，有一回，這個醫生自嘆道：要得稱讚，最好是殺人，你把拿破崙和隋那（Edward Jenner，一七四九至一八二三）去比比。魯迅感慨：「這是真的。拿破崙的戰績，和我們什麼相干呢，我們卻總是敬佩他的英雄，甚至於自己的祖宗做了蒙古人的奴隸，我們還恭維成吉思汗」；「自從有了這種牛痘法以來，在世界上真不知救活了多少孩子——雖然有些人大起來也還是去給英雄們做炮灰，但我們有誰記得這發明者隋那的名字呢？殺人者在毀壞世界，救人者在修補它，而炮灰資格的諸公，卻總是在恭維殺人者。」此次暴徒大規模殺人之後，還有人恭維、鼓掌和叫絕。在他們的意識深處，也正是「殺人者是英雄」。幸而在殺人者毀壞世界之後，還有「救人者在修補它」，更幸運的是人類的多數還是能分清誰好誰壞。

在美國的追悼日裏，教堂內外都在歌唱「你是我的英雄」，顯然，悲歌者心目中的英雄是那些普普通通的救人者，他們沒有明星效應，卻把英雄概念回歸到人性原點上，也回歸到文化根性上。在哀歌中，在大樓廢墟裏，我再次感到人類靈魂沒有死亡。

爸爸　於香港

（原載《亞洲周刊》二〇〇一年十月十五日至十月二十一日，選自《大觀心得》）

憂患中的人性呼喚

劉劍梅

爸爸：

上個星期，我讀到《紐約時報》的一封讀者來信，信中這樣寫道：

當我們突然不得不面對生死問題時，才發現這幾十年美國文化只生產了一些自我中心的、乏味的、無價值的藝術家。現在我們需要的是能深入人性思索的美國藝術家，通過平衡形式與內容，創造出像我們生存意志一樣堅韌的作品。

這位讀者講得很好，他指出了近幾十年來美國文化（尤其是大眾文化）的不足。

能發現自己的嚴重缺陷，自然是好的，但如何彌補不足，並找到新的文化支撐點，卻不容易。最近一些以紐約為背景的電視劇就不知所措。其中一些劇目在表現紐約人最近的日常生活時，仍是採取逃遁的辦法，帶給觀眾一些勉強的笑聲。可是，在沉重陰影籠罩下的紐約人，此時的笑，已不像往昔那樣清朗，笑中或笑後總是有些酸楚和尷尬。有位電視製作者甚至還找到了愛國主義的理由，說在越戰中，搞笑的電視劇有着極好的市場，人們可以從國家危機中逃走，在笑中治療心理。但這樣笑的理由已沒有人相信。

整個美國大眾文化都是夢幻工廠。笑本來無可非議，但在嚴峻的生存困境和人生問題面前只是一味地笑，這笑就變成夢幻。最近美國文學界的一位小說新星強納森·法蘭森（Jonathan Franzen）在他的新著《修正》（*Corrections*）中就揭示了當代美國文化的危機。他對現代社會流行的心理治療提出質疑，因為現代人所仰仗的各種名目的「治療」（包括笑）根本無法真正觸及人內心的傷痛與世界的傷痛。在小說中，他發出了這樣的具有人道主義關懷的聲音：「如果你沒有能力想像其他人的生活有多麼艱難，你又怎麼能夠允許自己呼吸，更不用說允許自己笑，或睡好吃好了？」美國人要從夢幻中走出來，雖不容易，但也不是沒有基礎。事實上，美國文學歷史中並不缺乏人性深度的思考，比如傑克·倫敦（Jack London）的人與自然的搏鬥，海明威的硬漢文學，福克納的南方風情，德萊賽（Theodore Dreiser）的現實主義，索爾·貝婁（Saul Bellow）的中產階級知識分子的苦悶，以及托妮·莫里森（Toni Morrison）的黑人女性的吶喊等，都對人性問題與生存困境進行過深刻的思索，只是這些思索被一味追求娛樂的大眾文化潮流沖到角落中去了。其實這些嚴肅文學恰恰負載着美國的靈魂和美國文化的根性。美國文化的「救贖」實在用不着去找新的「救主」，如你所說，回到傑克·倫敦、奧尼爾和福克納等，就是回到最堅實的文化支撐點，回到近幾年來文學界淡忘的「人」的問題上，回到對人的尊嚴、人的價值和人的生命的深切關懷上。

福克納在接受諾貝爾文學獎時所作的演說，有一段話美國人似乎遺忘了。這是一段極其重要的經典話語，我認為它正是美國文學的靈魂。今天，在美國文學和文化彷徨於歧路的時候，它應當成為燈火、成為號角、成為作家的心靈參照系。我希望福克納的聲音能傳播得更廣，能在文化的中心地帶化作強音。福克納說：

充塞於創作史空間的應當是指示人類心靈深處從遠古以來就存有的真實情感，這古老而至今遍佈在心靈的真理就是：愛、榮譽、同情、尊嚴、憐憫之心和犧牲精神。如果沒有這些永恆的真實與真理，任何故事都將如朝露，瞬息即逝……。人是不朽的，這並不足說在生物界唯有他能留下不絕如縷的聲音，而是因為人有靈魂——那使人類能夠憐憫，能夠犧牲，能夠耐勞的靈魂。詩人和作家的責任就在於寫出這些，這些人類獨有的真理性、真情感、真精神。詩人和作家所能給予人類的就是借着提升人的心靈來鼓舞和提醒人們記住勇氣、榮譽、希望、尊嚴、同情、憐憫之心和犧牲精神，這些人類昔日曾經擁有的榮耀，以幫助人類永垂不朽。

我一直都很佩服福克納作為一個傑出的現代主義作家的精湛技藝，在小説中他廣泛使用了多角度敍述、意識流、蒙太奇、神話模式、象徵隱喻等小説敍述的新手法，然而我更佩服他敢於擁抱這些「傳統價值觀念」的勇氣，以及他對重建人的價值觀念所作的努力。如他所反覆強調的，他幾十年的創作都是在寫「人」，在藝術地表達他對人的信念，探索在現代社會的荒原上如何重建人的價值觀念。在今天人被機器、被語言異化的時代，也是被劫難所打擊、被夢幻所麻醉的時代，福克納的聲音顯得特別有價值、有遠見。福克納的呼喚，是正直善良的人類內心的共同呼喚。無論是立足於哪一種文化的作家，只要關懷人和關懷人類當今的困境，一定會和福克納產生共鳴。

小梅　於美國

（原載《亞洲周刊》二〇〇一年十月二十二日至十月二十八日，
選自《大觀心得》）

別在心理上先打垮自己

劉再復

小梅：

前些時候給你寫信，說「九·一一」事件後我發現自己很喜歡美國，這之後又發現，我也很喜歡香港。這大約是因為漂流海外後，這兩個地方都給了我立身之所和心靈存放之所。此外，可能還因為這兩個地方都比較自由，和我的天性比較相通相宜，因此，我既希望美國走出劫難的陰影，也希望香港能繁榮依舊。而所有的希望歸結為一個具體意思，就是希望能夠保持住美好的日常生活秩序。

其實，恐怖分子的目的，就是要毀掉人們的日常生活秩序。如果受襲擊影響的國家和地區，秩序混亂，不敢生活，就等於中計。所以，今天我很想對美國人及香港人說，現在最重要的是，你們應當像往常那樣生活，像平常那樣生活，像幾個月前、幾年前那樣，去看戲、去唱歌、去請客吃飯，去買東西、去旅遊、去坐飛機、去看賽馬和參觀迪士尼樂園，大家照樣生活，大家照樣熱愛生活、積極生活，就是勝利。

美國向來都把個體生命和個人日常生活看得很重，相應地，守衛日常生活秩序的意識也很強，因此，這次遭到打擊之後，國民的精神就表現出來了，而且表現得相當鎮定。如果是在中國發生紐約類似的事件，那一定要出現大示威、大遊行，可是美國只有默默哀悼。這個國家好像沒有狂熱的土壤，不知道為什麼？美國人在經受「九・一一」的打擊之後雖然表現出鎮定，可是沒想到又來了「炭疽菌」的新一輪騷擾，這種鬼蜮方式，可能會給美國人的心理產生更普遍的恐懼。人是生理存在，又是心理存在，但更重要的是心理存在，如果心理被看不見的病毒所侵襲，就會喪失許多生活的熱情。美國的日常生活正面臨着一場嚴峻的挑戰。

香港主要不是面對恐怖分子的直接打擊，而是面對經濟衰退的挑戰；香港人是不是心理的強者，也面臨檢驗。如果香港人有一種鎮定態度，有一種堅韌精神，有一種不屈不撓的信心，有一種不慌不亂的內在力量，仍像往常那樣生活，像往常那樣去進取、奮鬥、創業、消費，是可以征服困難的。最怕的是首先在心理上消滅自己，消滅自己的信心和精神，消滅自己的日常生活熱情。也就是說，怕的是經濟上還沒有崩潰，心理上首先崩潰。

最近一段時間，我在茶館飯莊和各種報刊上，都聽到看到一片埋怨，我愈聽愈讀心裏愈灰。香港是個言論自由之地，人們廣泛參與社會，可以自由地批評政府，我很喜歡這種風氣，所以稱香港的文明批評與社會批評乃是香港的精神本體。但是，這種批評應當是使香港更健康更繁榮，應當是使香港人更有信心，而不能批評得使上上下下大家都沒勁，個個灰溜溜。美國也有對政府的批評，但整體輿論是在強化國民的心理。聰明的美國人，大概是不會在心理上率先把自己打垮的。

香港地方小，報刊多，新聞媒體起了極大的作用。報刊多，社會的關注度就高，這自然好；但報刊一多，新聞資源就不足，相應地，就容易膨脹新聞，小題大作。既然是新聞自由，就有小題大作的自由，但是，任何「大作」也應有個限定，這個限定就是其總效應不應在心理上率先打垮自己。如果香港新聞能守住這一邊界，對香港將是功德無量。

香港對我非常友好，所以我也關注香港。香港每一條「自殺」新聞都使我難過；但是，我更擔心的是在大炒「自殺」新聞的同時，香港也在經歷一場心理上的自殺。

寫到這裏，我想起兩段前人的話。一是蘇東坡《留侯論》中所云：「匹夫見辱，拔劍而起，挺身而鬥，此不足為勇也。天下大勇者，卒然臨之而不驚，無故加之而不怒。此其所挾持者甚大，而其志甚遠也。」蘇軾告訴人們，真正的強者乃是心理的強者，是劫難「猝然臨之而不驚」的有遠見的強者，而不是那些「拔劍而起」、急功近利的人。另一段話是蔡元培先生在辭去北大校長之後，引用《白虎通義》以告示友人的七個字：「殺君馬者，道旁兒。」我在想，說不定殺戮香港的正是道旁、街頭、報章上的悲觀輿論，也就是說，罵垮香港的正是滿口怨言、心理脆弱的香港人自己。這一道理和人類的衰老死亡現象差不多。人顯得蒼老，表面上看是駝下背、彎下腰，其實，首先是心理上倒塌下來。此時，心理是第一性，生理則是第二性。人一旦在心理毀滅了自己，死亡也就臨近。今天，對於美國人和香港人來說，第一性、第一位、第一要義皆是自身心理的健康與強大，要有自信心，有了這一條，就有光明的未來。

爸爸 於香港

（原載《亞洲周刊》二〇〇一年十一月十二日至十一月十八日，選自《大觀心得》）

身體書寫的末世景象

劉劍梅

爸爸：

我在前幾期的《亞洲周刊》上看到有關十七歲少女春樹的《北京娃娃》的報道，顯然這部備受媒體關注的小說又是女性身體寫作的延伸。我同意有些讀者的反應，媒體不應該一味炒作這類「驚世駭俗」的身體寫作現象，而是應該多給予一些中肯的批評。

女性寫作回歸身體，本來無可非議，正如女作家徐坤所說的，「男人們受引誘去追求世俗功名，而女人們則只有身體，她們是身體，因而更多地寫作。」但是當女性身體寫作成了商品炒作的對象時，它的商品性則遠遠大於對女性自身的認同，它在俗世間的隨波逐流則遠遠大於其社會叛逆性。瘋狂的、過滿過溢的、肆無忌憚的女性身體寫作已經構成了末世的一大景觀：赤裸的性感的身體是追求名利的手段，更是內在匱乏的表現。

回顧上個世紀中國現當代文學，小說家在表現自己與世界的關係時，也常常通過身體來思考。關於女性身體的故事，更是層出不窮，它可以是國家神話、政治意識形態、倫理道德、性別之爭、時代精神等的載體，也可以是一個純粹的感性之源，訴説着個體經驗與私人空間。然而，不論是男作家還是女作家的身體寫作，都不乏社會與歷史針對性，身體的內涵並不狹隘。

男作家在表現身體時，比較「外化」，身體承載的國家和社會意義比較沉重。比如晚清時期的小説《女媧石》，女虛無黨和女科學家的身體是國家神話的載體。五四時期與三四十年代的作家，紛紛描寫被壓迫、被欺凌的下層女性身體。魯迅的《祝福》、柔石的《為奴隸的母親》、老舍的《月牙兒》等作品都通過下層女性被迫害的身體來暴露社會的黑暗。這些作家讚美勞作的身體，同情忍受苦難的身體，為男權社會中的弱勢群體大膽直言。下層女性身體與其説是政治意識形態的載體，不如説它們真實地反映了現代作家的倫理道德感。在我們這個浮華的時代，這樣的身體描寫已經不復存在。這代表的是社會的進步，還是知識分子的冷漠？代表的是新科技時代對知識的高揚，還是人們倫理感與正義感的喪失？

現代文學的女作家在寫女性身體時則比較「內化」，她們更重女性身體與現代社會複雜的關係，比較重視女性的心理描寫。比如丁玲的《莎菲女士的日記》雖然赤裸而細膩地表現了女性對自己身體的認識，大膽地肯定了女性的慾望，結尾卻揭示了現代女性在現代性愛中異常失望的複雜心情。白薇則更加悲觀，她的自傳體小説《悲劇生涯》把自己寫成了現代性愛的犧牲品。

由於從她的丈夫楊騷那裏染上了性病，她的身體成了自己的牢獄。即使她想追求進步，革命隊伍卻無法收容她那有病的身體。她唯有在貧困、孤獨、病痛中苦苦掙扎。在這些現代女作家的寫作中，女性身體對社會及性別秩序的批判和反省是非常深刻的。

文革時期女性的身體承載的是毛澤東和共產黨的「階級鬥爭」文化，性描寫成了敏感的話題，成了禁區。於是八十年代以後的小說，為了顛覆「無性之性」，紛紛選擇表現身體的快感、慾望的解放。我們看到的是肉體的狂歡，是對肉體的渴望，對思想與主義的厭倦，對理想精神的幻滅。處處是「豐乳肥臀」，處處是高潮體驗，那種身體的顫慄與極致是反抗壓抑的手段。女性對自己身體的書寫從王安憶的「三戀」到陳染、林白的小說，都基本上把女性的性意識當作反叛秩序和主流社群的文本策略，與自己的身體廝殺。揭示隱私，是在揭示自我與世界的障礙，質疑男權秩序與重申女性的立場。到了世紀末，衞慧、棉棉、九丹等「美女作家」的身體寫作，雖然在表面上是反抗的，骨子裏卻是媚俗的，是純粹追求快感的——自我放縱的快感，自我釋放的快感。吸毒、性交、搖滾、另類方式、身體放縱構成了末世的頹廢現象，激情不再，有的只是自我麻醉、昏暗、無法自持。女性身體與都市的聯繫，既迷人又傷痛，既華麗又荒謬。

這類身體寫作也有其複雜的一面：它在某種程度上肯定了女性對慾望的追求與把握，在自我沉溺中反觀都市的沉浮；然而，它對商業社會毫無批判的認同，以及它對身體快感的縱情描述，把女性重新推回商品的行列。換句話説，強調女性身體的生理性，本來可以張揚女性寫作的特點，但是，其陷阱是，它也會更加認同商品社會對女性的規定，女性因而被降低為永遠是生理的，永遠是不會思想的，不再反省自身，不再批判社會，永遠是脂肪的堆積，是快樂的肉身。表面上，它似乎質疑男權秩序並強調自己的女性寫作立場，然而實際上卻是以妖嬈的姿態迎合男性社會對女性的規定，抹殺女性心理更為複雜的層次。

重新閱讀身體，我們會發現它與我們息息相關的世界是如此的緊密。身體有時是警世的，有時是諷世的，有時卻是毀世與末世的。它毫不隱諱地暴露着歷史與時代的傷口，也毫不遮掩地展示着書寫者的主體與靈魂。它可以是女性解放的出路，也可以是女性解放的陷阱。

小梅 於美國

（原載《亞洲周刊》二〇〇一年八月十九日至八月二十五日，選自《大觀心得》）

兩種時髦：語狂和語障

劉再復

小梅：

十年前，我寫過一篇〈語狂〉，發表在《明報月刊》上，批評的是文化大革命中「踏上一萬隻腳，叫他永世不得翻身」一類的大話、狂話。去年因為高行健獲獎，又有人揚言要「把諾貝爾文學獎埋葬一萬次」，於是，「狂語」二字，又回到腦子裏。

前些時候讀傅斯年先生的《出入史門》，集子中有他寫於一九一九年的《隨感錄》，第二則說：「除去遺世獨立的狂人而外，世上常見的狂人大約有三類，一是色狂，一是利狂，一是名狂。」但他沒有發現第四類狂人，即語狂。也許不能說「沒有發現」，因為五四時代雖有講大話的，但還沒有明顯的「語狂」出現。

所謂「語狂」，主要有兩種，一種是自我誇大、自我膨脹的妄語者，把自己誇大為天下第一，歷史第一，「過去全是零，一切從我開始」。這種人的特點是把話說絕，以危言聳聽作為人生基本策略。百年前尼采宣佈「上帝死了」雖也狂，但童心尚在，現在的小尼采，卻狂躁而且富有心機。另一種「語狂」便是語言暴力者。我在〈論語言暴力〉一文中已經說明，這種人不僅自我膨脹，而且還把語言作為人身攻擊的武器，對他人的身心造成傷害。五四時期雖然語言暴力已經萌芽，但尚未蔚為風氣，語狂也未形成群體與集團，直到文化大革命才真正形成語狂時代。這個時代告訴我：狂語真能傷人，概念真能殺人，鉛字是有毒的，牆上的大毛筆字也是有毒的。上世紀六七十年代的語言現象像一場噩夢，給我留下難忘的印象。沒想到，近幾年又看到許多妄語者和語言暴力者，他們罵錢穆，罵錢鍾書，罵巴金，罵高行健，對活着的潑髒水，對已死去的，則不惜「鞭屍」。

傅斯年在談論狂人時沒有說明狂的原因。其實不管是色狂、利狂、名狂，還是語狂，背後全是慾望。瘋狂的慾望導致瘋狂的語言。慾望不僅使人膨脹，而且使人產生攻擊性與侵略性。一般地說，狂語背後總是有不純的動機。魯迅寫過「學界三魂」，說文壇中有民魂、官魂、匪魂，唯民魂寶貴。幾十年過去，現在文化界仍然是三魂並置並存。擁有官魂者愛講套話、空話、廢話；擁有匪魂者，愛講狂語、大話，髒話、流氓話。唯有具備民魂者，能講真話與實話。色狂、利狂、名狂、語狂，表現形式雖不同，內裏卻一樣是貪得無厭的慾望。目前中國兩岸三地匪魂格外猖獗，這些人的語言正是被匪魂所支撐。

學界中除了出現「語狂」現象外，還有一個大現象是「語障」。所謂語障，就是概念障礙，「主義」障礙，觀念障礙。去年我在一篇文章中批評過「語言遮蔽」的問題，便是語障。我們這一代人，曾經在「主義」的包圍中迷失，不是靠「生命」與「心靈」過活，而是靠概念過活，後來費了好大氣力才從「主義」和各種概念中走出來。不幸這幾年又看到比我年輕的一些學人，卻在大玩西方時髦的「後現代主義」、「後殖民主義」等大概念，玩得走火入魔。他們的文章，雖然時髦名詞很多，卻太少真問題與真見解。在文學創作中，也有些作家刻意玩語言，賣弄才氣，結果反而失去真實感和現實語言的活氣與活性。說到這裏，我又懷念起胡適、錢穆、朱光潛等老先生的文字，甚至也懷念趙樹理的文字，他們的文字平實而沒有任何概念的覆蓋層，沒有語障。

最近兩三年，我老是想到「返璞歸真」四個字。意思是說，知識者讀書愈來愈多，頭腦變得愈來愈複雜，離生命的本真本然也愈來愈遠。被語言和知識所遮蔽，反而看不清世界的根本，倒不如回到嬰兒的視角。二十世紀語言學獲得很大的發展，語言被強調到「精神本體」的高度，「主義」被強調到至高無上的「絕對精神」地位，結果反而掩蓋最重要的東西，這就是「人」的尊嚴與人的活力。把語言、絕對精神、主義等看得比人的生命更重要，這是二十世紀一項根本的精神教訓。以前我們所接受的「砍頭不要緊、只要主義真」的口號，作為個人的詩情，確實崇高；但作為理性原則，卻完全忽視人的生命價值與生命質量。主義說得愈多，自由就愈少；概念愈漂亮，生命反而愈沒有光彩。

這種「語障」造成的迷失，正如高行健在《靈山》第五十八節中所描述的：

你拖看沉重的思緒在語言中爬行，總想抽出一根絲線好把自己提起，愈爬卻愈加疲憊，被語言的遊絲纏繞，正像吐絲的蠶，自己給自己織一個網，包裹在愈來愈濃厚的黑暗中，心裏的那點幽光愈趨暗淡，到頭來網織的無非是一片混沌。

爸爸　於香港

（原載《亞洲周刊》二〇〇一年十二月十日至十二月十六日，選自《大觀心得》）

主宰語言還是被語言主宰？

劉劍梅

爸爸：

我身邊都是些嚴謹認真、踏踏實實做學問的學者教授，連一個小小的註釋也要花費許多心血，所以，你所說的「語狂」現象彷彿離我比較遙遠。美國這個國家，確實如你所說的：沒有瘋狂的土壤。無論是做事還是言論，都比較平實，這是他們奉行「實用主義」理性的結果，還是他們建國後兩百多年形成的國民性，或是他們在教育普及下形成的生命素質？我還沒研究清楚。但有一點是清楚的，美國是以法治國的，法律比較完善，如果真有「語狂」者傷害人身到觸犯法律的程度，他們會被起訴。事實上，美國人受到不被語言暴力傷害的法律保護。

不過，「語障」現象在我周圍倒是無所不在，已經嚴重地影響了學院派的思維，我自己便曾深受其害。剛剛來到美國時，美國漢學界正在發生巨大的變化，一些年輕學者把許多時髦的西方理論引入到對中國問題的研究中，此舉的意義當然十分重大。不過，弊病也不小，儘管新鮮的西方理論給漢學界帶來了煥然一新、五彩斑斕的面貌，可這只是表象，中國的語境在這些借來的寶石的眩光裏已變得殘碎不全，面目全非，真正具有原創力的作品所剩無幾。當時還在讀學位的我，彷彿掉進了概念的迷宮，像新一代的「追星族」，在刻意模仿中丟失了自己的個性和獨特的思想。

在去年由王德威老師主持的一個學術討論會上，有一位叫亞歷山大・弗格斯（Alexander Des Forges）的美國年輕學者語出驚人，認為美國漢學界的中國現代文學研究有一種嚴重的傾向，一種對「文學現代性」的「戀物癖」傾向。借用佛洛伊德的「戀物癖」理論，弗格斯認為，自二十世紀六十年代夏志清先生的《中國現代小說史》起，美國漢學界所迷戀和依賴的幾個重點大詞彙中「現代性」是最突出的一個。文學現代性常常被定義為是與傳統的一場「裂變」，始於「五四」時期。

由於以西方的文學經典為參照系，早期漢學家不得不時常為他們所研究的中國現代文學中的「次等作品」道歉，感嘆中國的偉大作品少之又少。七八十年代的漢學家比較注重對經典研究的超越，開始注意「五四」以外的一些時期，如晚清、「五四」以外的民國時期，以及八十年代等，在研究方法上也注重中國現代性與西方現代性的區別。不過，弗格斯批評道，這些對「五四」經典的擴展與超越研究，卻仍是順延「戀物癖」的邏輯和思維，仰仗於一兩個與「現代性」相關的詞彙來描述各種現代文學現象，如「翻譯現代性」、「壓抑現代性」、「延遲了的現代性」、「性別現代性」、「中國現代性」、「半殖民地現代性」等，這些在現代性一詞加上前綴與後綴的學術著作，好像在質疑現代性，又像在肯定現代性，讀者進入不了文學自身的「真問題」，因為全被「現代性」這一概念所「隔」。然而，這一系列著作使我們感到困惑，是否「文學現代性」本身從根本上就是有問題的？是否這一「戀物癖」本身反映了學者們自身的混沌狀態？

弗格斯批評的「戀物癖」，也可說是「戀語癖」。戀「現代性」這一概念的確已經成為研究中國現實問題的學者們的一種怪癖了。當初學者們提出「現代性」還是很有必要的，它對我們解釋中國問題還是有幫助的，但是後來當整個學界無論什麼現象都用「現代性」去套、去闡釋時，它就有如「萬金油」那樣。我也曾有過這種「癖好」，好像當初到美國深造，就是為了這一堆概念。大概念本是通向真理的工具，現在卻變成我肩上的重擔，甚至成了眼中的「障目之葉」、「現代性」、「現代主義」、「後現代主義」、「後結構主義」、「後殖民主義」，每次思考一個新的學術問題都碰到這些大詞彙橫在眼前，立在路上。先要消耗大氣力來定義一下大概念才進入問題，而尚未進入問題之前，已精疲力竭。以「現代性」這一概念來說，它是時間概念，還是精神層次概念？它與「現代化」的概念何處重疊何處區分？它與「現代主義」又有哪些異同？它與「古典性」對峙，還是與「當代性」對峙？它與世俗性、庸俗性又是什麼關係？先說清這些就首先落入陷阱迷宮。這些概念確實構成你所說的「覆蓋層」。其實，一個概念大到難以界定的時候，這個概念就很可疑。

爸爸，我覺得你在上篇文章裏提出了一個很重要的問題。如果說二十世紀是一個語言學的世紀，那麼二十世紀同樣也是一個語言危機的世紀。其實，拉岡、德里達都看到了語言的局限性，但都沒有提供解決的辦法。當語言不能表達人類困境，而只是空洞的泛泛之言，或是空有華麗的概念的外表時，語障便不只是學界的問題，而是整個人類的困境。當人已經不能主宰語言，而是被語言所主宰時，剩下的除了虛無還有什麼？當這種虛無狀態走到了盡頭，人們又如何能找到內心充實的力量，恢復對生命的熱愛和恢復心與心之間真誠的溝通？也許正如你所指出的，只有回復到人的原點、回歸到人的基本生存問題才是出路。

小梅　於美國

（原載《亞洲周刊》二〇〇一年十二月二十四日至十二月三十日，選自《大觀心得》）

女人悲劇四段論

劉再復

在被男人的慾望所主宰的現代勢利社會裏，許多女人都要經歷一種悲劇性人生，一個不斷被厭棄的過程。此過程大約是四個階段。

一是被丈夫所厭棄。多數女子吸引男子的本錢首先是美貌。所謂「一見鍾情」往往是事實，因為男子首先鍾情的是美貌，並非女子內在的光輝。可惜女子偏偏難以保持美貌，一旦生兒育女，美貌就減去一大半。曹雪芹不忍心讓筆下心愛的少女下嫁，林黛玉、晴雯、尤三姐、鴛鴦等皆在未嫁之前就死亡，這實際是一種留住青春美貌的夢。托爾斯泰讓娜塔莎嫁給彼爾之後變成一個胖乎乎的少婦，頓失美感，真有點「殘忍」。但娜塔莎還幸運，她變形之後還繼續讓丈夫眷戀。這種女子並非多數，更多的是色衰而被丈夫疏遠以至厭棄。許多女子二三十歲時是丈夫的「心上人」，三四十歲時是「屋裏人」，四五十歲時是「局外人」，到了五六十歲，則變成「多餘人」。

二是被兒女所厭棄。如果說被丈夫所厭棄是因為色衰，那麼被兒女所厭棄則是因為力薄。當下社會的青年們，早在潛意識裏積澱下「非孝」基因，現在又在意識層面接受「實用」理念，聰明得很，物質得很，勢利得很。父母有用時滿口爹媽，父母無利可圖時則視為累贅。倘若父母手頭還有些積蓄，兒女們還可能有所親近以期來日瓜分遺產，倘若父母兩袖清風，那他們便是廢人。現在大陸流傳一則家庭告示，曰「兒子是外人，媳婦是敵人，女婿是自己人，女兒是貼心人」，大體上反映了當下人情。兒子一般比女兒更寡情，但這並不是說女兒就不勢利，別忘了媳婦也是女性。至於女婿所以討好岳父母，是因為他得到一種最大的利益，一個岳父母耗盡心血養育的生命。說女兒是貼心人也並不可靠，如果父母老是向女兒討乞，女兒也會不耐煩。如此看來，在社會變成一部金錢開動的機器之後，最可靠的辦法還是「可憐天下父母心」的心裏和口袋裏存放一點必要的對付兒女們的「資本」。

三是被自己所厭棄。女子年邁之後，除了色衰、力薄，便是心竭，或叫做「神枯」。女子年老後既得不到丈夫的寵愛，也得不到兒女們的敬愛，是不是可以得到自愛呢？也未必。許多女子早年把一切獻給丈夫、兒女和以男人為主體的社會，自己沒有時間進行自我充實，既少讀書也少有精神修煉，缺乏內在積累，只想仰仗丈夫兒女，一旦發現丈夫兒女不可靠，回過頭來想靠自己，卻發現自己一無所專，二無所能，不僅物質貧困，精神也貧困，於是就埋怨自己當初怎麼那麼糊塗。此時的女人只能倚老賣老或倚老說老，靠無休止的嘮叨來混日子。可是沒有內容、沒有見地的嘮叨開始是被旁人厭惡，之後便是自己也厭惡。不再嘮叨的沉默，不是修煉的結果，而是沒有任何聽眾的結果，最後的一名聽眾便是她自己，可是她自己也覺得自己沒趣，不願意再聽自己的聲音了。

四是被上帝所厭棄。女子經歷了上述三個階段的悲劇之後，面臨的便是死亡。魯迅在《祝福》裏讓祥林嫂提問作者「人死後有魂靈嗎？」連鄉下的婦女都有死亡的恐懼和死後的安排。祥林嫂被告知死後陰間裏將有生前兩個丈夫互相搶奪她，並可能把她鋸成兩半，她是完全被上帝拋棄了。中國現代女子多數沒有信仰，許多鄉村女子和一些城市女子拜菩薩並非真的「信」（只是「從」而已）。今天中國女子追隨基督的人還極少。在一個沒有信仰的國度裏，其女子的命運至少是在心理上不能進入天堂，也就是說，至少是在心理上被上帝所厭棄。被上帝所厭棄還有另一層意思，是不知一生勞碌的意義在哪裏，被丈夫、兒女所棄是喪失物質家園，不知活着的意義則是喪失精神家園，女人的悲劇最後便是這種什麼也沒有的零狀態，比祥林嫂還帶着欠債之身的負狀態好一些。

以上所說的中國女人的悲劇，當然不是人人如此，但在當下的勢利社會裏，這種悲劇相當普遍。如果說人生最後的實在是情感，那麼，女人的人生更是如此。可是，現代社會注重的並非是一個「情」字，而是一個「錢」字，有錢不僅可以買到物，還可以買到女人。在女人身體進入市場之後，情字自然就大為貶值，女人的悲劇也將愈演愈烈，被丈夫、兒女所厭棄的故事也將愈來愈多。寫到這裏，覺得女子也只有自救一路，自己不要厭棄自己。被厭棄是因為依附，如果自強不息，如果自己能夠獨立編排、把握人生，那就會少點悲劇故事。我所講的命運現象，並非是一種宿命。也有幸運的女人一生活在被丈夫、兒女、上帝的愛中，自己對自己很滿意。也有許多英雄式的女人，她們一輩子都吆喝擺佈丈夫與兒女，賈母式的女強人、鐵女人還是有的，這種女人不僅可以叱咤風雲，而且還可以垂簾聽政，有些家庭至今還是維持母系社會的關係模式，很不簡單。

爸爸

（原載二〇〇九年十二月號《明報月刊》，選自《大觀心得》）

阿富汗女人的面紗

劉劍梅

爸爸：

最近在美國的報刊和雜誌上，看到了許多阿富汗女人揭開面紗的照片。有一張登在《今日美國》的照片尤其感人：在一群仍然披紗蒙面的女人中，有一位勇敢的阿富汗女性，掀起了她的面紗，她那姣好的臉容和會心的微笑深深地打動了我。觸動我的是她的勇氣，即使不知道將來還會面對什麼樣的命運，為了享受這一瞬間的歡樂，她也就什麼都不顧了。這張照片中，包着面紗的臉與揭開面紗的臉，神秘的臉與帶着陽光微笑的臉，形成強烈的對比，而在這一對比的背後，包含着人類多少矛盾、焦慮和困境？我不由得為阿富汗女人的命運感嘆，希望有一天她們面紗內外的臉不再是文明衝突的符號，希望她們能發出自己的聲音，也不再成為男性政治的標籤，不管這標籤是「壓迫的」還是「解放的」。

在阿富汗這樣一個男權主宰的國家裏，大漠孤煙的景色是那樣富有雄性，那種壯觀與粗獷不屬於女人，於是，女人沒有面目，只有面紗。她們生活在自己的布卡（burka，包頭長袍）裏，布卡是監禁她們的圍牆。當今影壇描寫阿富汗女人的電影不多，難得的是第五十四屆康城國際電影節的Ecumentical評審團大獎的得主是一部關於阿富汗女人的伊朗電影《坎大哈》。影片講述一位已移居西方世界的原阿富汗記者Nafas，為了營救她不堪忍受痛苦而打算自殺的妹妹，冒險沿着當年逃亡的道路重返阿富汗。導演莫森·馬克馬巴夫（Mohsen Makhmalbaf）在他的書裏寫道：「為什麼每個人都在為佛像被毀大聲疾呼，卻聽不到如何幫助阿富汗人擺脫饑荒的聲音？難道佛像比人的生命更珍貴嗎？」是啊，為什麼在「九·一一」事件之前，西方媒體關心的更多是佛像的被毀，而忽視生活在黃沙地獄中的女性與貧苦的阿富汗人呢？為什麼去拯救妹妹的只有同樣是阿富汗女性的Nafas呢？代表着現代進步文明的西方社會為什麼以往對阿富汗女人的苦難熟視無睹呢？

在「九·一一」事件之前，我們還很難想像這些阿富汗女人會得到「解放」，看來她們是這次事件最大的受益者。如果不是因為這一恐怖事件，美國絕對不會去理睬這些被布卡從頭到腳包裹起來的阿富汗女人。這些對苦難早已麻木的女人，這些生活在男權統治下而幾乎窒息的女人，代表着塔利班政權的落後與野蠻，而她們的解放，現又成了布殊政府的政治籌碼。所以當我看到她們掀開面紗時，我不由自主地為她們的「解放」而歡呼雀躍，但也同時為她們解放後的命運擔憂：她們會不會只是美國政治的裝飾品？

塔利班政權對男人鬍子和女人面紗的嚴格規定很容易令人聯想起晚清中國男人的小辮子和中國女人的小腳。當然，鬍子與小辮子更具政治內涵，而面紗與小腳的性別標誌遠遠超過其政治標誌。不同的是，一部分阿富汗女性在幾年前曾享受過現代文明的好處，那點好處後來被極端的伊斯蘭教信徒活生生地剝奪了，她們不僅淪落為男性政治的奴隸，還淪落為男性宗教狂熱的奴隸，以及男性身體的性奴隸。不像晚清時期的女子，由於尚未嘗到現代文明的滋味，還有待啟蒙，還在纏足與放足間猶豫不決。這些阿富汗女子曾經擁有過獨立的工作，後又被迫回到愚昧中，那種難受的滋味真是讓人難以想像。

女性解放歷來是現代話語的重要組成部分。晚清時期，關於「國民之母」的討論曾經成為社會的主要話題之一。晚清學者金天翮有一段著名的說法：「女子者國民之母也。欲新中國，必新女子；欲強中國，必強女子，欲文明中國，必先文明我女子；欲普救中國，必先普救我女子，無可疑也。」在西方文明的壓力下，中國女性的地位第一次被提升到與「民族國家」和中國文明同等重要的高度。雖然女性無形之中成了國家神話的載體，但女性也因此而獲得時機，大談男女平等，以及女性的自尊自重等問題，為「五四」時期的個體解放開了先河。阿富汗女性的命運也一樣，現在她們成了西方扶持的「新國家神話」的載體，然而不管這後面包含了多少西方文明與伊斯蘭文明的衝突，多少種族與政治的衝突，她們重新獲得了獨立和「拋頭露面」的機會，她們的被「解放」與她們苦難的經歷一樣，是真實的。她們現在可以自由地放風箏，可以重回電台工作，可以勇敢地直面世界，這些細節中所包含的喜悅早已越出了男性設置的權力與意識形態的範疇。作為一位女性，我被阿富汗女人的喜悅所感染，這時我只想分享她們的快樂。不管她們是自己拯救自己，還是被美國拯救，只要她們能夠不再被面紗所監禁，不再被男人囚鎖在家中為牛馬、為性工具、為生殖機器，我就為她們感到高興。不過，她們被解放後需要面對的問題還有很多很多，現代文明給女性帶來的解放歷來都是伴隨着各種各樣的代價與困境的。在新的環境裏，我希望她們盡快找到自己的聲音和自己的獨立價值，不再做任何政治意識形態的符號，讓掀起面紗的臉充滿個性和活力。

小梅　於美國

（二〇〇一年十二月十日，

選自《大觀心得》）

沒有靈魂的泡沫文化

劉再復

小梅：

讀了你的《阿富汗女人的面紗》和《城市靈魂與文化廢墟》之後，有許多話想說，只是因為我正在和林崗一起進入《懺悔文學論稿》的最後階段，因此未能及時和你討論。

晚清和「五四」時期的先進知識分子，有一點極為寶貴的品格，就是他們充滿生命激情地為婦女解放而搖旗吶喊。他們當中許多人與馬克思主義的「婦女解放是社會解放的尺度」這一觀點不約而同。這是兩三代中國知識分子的道義熱情與追求自由的熱情，可惜這種熱情今天已經喪失。對於阿富汗女人的悲慘境遇，我只聽到布殊總統夫人蘿拉的呼籲，卻聽不到中國知識分子的呼籲。其實，阿富汗女人的解放，帶有女奴解放的特點，最該注意。在中國漢語文化世界裏，你的文章倒真有點像「空谷足音」了。

阿富汗女人不被某一些人類當作「人類」，這使我驚訝，而你在《城市靈魂與文化廢墟》所講的「新新人類」，也使我感到惶惑。我們故國的一些女作家，不僅是「新人類」，而且是「新新人類」，這些特別先進的人類本該關心一下非人的阿富汗婦女的命運，但他們不會。我屬於「老人類」，「老人類」多少有點理想與責任感，也多少有點家國關懷與人類關懷，「新人類」早已嘲笑這種關懷，而用「性」來解構「老人類」的關懷和理想。在「新人類」的世界裏，雖然歷史化為碎片，可是在文學中還往往留給真情一點位置，到了「新新人類」那裏，那就一切都是商標、廣告、包裝、物質，都是刺激性的品牌了。商標品牌固然華麗，但這個世界卻只有慾望而沒有靈魂。所以你說這是華麗的文化廢墟，恐怕並不過分。

在「新新人類」的時代裏，文學領域出現了一個大現象，就是「真文學的退隱」。退隱不是消失，而是退到歷史舞台的背後，隱逸於大都市的角落，而浮在地表的則是一些泡沫文學。現在甚囂塵上的隱情文學、頌富文學、身體文學、痞子文學，尤其是電腦網站裏的毀謗文學、黑幕文學等，恐怕都是曇花一現的泡沫而已。這種文壇景觀很像晚清時期，那時的真文學並不多，倒是黑幕小說、狹邪小說、公案小說等充斥街市。魯迅說黑幕小說「醜詆私敵，等於謗書」，多半只有謾罵之志而無抒寫之才；而狹邪小說，則都「敍男女雜沓之狹邪」，「摹繪柔情，敷陳豔跡」。至於公案小說，則是俠義小說的末流，所示的「善人必獲福報，惡人總有禍臨」，可惜除了讓讀者來個「痛快」，卻離文學太遠。現在大陸乃至台灣一部分暢銷書籍，正是「黑幕」、「狹邪」、

「公案」的變種。近日台灣正在炒作璩美鳳，這一戲劇反映出台灣社會的惡質化與人心的黑暗，而女主角本人所寫的「懺情錄」，雖稱不上文學，卻是一種文化徵象。它兼有黑幕、狹邪、公案三者，比大陸的小說《烏鴉》更有市場，不過也只是文化泡沫而已。

泡沫文學乃至泡沫文化，現在又集中地眾集在電腦網頁裏，電腦文學轉瞬即逝，它只能給人刺激，不可能給人沉思，「使讀者有拍案稱快之樂，無廢書長嘆之時」，最糟的是因為網頁往往缺少認真的編輯，而作者又以為這是完全不受約束的自由天地，便用化名「大鬧天宮」，放肆地造謠、誹謗、中傷，唯恐天下不亂。中國作家莫言曾描述有些人進入電腦網頁時的心態是：「膽大包天，厚顏無恥。」既沒有「他律」，也沒有「自律」，只圖罵個人仰馬翻，玩個天昏地暗。前些時，一位朋友告訴我，他讀到了「高行健」的一篇聲明似的文章，痛罵政府，激揚革命，嚇了一跳，覺得不像是溫和冷靜的高行健的文風，仔細一看，才發現原來是化名的網友作者，用的是金字旁的「鍵」，並非人字旁的「健」。此作者用這個辦法混淆視聽，可惜手段太卑污。如果說黑幕小說還是在描寫黑幕，那麼，電腦網頁中的黑幕文字則是在製造黑幕。當年魯迅稱一些化名搗亂的人為「文壇鬼蜮」和「黑暗動物」時，大約沒想到人類還會發展出電腦網頁，使黑暗動物大有用武之地，潑下髒水後逃之夭夭，誰也奈何不得。然而歷史有眼並且公平，裁判給這些文字的命運也只是泡沫而已。

我說「真文學退隱」，並不是說中國沒有真文學、真藝術在。倘若全退隱以至銷聲匿跡，那就真的沒有靈魂，真是一片文化廢墟。其實，能夠在市場的大潮流衝擊下仍然把生命投入文學的，倒真的是文學家。今日我讀殘雪的論著《靈魂的城堡》、《解讀博爾赫斯》，以及她闡釋《聖經》、但丁、歌德、莎士比亞的文章，實在非常欽佩。她又是一個真正進入文學狀態的孤獨者，在城市的喧囂中默默走進經典並與歷代大師相逢的奇才，也是在浮華的時代裏平實地生活和扎實地寫作，而保持文學尊嚴與靈魂活力的「稀有生物」，有幾十個、幾百個這樣的作家在，文化還會是廢墟嗎？

在金子與泡沫並存的時代，我們從事評論的人，自然就更應當認真閱讀、思索，不要助長泡沫、加劇魚目混珠的混亂現象。

爸爸　於香港

（原載《亞洲周刊》二零零二年三月十八日至三月二十四日，選自《大觀心得》）

歷史記憶的消費與提升

劉劍梅

爸爸：

近幾年來，我注意到大眾文化中消費「歷史」的現象。雖然在美國不容易及時看到中國大陸和港台流行的電視連續劇，但在唐人街的影視店裏，常常能租到前一陣子轟動一時的電視劇，如《雍正王朝》、《還珠格格》、《大宅門》等。無論是二月河大手筆的歷史重寫，還是瓊瑤小女兒情結式的戲說歷史，或是郭寶昌家史式的歷史回顧，懷舊、歷史與記憶已經成了一種時尚，與快感和娛樂緊緊相連，以往的惆悵與唏噓早已不復存在。然而，在這片「懷舊」和消費歷史的狂歡背後隱藏的是什麼呢？是因為忙碌的都市人需要尋找一種途徑來釋放心中的焦慮，還是因為現實生活中人們的情感生活日趨乾枯和萎縮，而歷史成了填補空虛的「救命稻草」？我們是迷失在歷史中，還是迷失在現實中了呢？

回想八十年代和九十年代初中國大陸小說界突然出現的一股「重寫歷史」熱，那種以個人、家庭和「邊緣角度」對歷史的重寫，既是對官方認可的大歷史的挑戰，又是對個人的一種肯定、反思與自我觀照。比如莫言的《紅高粱》在野史與家庭史裏尋找生命的原始激情；蘇童的《罌粟之家》以主體的眼光在南方的頹敗中拾撿歷史碎片，然後重新組織起他心目中的歷史；而余華、李銳、葉兆言等無一不是在「重寫歷史」中努力抗拒人性的疏離與沉淪。王安憶一九九五年完成的《長恨歌》更是以一種懷舊的眼光來看新舊上海，發現經過革命洗禮後的新上海繁榮早已失去了以往的神韻與氣息。這些作家們對歷史的眷戀與懷舊，與其說是重建歷史的紀念碑，不如說是重建「個人的紀念碑」。

通過再現歷史或沉浸在懷舊的感傷中，台灣和香港的一些作家試圖尋找回被都市化輾平的文化記憶，並從中尋找「身份認同」。懷念與哀弔逝去的古典氣息是朱天心的小說《古都》的主題。敍事者「我」是一位中年女性，無法像她的丈夫在台灣的本土意識裏找到激情與認同，因為她屬於外省人。當她年青時代的好友A約她到日本京都相會時，她欣然赴約。在等待好友時，她流連於京都，發現這個城市並未丟失川端康成長篇小說《古都》中的古典氣息和韻味。她後來因為好友爽約而提前返台，故意以「異鄉人」的身份重新遊走台北。隨着她穿街走巷的腳步，被時代遺忘的歷史記憶一點點被挖掘出來，然而她卻永遠也找不回充滿詩意與古典韻味的古都了。朱天心的這篇小說在現今全球化的版圖中尤其顯得珍貴，因為她將地理與歷史、考古與回憶疊映在一起，為台灣「殖民」史前的古蹟刻了一副獨特的地圖。《古都》既哀弔一個城市的死亡，也哀弔個體在都市化中的失落。小說結尾的「我」最後感到迷失，「這是哪裏？……你放聲大哭。」這場大哭是作者以外省人的身份，痛哭失去了歷史記憶的都市。這種震驚、絕望和無助的感情恰恰顯示了作者探索歷史和記憶時強烈的主體經驗。

香港作家經常採用「故事新編」的方式再現歷史與懷舊。「故事新編」這個中國古老的文學傳統在香港獲得了新生有其特殊的意義，李碧華的小說就經常通過一再重寫、添置、轉換以往的文學歷史掌故，來重新指涉「中國／香港」、「中心／邊緣」的糾葛，而香港的故事在這種策略性的後設文本中有了某種創新的含義。對於這種朝花夕拾與故事新編的文體而言，歷史性和真實性並不重要，重要的是文本裏暗藏的政治與權力的交涉，以及它對於香港歷史和文化身份的隱喻。比如說西西的《浪子燕青》，我們首先讀到的是西西對「燕青」身份在各式各樣的歷史文本中的考證，愈考證愈是發現其身世的模糊不清與前後矛盾，他有時聰明絕頂，有時又蠢如笨驢；他既有生父，又有養父，而他的創造者，既有文字語言又有圖像繡像。燕青這一模糊與多重的身世正像香港，既有中國如生父，又有英國如養父，而其殖民歷史被不同的統治者一次次地改寫，無法再現它的原貌。最後燕青經歷了梁山結義，後又被朝廷招安，但以看透「回歸」後的結局，反而懷戀起興建水泊梁山的美好過去，於是決定「拜別主人，自去那可去之處。從此不做奴僕，也不做強盜。」西西的這種拼湊並不是後現代文化中的那種無意義的大雜燴，而是將意義深藏於複雜的文本裏。可以說香港的「故事新編」是一種自我指涉的文體，作家從對歷史的再現中尋找自己的身份認同。

然而，現在流行的「消費」歷史現象則失去了這種主體性，主體在歷史懷舊中不可避免地消失了。歷史成了商品，懷舊成了裝飾，記憶成了時尚。像《還珠格格》那種戲說歷史的流行文化，讓我們再也看不到歷史的厚實、沉重與質感，剩下的唯有感官上的輕鬆與愉悦。歷史在這種戲説中，永遠是快樂的、延續的、空洞的，與現實沒有任何距離，再也引發不起觀眾的任何惆悵與憂愁感，再也勾不起任何主體的自我反思與觀照。於是，過去和歷史可以批發性地生產、複製與消費。它們不屬於個人，只屬於消費者。

小梅　於美國

（原載《亞洲周刊》二〇〇二年二月二十五日至三月三日，選自《大觀心得》）

第二輯　共悟人間（上）

論我所熱愛的那個世界

爸爸：

你寄來的三本《西尋故鄉》已經收到。我留了一本，另外兩本已交給了夏志清老師和王德威老師。

周末，我把每篇文章都細細讀了一遍，讀後心癢癢的，也很想寫散文。散文能把自己所熱愛的一切都自由地表現出來。我能想像你寫完《漂流手記》三集後，心裏有多美。

在你的散文裏，除了聶紺弩、馬思聰、傅雷、孫冶方、施光南是你最心愛的名字之外，我和妹妹，還有媽媽也是主角。你在中國時，總是被社會上無數「重要的」事務纏身，無暇顧及我們。我常覺得家裏門庭若市，人來人往，像個旅店而不像個家；爸爸好像離我們很遙遠。自從一九八九年你到了異鄉後，倒是對我們念念不忘。雖然你遠離了祖國，可是我和妹妹卻重新得到了自己的父親。你的漂流對我們來說，反而是件可喜可賀的事——我們這個家因你從公共空間走回私人空間變得更完整了。

不過，你在書中把我說得太理性了，其實我常常被情緒所左右。我確實有點莊禪味，把名利看得很淡，覺得在名利高牆上爬動的人生肯定是失敗的，但我有時又很想「出類拔萃」，爭取人生的光榮。這很像魯迅所說的，中了莊周的毒，因此有時很隨便，有時又很峻急。人真的難以完美。說人不完美才是真理。不過，我知道你是在勉勵我，勉勵我往更好的地方走去。

你在這部新的集子中，重新定義「故鄉」，重新定義「祖國」，這是很有意義的。這幾年你一直對國家進行分解，然後在文學上揚棄（放逐）權力意義上的國家，而追尋情感意義上的國家。這種分解與重新定義，使你的散文打破了「鄉愁」的模式。我國文學自屈原始，一直就有鄉愁的模式。他和他之後的許多作家詩人創造了許多「鄉愁」的動人詩篇。現代和當代文學更是着迷於「感時憂國」（夏志清語）和「涕淚飄零」（劉紹銘語）的主題。這種揮之不去的永恆的眷戀，當然與中國傳統文化心理有關。你刻意反「鄉愁」，而且反得很自然，融入了自己的個人經驗，對這一文化母題進行反思，我覺得很有意思。這是發前人所未發。在中國作家筆下，故鄉常常被理想化和浪漫化。其實，故鄉不是一塊永遠不變的土地，故鄉有時很明亮，有時又很黑暗。即使把故鄉視為美麗而遙遠的夢幻，也應把這種夢幻視為流動狀態才好。故鄉跟着人流動，這故鄉才是活的，而且才有更豐富的內涵。我記得湯瑪斯・曼（你在《漂流手記》的開篇就提到他）說過這樣的一句話：「我走到哪裏，哪裏就是德國。」德國是湯瑪斯·曼的祖國，但是當德國被法西斯主宰的時候，他就拒絕承認希特拉的政權是自己的祖國，而認定自己那顆蘊含着德國優秀文化的心靈才是祖國。他就是背着這一意義上的祖國流亡到美國的。當時，像他這樣選擇流亡的，還有愛因斯坦和布萊希特等世界第一流的頭腦。我相信他們也有這樣的祖國觀念。所以，我覺得你重新定義祖國並不唐突。我希望你繼續深化對故鄉、國家的思考，我也會留心這一題目。

你雖然着意打破「鄉愁」的模式，但我又感到你有另一種鄉愁，也可以說是另一種眷戀。我一時也說不清這是怎樣的一種情感，你有空談談嗎？

小梅

一九九七年五月二十日夜

小梅：

你的畢業論文已接近尾聲，應一鼓作氣把它寫完，散文以後再好好寫。散文寫作雖如說話那麼自然，但畢竟蘊含着生命的激情。如果一面進入理性邏輯，一面又讓生命的波浪翻捲不已，可能會太累。不過，你如果真的不吐不快，可以在周末給我寫信。書信也是散文，你這次寫給我的信就是一篇不錯的散文。

我很喜歡你在信中所說的一句話：散文可以表現我所熱愛的那一切。我的散文也是這樣。我用我的筆雕塑心靈，並展示我熱愛的那個世界。每個人、每個作家都有自己熱愛的世界。你，妹妹，還有在我散文中常常提起的聶紺弩、馬思聰、傅雷等名字，就屬於我熱愛的那個世界。《百年孤寂》的作者，我們熟悉的大作家加西亞·馬奎斯名滿天下之後聽到各種讚辭，但只有一九八一年法國總統密特朗說的一句話使他最為感動，以至使他禁不住熱淚盈眶。這句話就是：「你屬於我所熱愛的那個世界。」這是密特朗在愛麗舍宮頒發給馬奎斯榮譽騎士勳章時說的，我一直記在心裏。每次想起這句話，我心中便會湧起不可抑制的情感。

我所熱愛的那個世界是什麼？它在哪裏？它是一個國度還是一個部落？它是黃花地還是百草園？它在此岸還是在彼岸？我既說不清也無法命名。也許老子的「名可名，非常名」在此倒可為我辯解。你發現我在打破地理意義上的「鄉愁」模式之後，彷彿又產生另一種鄉愁，另一種眷戀，這是真的。我的眷戀就是對於「我所熱愛的那個世界」的眷戀，我的鄉愁也正是對於「我所熱愛的那個世界」的沉思、鍾情與嚮往。這一令我時時縈繞心頭的世界，就是我的良知故鄉和情感故鄉，因此，我的依稀可覺的鄉愁，可說是一種良知的鄉愁和情感的鄉愁。說到這裏，你大約已經理解，我的「西尋故鄉」，尋找的正是「我所熱愛的那個世界」。

每個真的詩人作家，都會有一個他們所熱愛的世界。這個世界不屬於現實，不屬於公眾，它只屬於自己。這是詩人作家自己構造的理想國，即精神王國。這是人間的權勢、錢勢、氣勢不可侵犯的王國。這個世界是「空」的，因為它排除了現實的一切妄念和慾念，但正因為這樣，這個世界便騰出最廣闊的空間，可以容納你真心喜愛的一切，可以容納你的憧憬、嚮往、期待，可以容納你生命的本真。這是一個赤子之心可以縱情微笑、漫遊、言說的地方，是一個形而上思索、可以展開自由雙翼的地方。人只有現實體驗是不夠的，人還需要有神秘體驗，需要有夢境。我所熱愛的世界，也可以說就是夢境，但這種夢境，有自己的秩序、尺度和眼睛。我常用夢境中的眼睛看着你，把你看作和我一起從另一超驗世界來到地球上的小伴侶。除了你，還有許多其他的一些伴侶，即我精神上的友人、戀人與兄弟姐妹，她們不僅在中國，也不一定都呼吸在我看得見的地方。但她們都屬於我所熱愛的那個世界。

你有幸從事文學，生活在精神深層之中。你一定也可以逐步構築一個屬於自己所熱愛的世界，把無價值的東西排除在這個世界之外。倘若尚未形成這個世界，你也可以先尋找你真摯熱愛的世界。例如我現在就非常清楚地知道今生今世自己最愛的世界是莎士比亞、曹雪芹、歌德、托爾斯泰創造的世界。他們的世界也屬於我——屬於我用整個心靈去體驗和領悟的美麗星空。如果你尋找到甚至已經構築了一個很美的、由衷熱愛的世界，你將找到永恆的幸福與靈感的源頭。

爸爸

一九九七年五月二十一日

論《桃花扇》之外的生活

爸爸：

讀了你的信，我很高興。儘管我知道你天然地愛我，但此次你鄭重地說我屬於你熱愛的那個世界，是有另一深情的。我知道你為了生活，不得不做些「必須」做的事，包括給報社寫些社會批評與文化批評。這些事固然也表現出你的人格之境，但你心中另有一個永遠屬於你的世界，你的園地，你的心靈與情感之邦。那是你的夢鄉，你的「桃花園」，你的「理想國」。詩人作家應該都有自己堅守的一片乾淨的熱土，陶淵明把「五斗米」從生命中拋出去之後，回到了自己熱愛的那個世界，從而贏得不朽的詩章。李白到宮廷之中，那裏到處都有金饌玉盞，但不是他所愛的世界。他所愛的世界，在山水明月之中，在詩詞的情韻之中，在他想像的仙山瓊閣之中。我能知道，你所熱愛的那個世界是怎樣的一個天地。

我可能會比你幸運。這不是說，我從此將生活在大洋的另一岸，而是說我天生不像你有那麼多關懷，那麼多中國知識分子的「濟世」之思。家園的焦慮常常糾纏着你，儘管你已放下一部分，但不可能全部放下。這對於你，大約是一種宿命。莎士比亞的《仲夏夜之夢》描寫那個仙王，他知道有一種花汁，在人們睡覺時滴在他的眼睛裏，當他醒來時，第一眼看到誰，他就對誰傾其所愛。你張開眼睛首先看到的是中國，你也將對中國傾其所愛。愛的對立面不是恨，而是冷漠。你將永遠不會對中國冷漠。你的關懷將會激蕩到最後的時日。我和你不同，我天然地缺少「國家興亡」的憂思，甚至缺少最起碼的閱讀新聞的興趣，我不準備將來會有一天為國家大事操心。黃剛每天都閱讀許多報紙，有《紐約時報》也有中文的《世界日報》，可我很少去翻閱。和妹妹一樣，頂多翻翻其中的文學藝術信息。

我將來也得有個職業，或教書，或研究，或當 house wife。也得忙忙碌碌，也得流點汗水，但是心思肯定要簡單一些，輕鬆一些。這輕鬆，不就是幸運嗎？不過，你不要擔心，輕鬆，並非「輕浮」。在我所選擇的領域裏，我也會好好去讀、去寫、去教、去傾其所愛。

小梅

一九九七年五月二十二日

小梅：

我真的很羨慕你。你確實生活得比我輕鬆，比我幸運。而且我也希望你有別於我的生活方式。

讀了你的信，我便想起王國維的兩個世界，即《桃花扇》世界與《紅樓夢》世界。王國維把這兩個世界加以比較，說前者有「故國之戚」，而後者則有人生之思。他說：「故《桃花扇》，政治的也，國民的也，歷史的也；《紅樓夢》，哲學的也，宇宙的也，文學的也，此《紅樓夢》之所以大背於吾國人之精神，而其價值亦即存乎此。」如果我們借用王國維所闡釋的兩部名著的象徵意蘊，那麼，你正是一個生活在《桃花扇》之外的人，而且是一個生活在《紅樓夢》世界中的人。我雖然常有故國之戚，但其實是一個分裂人，一個總是在《桃花扇》與《紅樓夢》之間徘徊與彷徨的人。我的本性屬於《紅樓夢》，而在現實社會中，卻不得不置身於《桃花扇》之中。換句話說，是身在《桃花扇》，心在《紅樓夢》。你的幸運，是沒有我的徘徊與彷徨，沒有身心的分裂，可以完全生活在自己傾心的哲學、宇宙、文學天地裏。儘管你的選擇，「大背於吾國人之精神」，未能成為匡時濟世之才，但我不會譴責你，倒要為你高興。

說生活在《紅樓夢》的世界裏，當然不是指生活在貴族的府第之中，而是指生活在一個審美的形而上的沉思國度裏。只有在這樣的國度裏，人的生命才能保持本真本然的狀態。常聽到人們感慨，在後現代的世界中，生命已化作碎片。其實，在一切現實的功利的世界裏，生命總是要分裂為碎片，就像《桃花扇》裏的桃花扇，這一情感的象徵，最後一定要被撕成碎片，只有在《紅樓夢》的世界裏，生命才可能是完整的，而且是本真本然的完整。

王國維在以《桃花扇》和《紅樓夢》這兩書比喻兩個世界的同時，還用希臘與羅馬這兩個大歷史意象來說明我們的故國缺少的是希臘精神維度。他說：「中國之哲學美術，遠不如希臘。不特科學為遜泰西也。但中國古人，素擅長政治及實踐倫理學。與羅馬人最相似。其言道德，唯重實用，不究虛理。」王國維告訴我們，中國缺的不是羅馬，而是希臘；不是《桃花扇》，而是《紅樓夢》。因此，在海外有一平靜的心境，作點補缺的工作，也未必不是對中國的貢獻。「虛理」形而上的世界，那是一個最精彩的世界，你有幸生活在其中，意味着你的生命起點是那個產生《伊利亞德》、《奧德賽》和維納斯的希臘，也就是說，你是從世界一開始就生活着的人，這是何等的幸運。

羅馬可視為力的象徵與征服的象徵，而希臘可視為與此相對應的美的象徵。談起希臘，我固然想到赫克托爾與阿基里斯這些男性大英雄，但我更多地想到海倫與維納斯。談起羅馬，我則想不起任何一個女子的名字，只會想起凱撒、安東尼、屋大維和鬥獸場裏的獅子。由希臘體現的人類永恆的天真、女性的魅力和審美的向度，才是真正值得詩人學者着迷的。王國維真了不起，這位先知型的人物，和梁啟超等近代啟蒙者不同，他不是鼓吹中國需要斯巴達精神，而是需要希臘的美與形而上。他最後自沉昆明湖，是他意識到的理想王國已在現實中徹底毀滅，希臘與《紅樓夢》所暗示的世界在另一空間。他願意以生命去尋找這一空間。

出國後，我用審美維度的視角觀察中國現代文學，寫了〈論中國現代文學的整體維度及其局限〉。這篇論文的主要意思是說，中國現代文學只有《桃花扇》的維度，即只有「政治、國家、歷史」的維度，而缺乏《紅樓夢》的維度，即缺乏哲學（叩問存在意義）、宇宙（叩問神與自然）的維度。《紅樓夢》具有四維空間，既有「國家、社會、歷史」維度，又有哲學、超驗、自然維度。中國文學在二十世紀的狀態，乃是《桃花扇》狀態，它並未真正進入海倫的希臘與林黛玉的《紅樓夢》，它缺少維納斯與林黛玉這些女神的指引，缺少美麗絕倫的女神所代表的審美諸向度和永恆的魅力。

你未必能充分地意識到我所點破的這一切，卻自然地選擇一種《桃花扇》之外的精神空間，在哲學、宇宙、文學的形而上世界裏得其大自在與大自由，這真是幸福。你得到蒼天賜予的一把扇子，那不是李香君撕碎的扇子，而是描畫着從海倫到林黛玉的故事的扇子。在扇子的開翕之間，你思考的問題將比我思索的問題更加久遠，這些問題將是四面八方的心靈所共有，但首先屬於你。

爸爸

一九九七年五月二十三日

爸爸：

你出國以後，我和奶奶、妹妹掛念極了，對媽媽也掛念極了。不過，我們相信媽媽比較容易適應新環境。她有一片可以安生的土地，有一個她所摯愛的你就夠了。但你內心太豐富、太敏銳，加上你原來的故國、故鄉、故人情懷太重，每一種思念都足以把你致於死地，我們實在是很擔心。沒想到，有那麼深的。戀土情結的你從此要開始浪跡天涯了。我和黃剛已考完了「托福」，準備到美國深造，這樣對我們的未來好，而且可以減少一點你們在美國的寂寞。此時，我和妹妹也只能給你和媽媽致以最衷心的遙遠的問候，願蒼天大地保佑我們的爸爸媽媽在另一片土地上能生活得很好。

妹妹也很思念你們，但她仍然生活得很快樂，她還沒有足夠的知識與經歷理解你的遠行，沒有我和剛剛因為理解遠行內涵而帶來的不安與苦痛，你可以放心。最可憐的是奶奶。她守望的三個兒子本來就有兩個在遠方，本來她就仰仗於你，如今你卻到了更遠的遠方。幸虧我和妹妹在她身邊，從根本上安慰了她。將來我和妹妹也出國，對她的打擊就更大了。中國恐怕再也找不到像她這樣一個二十六歲失去丈夫之後就守住丈夫亡靈和她的兒子的女人。中國文化經過「五四」的革命竟然還有這麼大的力量抓住奶奶的堅貞，真是不可思議。不過，從奶奶這種奇跡般的堅貞不二的人生經歷中，可以看出奶奶有一種忍受孤獨、寂寞的強大的內心力量，所以你也可放心。從奶奶身上我也看到了你的影子，你對事業有那麼強的韌性，什麼惡劣的命運都無法壓倒你和征服你，壓力愈大你就愈是堅韌，這種性格真是奶奶賜予的最寶貴的財富。想到這裏，我對你在海外就放心了一些。

昨天老舅到北京，就住在我們家裏。他談起你小時候的許多故事，讓我和妹妹笑得前伏後仰。講了故事後，他一本正經地安慰我們說，再復這個人雖放不下故鄉故園，但能放得下名利。他說你小時候記憶特別好，讀過的書，連細節也忘不了，但學校授予的獎狀與稱號你總是忘記。他說你在小學五年級時壟斷了所有獎狀，包括「學習模範」、「勞動模範」、「紀律模範」，但問起你時，你只記得自己是「捕鼠英雄」，送了七十八條老鼠尾巴給學校。聽了這些故事，我覺得很有道理。這種看淡名利的性格可能會幫助你在異邦生活下來，心裏不會有過多的失落感。

人出名以後，經常會被名利所淹沒，忘記了如何過好一個普通人的生活。美國的名作家費茲傑羅（Scott Fitzgerald）的最後崩潰，還有海明威的自殺，都與承受不了名利的巨大壓力有關。我比較欣賞像福克納那樣選擇簡單生活的作家。福克納平時只是呆在家裏寫作，每當人們問他關於文學方面的問題時，他也只是自謙道：「我只是一個農場主。」這種逃離公眾仰慕和媒體包圍的簡單生活是每一位出色作家的榜樣。雖然，這意味着作家身後的傳記會少一些精彩的情節，可是這樣的作家反而贏得更多人的尊敬。我想你在美國的生活一定是寂寞和單調的，但我知道你一定有勇氣面對這種新生活。

聽老舅説，你的俄文在大學裏是頂尖的，只可惜你那時沒機會學英文。雖然你現在年紀大了些，我相信你也一定能把英文攻下來。學會英文，你就像是有了翅膀，可以在異邦的任何一個角落自由飛翔。

小梅

一九八九年十一月五日

小梅：

讀了你的信，感到十分欣慰。轉眼間，我和媽媽已出國四個月了，這四個月我覺得格外漫長，和童年的時間感覺差不多。以前總是以為思念是甜蜜的，這回才知道思念真能折磨人。幸而和你們通了幾次電活，減輕了思念的痛苦，否則恐怕要窒息而死。今天，讀了你的信，感到一陣輕鬆。

舅舅說我放得下名利，但放不下對故國、故土、故人的想念之情，這是真的。以往我把自己看作是故國故鄉的一部分，現在則把故國故鄉視為自己身體的一部分。到了大洋的這一岸，才具體地感到自己的根確實在另一片大陸。每一位朋友，每一位親人都是根，往日感到平平常常的每一條街道，每一個書店，每一個朋友，此時都是身體中的一支脈搏，更不用說你、妹妹和奶奶是怎樣讓我牽掛了。密芝根湖畔有蜻蜓，有蝴蝶，有草莓，有蒲公英，我一見到，就想起你們和故鄉。在故鄉看着我長大的老舅了解我，他知道我放不下情感，而能放下另外一些無價值的東西，這一點確實幫助了我。我兩次到巴黎，都想起雨果在一八五三年為《頌歌與民謠》所寫的序言中所說的話：從棚店向皇宮攀登，可以說既罕見，又崇高；從謬誤向真理攀登，那就更罕見，更崇高了。前一種攀登，每行一步，都有收穫，更加舒適，更加有財有勢；後一種攀登，則截然相反，在和這種從小就深受其影響的偏見的激烈鬥爭中，在這種從謬誤到真理的漫長而艱苦的攀登中，在這種似乎把人的一生和他思想的發展作為象徵人類進步的縮影的攀登中，每升一級，總得為精神上的收穫作出物質上的犧牲，總得放過某種利益，拋掉某些虛榮，捨棄人世間的名利，拿自己的財產、自己的家庭和自己的生命去冒險，也在所不惜。這是雨果在流亡中寫下的話。我不敢說自己擁有真理，但確實選擇的是一條追求真理的跋涉之路，倘若有錯，那也是攀登真理之峰時的迷失。最終也會走上真理之路的。既作這種選擇，就得有所犧牲、有所拋卻、有所捨棄、有所苦痛，不必為此而怨天尤人。我是這麼想的，也許這是傻想，但這種傻想幫助了我，使我意識到，這個湖畔，這個異邦的草園，是個美好的路標，我的更加艱苦但也更加廣闊的第二人生，就從這裏起步。

這半年我的確嘗到了孤獨的滋味，但是朋友、書本、大自然都在幫助我。好幾次我拿着書本坐在密芝根湖畔的岩石上，一面讀書，一面沐浴秋天清新亮麗的陽光，享受着從未有過的寧靜。此時，我的心胸向歷史敞開着，也向大宇宙敞開着，書本中那些偉大的名字和他們的聲音，一一進入心的深處，我安靜地領悟他們的教誨，覺得自己的思想在悄悄生長，心在悄悄生長，在這樣的情景下，我突然想到，只要擁有這種可以寧靜思索的時刻，就值得生活。在岩石上坐累了之後，我會在湖邊的草地上散步，但不願意走到任何陽光照不到的陰影中去。在金黃色的陽光下久了，覺得陽光有一種熱能轉成的推動力，它把我一直推到很遠的地方，遠離噩夢的地方。

爸爸

一九八九年十一月七日

爸爸：

我已註冊，開始了在美國的學習生活。科羅拉多大學是一所很美麗的大學，座落在 Boulder 城裏。Boulder 城基本上是個大學城，是個以中產階級為主的小城，沒有很富的人，也沒有很窮的人，是那種還多多少少保留了美國新教倫理和清教精神的地方。丹尼爾·貝爾曾讚賞這類美國的小城鎮，因為它們比較少受後現代大工業社會的衝擊，比較少受現代享樂主義的影響，仍然強調工作、清醒、儉省、節慾和嚴肅的人生態度。荷里活（Hollywood）的電影常常在屏幕上誇大美國人的自由生活方式，好像所有男男女女在性愛上都很隨便，我來了才發現並非如此。這個小城的人們，很有道德、家庭和宗教觀念，很強調一些嚴格的社區公共準則，換句話說，他們很有「公德心」。街上乾乾淨淨，一塵不染，路上總有陌生人向你友好地打招呼。沒到這裏之前，以為這裏一定瀰漫着中部高原的鬥牛士的野氣，沒想到，感受到的卻是很濃的古典氣與貴族氣。

大學本身建在山腳下，每次騎車上學都得爬上一個大坡。有時騎不上去，就只好推着走，那坡實在太陡了。我和黃剛現在還買不起車子，過一段時間再說吧。學校的建築是用紅砂岩砌成的，又厚實又明麗。洛磯山蜿蜒起伏，雲裏諸峰顯得很雄偉，遠處還可看見負雪的巔崖，這是我們學校的大背景，看久了，覺得這山彷彿是一幅被放大了以後縫在天邊的圖繡。秋天的校園真美，翠綠的草地，多彩的楓葉，與紅色的樓房互相映襯，燦若夢境。僅僅這片窈然深碧的草坪，就夠你傾心沉醉，我想你和媽媽肯定會喜歡這個小城和這所大學的。

我在科羅拉多大學東亞系裏拿的是助教助學金，除了免學費外，我教中文每個月的工資是六百美元，所以生活沒有問題。我的導師是葛浩文，他在美國的翻譯界大名鼎鼎，許多著名的中國當代小說都是他譯的，我跟他一定能學到不少東西。美國的教學體制跟中國的很不一樣，我需要一段時間適應一下。我比較喜歡課堂上自由活躍的氣氛，美國的老師總是鼓勵學生發表自己的意見，培養獨立思考的能力。研究生的課程主要是以討論的形式組成，老師會事先佈置閱讀的任務；上課時大家七嘴八舌地發表自己的意見，絕對不是填鴨式的教育。

有的時候根本看不完老師佈置的文章和書。我的英文雖然還過得去，可是一個星期要讀完幾本枯燥的理論著作卻很困難。就算讀完了，有時也半懂不懂的。討論時，我當然只挑出自己理解的部分發表意見；不懂的地方就聽聽老師和同學們的看法。好在我剛來美國時，在芝加哥大學旁聽了歐梵叔叔的研究生課程，當時他還常常請你、李陀叔叔、黃子平老師、甘陽、許子東、還有 Benjamin Lee 加入他的演講討論行列，有時還邀請到世界各地的著名學者來演講。你們當時精彩的唇槍舌戰真使我受益匪淺，可以說，我的西方理論小底子和思考方式是那時打下的。有了這底子，現在細讀德希達、福柯、拉岡、巴赫京還有法蘭克福學派的著作也不會那麼雲裏霧裏、糊里糊塗的了。西方的形而上體系已經龐大得讓我害怕，而這些新起的哲學家們又建築一套解構形而上的體系，更使人畏懼，但已走上這條路，就得好好走下去。

小梅

一九九〇年九月二十日

小梅：

你到科羅拉多大學，算是正式進入美國深造了。你在校園裏學習幾年，一定能學到美國的學術長處，這一點我並不懷疑。但我擔心你愈是讀書，智商就愈低。美國大學的文科學系，原創性並不太強。最有創造活力的地方往往不在校園裏，而是在紐約等一些文化信息密集的城市。所以你在完成專業訓練的同時，不妨多翻翻各種刊物雜誌，留心美國社會，注意閱讀美國這部大書、活書。書本中的美國，我早已讀過了，但是到了西方之後，眼中的美國與書中的美國大不相同。美國政府認識中國也往往是從書本上認識的，結果往往弄錯。美國學術界對中國的認識水平也不高，他們看到的只是表層的中國。

還有許多留學生，到了美國之後，除了學習專業，完全站在美國之外，對美國的認識也十分膚淺。他們生活在校園裏和書本中，並沒有真正走進美國社會深層之中。要了解美國社會，需要生命的投入，用生命去體驗、去感受。對美國文化和整個西方文化也應如此，第一步是擁抱它，第二步則必須用生命去體驗它，甚至是提升它。這樣才可能把握住美國文化乃至整個西方文化的氣脈。如果能把握住中國的文化氣脈，又能把握住西方文化的氣脈（不是表象），而且把兩大氣脈加以連接、打通，最終說出、寫出一些於人類社會的前行確實有益的意見，那就算是沒有白來留學了。

文化的獨立性是應當確認的。以前我們這代人學到的是文化被政治和經濟所決定的道理，對文化獨立性的道理缺少了解。其實，各種大文化都有它的長處，可以互補，不要強調它的衝突，更不要以文化衝突暗示政治衝突，造成世界新的緊張。我說「文化氣脈」可以相通，也是這個意思。「氣脈」是中醫語彙，貌似抽象難尋，實則可以具體把握，但這需要有知識積累和見識，然後抓住氣脈中的關鍵點，即「穴位」。中國有些根本的文化穴位，如《山海經》、殷周文化、春秋戰國諸子、魏晉風骨、漢唐氣魄、宋明理學、明末散文、《紅樓夢》等。美國的關鍵文化穴位，則簡單一些，大約是「獨立宣言」、「人權宣言」、傑佛遜思想、門羅主義、羅斯福改革、杜威實用主義等。文化比較，自然應從具體的文本、細部人手，但兩大氣脈和基本文化穴位的把握，也有益於你的開悟。

你在二十二歲大學畢業後就離開中國，只是學到一點中國文化的基本常識，尚未深刻地感受中國文化氣脈，而到了西方，則剛剛要踏進美國文化大門，兩頭都是空疏，不可驕傲。但是，你如果從此有意識地在閱讀中感受、體認兩種文化的氣脈所在，就一定能月月年年有所長進，不至於落人只爭一個博士桂冠的留學悲劇。

爸爸

一九九〇年十月八日

爸爸：

告訴你和媽媽、妹妹一個好消息：我通過博士論文答辯了，從今天起，我就是Dr.Liu（劉博士）了。我的論文答辯委員會的五位教授，他們對我很滿意，王德威老師也很高興。答辯的過程中，我遇到許多難題，不過，我都沉住氣，將教授們的「發難」一一駁回。答辯完，有位專門從事女權主義研究的女教授誇獎我的論文寫得很好。後來，同學們祝賀我，把我帶到酒吧裏慶祝一番。剛才給你們打電話，不知道你們到哪裏去了。我先發一封傳真信給你們。

博士的路真是漫長。我來美國七年了，兩年在科羅拉多大學讀碩士，五年在哥倫比亞大學讀博士，中間過「五關」斬「六將」，好不容易才拿到這張文憑。七年寒窗苦讀，總算有了結果，當了博士自然是高興的事，但我好像也不是那麼激動，總覺得路途才剛剛開始，以後還不知道怎麼走。倒是想到考試中有一個簡單的問題我竟一時答不好，這就是「你在寫中國女作家的那章裏，引用了很多第一世界的女性主義理論，可是你的研究對象是第三世界的女性寫作，你如何以批評的眼光看待這一問題？」我知道這個問題是針對這章中我的批評聲音和批評立場不夠鮮明而提的，但一時噎住，真不好意思。連這樣的問題都答不好，還算什麼博士。此時給你寫信，臉還紅着。

在西方院校接受一些理論訓練，有好處，也有壞處。這一點我有自知之明。好處是換了一種不同於東方的思維方式，這種思維方式很講究理性與邏輯。我以前寫中文的理論文章，比較注意文采，注意鋪墊，但經常繞着圈子說話。自從開始寫英文文章後，我才改成很直接的寫法，從第一個論點到第二個，再到第三個，一環扣一環。但是也有壞處，因為西方院校的文學理論有一套固定模式，我努力掌握這套模式和語言，卻也被它束縛住了。比如讀一篇當代小說，原來敏銳的文學感覺好像變遲鈍了，先考慮的不是我的直覺，而是要用什麼理論去分析這篇小說，是用新批評，還是用結構主義，還是用解構主義？是與現代主義、後現代主義有關，還是與女權主義或是後殖民主義有關？最糟糕的是，在引用西方的理論時，時常犯套用大詞、術語的毛病，缺乏自己的語言及自己的批評聲音。我想今後最需要注意的就是要跳出理論的束縛，真正進入一些有意義的問題，逐步形成自己的批評風格。

西方學院的人文研究是不斷地追求「新潮」的。我剛來美國時，正趕上解構主義大為時興，東亞文學領域的學者們為了打破漢學研究的老思路，紛紛借用德希達、巴赫京、拉岡等人的理論來閱讀文學作品。從解構主義的角度看文學和歷史有它的優勢，它使我們學會質疑統一的、連貫的、整合的思想史，質疑全能全知的敍述聲音，質疑本質論與二分法。由於歷史是人寫的，所以它與虛構的文學在多大程度上可以區分開來也成了人們爭論的熱點。後來又一度時興女權主義與後殖民主義的研究，令我們看文學史時，不只是在符號分析上打轉，而是探討話語與知識是如何參與歷史真實的創造，以及知識背後的權力關係是什麼等問題。現在又時興跨學科研究，時興文化歷史與大眾文化的研究。總之，這些理論「新潮」讓我目不暇給。從中確實學到不少東西，但也時時迷失在這些「新潮」裏。

幸運的是，我能跟王德威老師學習。他的英文好，中文更是寫得華麗和優美。在教授我們運用西方理論時，他很重視培養我們自己的批評聲音。最重要的是，他不但西方的理論掌握得非常純熟，文學感覺及文學史的知識也是一流的。所以，作為他的學生，我也很重視「史論結合」，重視對文學史的一些命題進行重新思考。現在我拿到博士學位了，可是接下去還得找教職，這又是一個新的階段。爸，我還很需要你的鼓勵。

美國的博士論文有一個固定格式，在開端的 Acknowledgement 裏，作者可以把寫作的過程交代一下，並且感謝你想感謝的人。以前我跟朋友們總是取笑得了獎的國家運動員老是有一套套話，「首先感謝黨，其次感謝人民，然後感謝單位領導……」誰都感謝了，可就是忘了提到對他們真正有幫助的人。對於我來說，博士論文的 Acknowledgement 倒是給了我一個好機會來感謝所有幫助過我拿到學位的人。我首先感謝王老師對我的培養，還有我的碩士導師葛浩文對我的提攜，以及夏志清教授、李歐梵教授、劉紹銘教授、鄭樹森教授、劉禾教授、林培瑞教授和奚密教授對我的關懷和點撥，當然還有教過我的 Paul Rouzer 教授、Michael Tsin 教授和唐小兵教授。然後我感謝我的同學和朋友們對我的支持，這裏面，我的好朋友知 Ann Huss 曾幫我改過許多英文論文。我最要感謝的就是你，我的爸爸，是你最早把我領進了文學的殿堂，是你一直鼓勵我、啟發我與教導我；感謝你這些年作為我的父親、我的老師、我的朋友所付出的一切。我還要感謝我的奶奶、媽媽和妹妹，她們是我永遠的家園。最後，我要感謝黃剛，他多年的愛、理解和照顧，使我能夠有始有終地走完漫長的讀書生涯。

小梅

一九九七年十二月十五日

小梅：

知道你已通過博士論文的答辯，真是高興，應當祝賀你。你從五歲開始讀書，讀了整整二十五年，也該畢業了。我們本是農民之家，你爺爺開始發奮，但只讀到高中，我也只讀到大學，只有你不僅讀完碩士，還讀完博士。經歷了二十五年的寒窗之累，不簡單。你知道一鼓作氣的重要，中間未曾鬆懈或輟學，這是很對的，許多人被學位拖到中年時代，這樣留給以後獨立創造的時間就太少了。我並不迷信學位，但贊成你有一段時間接受西方嚴格的學術訓練，吸收他們重在邏輯與本文分析的學術長處，也提高英語的閱讀與寫作水平。從大陸出來的留學生，已出現一群可以從事雙語思考與雙語寫作的知識者了，你進入這一行列，非常幸運，中國的人文科學研究進人雙語世界之後，眼界就會擴大，水平就會提高。我和我的幾位好友，都對你寄予厚望。

你說你並不怎麼激動，而且還為自己的缺點臉紅，這很好。我能說的，也只是希望你永遠要這樣保持一顆平常之心。以平常之心，對待你獲得的碩士、博士學位；以平常之心，對待你即將得到的助理教授職位；也以平常之心，對待你未來可能獲得的榮譽和可能遭到的曲折。

我發覺有些從大陸來的留學生，常帶着一種病態情緒。他們認為自己是大陸年輕一代的尖子精英，闖了數不清的關口（最後是闖了托福關、簽證關），才來到汪洋滄海的彼岸。沒想到，到了美國卻要到餐館和圖書館打工。把自己定位於塔尖上的人物，卻被拋入社會的底層，於是便產生一種巨大的反差。這種反差所產生的心理傾斜便派生出情緒。倘若沒有產生過分激烈的「反帝」情緒，也會影響自己冷靜地觀察世界。有些漂流到海外的知識分子，在國內時名聲很大，原以為到了西方之後，另一個世界將以紅地毯來歡迎他們，沒想到，這個世界也迫着他們要用自己的雙腳去在荊棘與沙礫中踩出一條路，於是也就感到失望與不平。這些學者作家在大陸時被社會捧壞了，寵壞了，八十年代以來又以為自己高舉自由的旗幟，到了大洋彼岸便要受到優待。這一心態，與當年魯迅指出的以為十月革命勝利之後新政權便會以牛奶麵包來招待他們的詩人的心態一樣，都缺少平常之心。你有了學位之後，沒有因此把自己定位在高高的塔尖上而自鳴得意。這種平常之心，是一種品格，又是一種力量。它可以幫助你免於驕傲與狂妄，可以幫助你不斷往前走，一旦驕傲，就走不遠了。

平常之心是一種自然之心。到海外之後，這種心態從根本上拯救了我。在國內時，我也曾「暴得大名」（胡適語），生活得那麼熱鬧；但到了海外，一下子落入無底的寂寞之中。我所以很快就獲得心理平衡，原因就是我並不把自己看得太重要。你大約看過我的〈自己並不那麼重要〉的散文。人的尊嚴不是把自己視為「要人」，而是把自己視為「人」，即視為平常但又擁有尊嚴與追求意義的人，對自己充滿信賴但又拒絕自我拔高與自我膨脹的人。我從莊子那裏不是接受「無為」的消極，而是接受他的齊物觀，並把它化作自己的齊物之心。所謂平常之心，就是齊物之心，就是平等地對待他人他物的心靈原則。當了博士，似乎比別人高了，但偏不看得比別人高，仍然確認心靈的平等，人格的平等，這便是齊物。將來有一天，你著作等身，也不站立在著作之上，不以為自己高出人家一頭，這種心態也是齊物心態。「一闊臉就變」、「得志便猖狂」的人，離這種心態最遠。辛棄疾的詞云：「我見青山多嫵媚，料青山見我應如是，情與貌，略相似」，也是一種齊物心態，和大自然尚且要平等相待，更何況對於人呢？

人的尊嚴並不在於高人一等。能平等待人，能以平常的心態對待萬有萬物，這種廣博的情懷也是一種尊嚴。基督的尊嚴，並不是高坐雲端、俯視下界的尊嚴，而是平等待人、愛一切人與寬恕一切人的博大情懷的尊嚴。我尊重基督，但不入教。我不喜歡有組織的上帝，倒喜歡像禪宗大師慧能這樣的人物。他是禪宗真正嫡傳的「六祖」，真的是徒滿天下，名滿天下。他成為一代宗師之後，仍然保持平常之心，依舊是尋常百姓本色，幼年時他「艱辛貧乏，街市賣柴」，成為大師後仍然「混跡於農商漁獵」之中。因為有平常之心，所以他處處都能悟道，在擔水劈柴中也能徹悟到前人未曾思索到的大道理。明代農禪的代表慧經，也具有慧能一樣的人格。他出家後四十餘年，除了兩三年行腳外，都在鵝峰山下「鑿山開田，不憚勞苦」，而他成為禪宗大師，被尊為「壽昌古佛」之後，依然以平常之心「牽犁拽地」，將鋤頭變為禪杖，在躬耕中悟示佛法。慧能、慧經這兩位禪宗大師，一面生活在形而上的精神世界，一面又生活在日常的世界中，因此，他們的思考便與社會底層的生命脈搏連接起來，使自己的思考顯得又深邃又廣博。他們的尊嚴感寄寓於追求目標的神聖感之中。這種神聖感是無邊無際的，走上幾個台階，仍然離最後的目標很遠，因此，登上一個階梯之後，其心靈依舊是平常的，自然的。

我們常聽人勸說，要把眼光放遠一點。這話是很重要的。一個學者或作家如果有一種遠方的眼睛，即設想自己原是宇宙深處的生物，能從遠方來看地球、看人，就會看出世俗眼睛看不見的東西。愛因斯坦臨終時囑咐親人在墓誌碑上寫着一句話：愛因斯坦曾到這裏走過一回。他正是用遠方的眼睛來看地球與人的，因此，他說，一個人在宇宙中不過是一粒塵埃，和一棵樹、一座山一樣，都是一粒塵埃，地位再高，名聲再大，也是如此。沒有什麼好計較的。有了地位，別太得意，沒有地位，也別氣餒，因此，他就沒有那麼多世俗的所謂成功與失敗的煩惱。身上很少嬌情，和我們當代一些名人很不一樣。我想，愛因斯坦的眼光便是齊物的眼光。你當了博士，具有這種齊物的眼光也許是最要緊的了。

爸爸

一九九七年十二月十八日

爸爸：

我已在馬里蘭大學落腳了，租了一套公寓，其中只有一間房，一個廳，租金每月八百元。看來這裏的房價也跟紐約一樣貴。我已經去過學校了，這個學校的規模相當大，大概是因為離首都近，所以沾了點國府建築的冷峻特點，學校的建築基本上是由紅磚房組成，許多紅磚房前都配上幾根厚實的白柱子，很有氣派，顯然受了白宮建築的影響。學校的校園沒有科羅拉多大學那麼美，但也有自己的特色。學校大到不開車就沒法工作，所以我買了輛新車。我所在的亞洲與東歐語言文學系算是個小系，系中有俄國語言文學、希伯來語、日本語言文學、中國語言文學和韓國語等專業。中國部分有三位教授、兩位講師，教授裏面除了我負責文學以外，另外兩位是語言學教授。

黃剛也來幫我安家。我們商量一下，有一個願望，想過些時候，買座大一點的房子，至少有四間臥室，有兩層和一個地下室。過兩年你那裏的工作結束之後，我們希望你和媽媽到這裏和我們一起住。你們一層，我們一層，不會互相干擾。我們當然有私心，你們來了，我們「大樹底下好乘涼」，媽媽可以照顧我們，三餐可吃熱菜熱飯，而你來了，我便可以和你經常商討點文學問題。將來有了孩子，你們又是天賜的最好的老師。除了這一私心之外，我們也覺得過兩三年，你們就六十歲了，也該放鬆一些，不要再為謀生而煩惱，可以安心做你們願意做的事，把心放在你們願意存放的地方。我們這裏離白宮及其附近的許多博物館和國會圖書館只有三十分鐘，離海一個小時。比起你們那裏，雖然離大自然略遠些，可離費城、紐約只有幾個小時的車程，東部的許多所常青藤大學離這裏也不算遠，所以文化氛圍比 Boulder 濃厚些。這幾樣，對爸爸你還是有吸引力的。昨晚我對剛剛說，書的吸力，海的吸力，東部文化的吸力，加上親情的吸力，說不定可以把爸爸吸引過來。

可以說，我這裏處於都市文化與田園文化之間。雖然遠沒有紐約文化的繁華與多樣，可也有不少藝術展和電影節。比起 Boulder，這裏沒有那麼壯美的洛磯山，但是我們也可以常常開車去海邊看風帆。如此自由地徘徊於兩種文化之間，既不會太喧囂，也不會太寂寞。你在《西尋故鄉》談到過我以前抄給你的一副對聯：「居軒冕之中不可無山林氣味，處林泉之下還需有廊廟絡綸」。你還引了我的話，「用現代人的眼光看山林確有一塵不染的人間淨土之感，但反過來，常居深山之人亦得常常領略大都市的文化氣息才好。」我當時是為了說明都市文化與田園文化的互補關係，因為你太愛自己後院的那片綠草地了，每天看書寫作後總在那片地裏勞動、徘徊、冥想，怪不得你的朋友在金庸小說研討會上笑稱你為「科（州）老農」（是金庸小說中的人物名字「柯老農」的諧音）。你現在不缺安靜，但也應離熱鬧多元的都市文化近些，這樣的人生，可能更為豐富。

我這兩年，要用工資多買點英文書，中文書也得買一點。前幾天，我買了一套三十年代《良友畫報》的複印本，八百美元。以後我還要多買點原始資料。剛才，我翻翻《良友畫報》，非常有趣，像翻閱歷史。才閱讀幾個小時，便發現時間真是冷酷，幾十年就淘汰了那麼多時髦的東西；然而，有些好的東西也被當代的所謂主流文化忽略了。通過《良友畫報》，我對三四十年代的上海都市文化也略微有所了解了。歷史，還是需要自己來發現、來闡釋，光讀教科書是靠不住的。

小梅

一九九八年八月六日

小梅：

你和剛剛希望我和媽媽過一兩年能夠到馬里蘭定居，這得讓我好好想想。

其實我也喜歡和你們一起住，只是捨不得離開這個地方。昨天我開車到山裏的小城玩，一路看着眼前的藍天，簡直不敢相信這是真的，如此透明、潔淨、高遠的藍天，真捨不得離開它。車子往前開，明知道永遠到達不了藍天，卻有一種奔向夢境的愉悅。這個時候，我不僅有種沉醉感，而且有種幸福感。在大海裏浮游，會擔心沉沒，但沉浸在藍天裏，則只有快樂與遐想了。來到 Boulder 之後，我對大自然的感覺日益敏銳，覺得人的尊嚴與價值，與大自然的透明、潔淨、高遠是絕對相關的。我不知道你那裏的天空是不是也這樣讓人神往。

還有屋後這片草地，我更是離不開它。開金庸小說研討會時，在草地上開 Party，六七十個朋友，從沒見過它的客人都感到驚訝。日本的岡崎由美在草地上走了幾圈，不敢相信，她說這個草園倘若在日本，那就是一個奇跡了。而我喜歡這草地，是因為一坐在地上，心就會靜下來。在草地裏有你和你妹妹送給我的搖椅，坐在椅上讀着莎士比亞的《仲夏夜之夢》或金庸的《天龍八部》，你想想有多美。

五年來，藍天、草地，還有草地上的白樺樹，已在我身邊構成一種「場」。這是物理場還是心理場，是物感場還是靈感場，我說不清，姑且稱它為生命場吧。我在樹下，既是思索，又是沐浴。很奇怪，在這個時候，我會格外清楚地看到自己，看到自己內心還殘存的浮躁與歷史留下的傷痕。一切缺陷都顯得格外明晰。更奇怪的是在這個場裏，我會覺得身上的文化氣脈全被打通，思緒特別流暢。放一本《紅樓夢》或莎士比亞劇本，會覺得書中的人物一個一個透亮透亮的。此時有描述她們的衝動，但又覺得語言的無力，再多的語言也難以表達這一瞬間的感覺。這是沒有任何概念、理念所遮蔽的感覺，從大自然生命場放射出來的最清新的感覺。

對於地理文化我學得不多，也不相信地理環境可以決定一切。但相信不同的自然環境和歷史文化傳統確實會形成一種生命場。這種生命場用自然科學的語言很難描述，但如果用中國文化中的特殊範疇——「氣」來描述，卻可以稱為「氣」場。我國的幽燕地帶多俠氣，江浙一帶多戾氣，五台山、峨嵋山多祥氣（因此也出了許多寺廟和尚），這幾乎是中國人的共同感覺。北京多官氣，上海多商氣，也是共同感覺。周作人在〈上海氣〉一文中，說「上海氣」特別可厭。周氏溫和，但對「上海氣」的鞭撻卻毫不客氣，他說：「我終於是一個中庸的人：我很喜歡閒話，但是不喜歡上海氣的閒話，因為那多是過了度的，也就是惡俗的了。上海灘本來是一片洋人的殖民地，那裏的（姑且說）文化是買辦流氓與妓女的文化，壓根兒沒有一點理性與風致。這個上海精神便成為一種上海氣，流佈到各處去。造出許多可厭的上海氣的文章，文章也是其一。」他還說：「上海文化以財色為中心，而一般社會上又充滿着飽滿頹廢的空氣，看不出什麼飢渴似的熱烈的追求，結果自然是一個滿足了慾望的犬儒之玩世的態度。」周作人的文章寫於一九二六年，距離今天已有七十多年，不知「上海氣」有沒有減弱，而我卻清楚地知道，自從「文化大革命」之後，北京也沾染了許多「上海氣」，並產生了說話完全過度、犬儒玩世的痞子文學。周作人所說的「上海氣」已「流佈到各地去」，不幸而言中。

幽燕的俠氣，峨嵋的祥氣已經不見，上海的犬儒氣流佈各地，江浙的戾氣風行全國，這便使我嚮往具有「清氣」的地方。洛磯山中和我們所住的小城，真有一股清氣。我能具體地感受到。聽說洛杉磯西來寺的和尚，常來山中吸取清氣，感悟大宇宙的啟迪。我在這裏寫的文章，比在國內時少些怨氣，恐怕也是得益於這股清氣。

在這個生命場中，我常本能地撫摸身邊的小草。每一根小草都那麼柔嫩又是那麼堅韌，我知道我有一天從這個世界上消失之後，這些小草還會生長下去，它們這個綠色的集體與天空中的群星一樣將永存永在。浩瀚的天宇是神秘的，身邊這些小草也是神秘的，雖然撫摸的是小草，但接觸的卻是永恆。

在這個場上，我還叩問自己，你為什麼離開故國來到這裏？這裏不僅無親無故，也沒有什麼榮耀可以充塞你的生活。然而，我很快就可以回答，這裏對於我，是最真實最可靠的地方，唯有在這裏，思索不再被搔擾，心靈才存放於我最願意存放的地方。或存放於宇宙，或存放於歷史，或存放於自然，或存放於夢與冥想，或存放於花葉與草葉，全都由我選擇。人們只知給自己的沉重的肉身尋找寄寓之所，甚至可以為這肉身建造金碧輝煌的殿堂，但少有人意識到，給心靈尋找一個可以安居、可以自由思索與自由表達的處所是何等重要。小梅，我生怕離開這個地方到你們那裏，會丟失這個場所。

爸爸

一九九八年十月八日

爸爸：

來到馬里蘭大學已兩個月了。這個學期我只需要教兩門課，一門中國詩歌翻譯，一門中國現代文學史。其他時間我都用在讀書研究，繼續提高、豐富我的畢業論文，爭取早些完成我的第一部英文著作。最近我把第三章改完，心裏一陣輕鬆，並想到，時間真的太重要，有時間讓我沉下心來，好好讀書思考，就會有心得、有收穫。

在舊金山州立大學時，那裏的同事和學生都很好，我很喜歡他們，此刻也很想念他們，可惜每個學期要教四門課，天天忙於教學。我去舊金山前，夏志清先生曾叮囑我要好好教書，他說將來桃李滿天下該多有意思。我個人也很喜歡教學，可能是繼承了媽媽的教學基因，從小就「好為人師」。我的學生們都很喜歡我，每個學期結束時，我都收到許多鮮花和禮物，真是蠻有成就感的。有幾位美國男學生還寄了卡片給我，上面寫着：「老師，我們愛死你了。」真是有趣得很。不過，我發現，過於沉浸在教學中，整天忙着備課、講課、批改作業，長此以往，可能一輩子要生活在文學常識的層面，只是輸出自己以往所學的常識，而沒有多少時間來接受新的知識。我有些恐慌，所以最後還是狠心選擇馬里蘭大學。馬大屬於研究性大學，想在此拿到終身教職，不僅要教學好，更重要的是要有研究成果，所以這個地方除了時間多，壓力也大。壓力可把人往深處推進，雖然苦些，但有好處。我生性懶惰，有壓力才好。

我的同一代人和比我年長十歲左右的大哥大姐們，有傑出者，但也有許多人在「文化大革命」中染上「破字當頭」的壞脾氣，或多或少都在自己身上留下紅衛兵「造反有理」的遺風。這種脾氣和遺風又形成一種古怪的文化性格，就是不願意坐下來做艱苦的建設性的研究，而想「一破定天下」，即靠打倒權威而「暴得大名」，結果愈「破」愈淺。這種「破字當頭」的策略能取得短期效應，但時代風氣一變，就不行了。我已警覺到這種策略的虛幻與危險。我不會走這種路。既然有幸贏得一個從容讀書思考的機會，就要從這種集體性格中走出來，避免時代病。只是走出來之後應當走向何處，有時也會迷惘。不過，近日我已想清楚，應當一步一步走向深處。你說對嗎？

小梅

一九九八年十月十八日

小梅：

你選擇到馬里蘭大學恐怕沒有錯，這不在於這個學校名聲大、「級別高」，我們不必有這種世俗的念頭，不必去爭此虛榮。重要的是在這種研究性大學的確可以贏得時間，真正的無形之寶與無價之寶就是時間。除了時間，壓力也是好的。把你推向深處的壓力，對於你這種懶人是絕對必須的。

中國人喜歡講「人往高處走」，這一世俗的觀念容易誤導人們往名利的階梯上作無休止的爬行。其實，作為學人，應當感興趣的是「人往深處走」。我一直用這句話勉勵自己。你往深處走的條件比我更好，環境、基礎、語言都可以幫助你。你能意識到時代病，感到須沉下心來，這是很要緊的。沉下去，才擁有大海。這種「深處意識」將使你受益無窮。

說到這裏，我想起「德謨克利特之井」這個意象。你知道，德謨克利特（約公元前四六〇至公元前三七〇年）是古希臘傑出的唯物主義哲學家，原子說的創始人之一，其著作達七十三種，可惜留下只有少數的一些片斷。他有一句名言，叫做「事實真相在井底」。因有這句名言，人們後來就把儲藏秘密、儲藏真理的深處稱為「德謨克利特之井」。我們應當走向德謨克利特之井。

不知道你喜歡不喜歡愛倫·坡的小說。他就用過德謨克利特之井這個意象。他寫的短篇《幽會》裏說過一句話：「寶藏只會在深淵裏。」這句話我讀過便忘不了，現在雖已爛熟於心，但從未失去它的新鮮感。記得《幽會》裏曾描寫道：有許多強壯的游泳者跳入水中，尋找他們想找的寶藏。但是，他們不敢進入深淵，所以尋找也只能是「徒勞」。我們做學問，正是以尋找精神寶藏為職業的人，可是，這寶藏在浮淺的表面是找不到的，這就決定了我們一生必須不畏艱辛地工作，不怕勞苦地往深處下沉。任何捷徑都是表層之路，它不可能通向深淵。你今年三十一歲，徹底打掉心存僥倖的念頭，下決心一輩子往深淵靠近，這將形成你的一種境界與抱負。

猶太人有句諺語：「不要靠近深淵。」我不喜歡這種太聰明的告誡。在《獨語天涯》中，我特寫了一小節隨想錄批評這一格言。我喜歡的是馬克思的「科學的門口如同地獄門口」的話，從事科學就不怕有墮入地獄、墮入深淵的危險。科學上有成就的人都是敢於獻身於科學的人，即抱着「我不入地獄誰來入」、「我不靠近深淵誰靠近」的決心與信念從事自己的事業。最後贏得「寶藏」的人都是這些獻身者。走人德謨克利特井底去發現真理的人，也正是這些獻身者。

在《幽會》這篇小說的前邊，引述了小說敘述者奇切斯特教區主教亨利・金在其妻子的葬禮上所說的一句話：「為我待在那裏！我一定會在那空谷裏同你相會。」這個「你」，我們不妨把它設想為獨居在德謨克利特深井裏和其他深淵中的「真理」，我們也應當對它呼喚：請你待在那裏，我一定在深淵中與你相會。

爸爸

一九九八年十月二十日

論大器存於海底

爸爸：

你來信中贈給我「德謨克利特之井」這一意象，真是好禮物。昨天晚上想了好久，覺得記住這一意象，對我來說是極為重要的。人其實很容易變成「浮游生物」，老是在江湖的表層漂動。你那天問我，人是「少年得志」好還是「晚成大器」好，我一時竟答不出來，因為心裏雖然明白晚成大器好，但總有及早成名的念頭在心底作祟，便猶豫起來。昨晚我至少想清了一點，就是知道「少年得志」可能帶來一種危險，即會變成「浮游生物」。一旦得志，便會滿足於表面的名聲，生活在虛幻中，不容易深下去。這才記起你以前提醒我錢鍾書先生說的那句話：「大器從來晚成。」（《錢鍾書散文選》）他的意思是說大器晚成才是學者生長的規律，不可在少年時就急於求成、陷入浮躁。昨天想起這句話時，便想到人間大器都在德謨克利特井底，或者說，大器都在海底。

悟出這個道理已不容易，而實行起來恐怕百倍千倍的不容易。錢先生不僅知道這一道理，而且找到「管錐」這一深挖井底的辦法，幾十年如一日地深錐下去，不管世事如何變遷，憂患如何騷擾，就是不放手中之「管」，一直往深處探索。這種精神要學到就很難，我擔心自己將來會讓你和媽媽失望。如果失望，要究起原因，恐怕就是我缺少管錐不止的韌性，不過，此時既然有這點自知之明，我當然會盡可能努力。

除了必須戰勝自己的懶性之外，還得戰勝虛榮心，這一點也是昨晚想到的。今天早晨，我把這一醒悟告訴黃剛，他說：這太對了，你昨晚的思考真有成果。確乎如此，我想到，在井底海底是寂寞的，井底海底的默默行走誰看得見，誰給你鮮花與掌聲？當同齡人已在商場上變成千萬、億萬富翁，在官場上變成塔尖明星，在文壇上變成風雲人物的時候，你卻還在井底海底一錐一錐地開鑿，人們不知道你在幹什麼，以為你是傻子，是笨伯，是呆鳥，連愛自己的親人與朋友都等得不耐煩，這種時候，倘若虛榮心未滅，就難免要動搖。虛榮的慾望真的最難戰勝。能不怕寂寞、數十年不倦地研究深思，是需要心靈力量的。在美國，吃得不錯，也許體力還可支撐，但這種心力即意志力與精神力是否足夠，我卻不敢打保票。

謝謝你，爸爸，從今天起，「德謨克利特之井」的意象將會常常讓我想起。

小梅

一九九八年十月二十五日

小梅：

接到你的信，真使我高興。你醒悟到的道理，對於你未來是多麼重要！沉下去，管錐下去，你雖寂寞，但一定會有大快樂。

你的信還使我想到應當尋找一下「德讜克利特之井」的形式和內涵。在喧囂的大街和慾望沸騰的社會中固然找不到「德讜克利特之井」，在校園與講壇上，「德讜克利特之井」也未必就會自動向你展現。恐怕每個作家與詩人都應當自己去尋找、去發現。陶淵明在人們羨慕的官場中發現人生的迷途，那是一片精神的荒原，於是，他回到茅屋農舍中，在那裏發現生活，也發現了「德讜克利特之井」。這個井，就是日常生活中的無限之美和無限詩意。就從這裏挖掘下去，沉下去，這裏有一個美麗的大海，人們視而不見的大海。但丁找到的「德讜克利特之井」則是那個一層又一層的地獄，地獄的門上寫着：「你們走進來的，把一切希望拋在後頭吧。」門內便是地獄的深淵，這是人性惡的深淵，是罪孽的深淵。但丁通過對地獄的描述，把人的靈魂一層一層地剝開，剝得如此深邃與令人驚心動魄。杜斯托也夫斯基最初的「德讜克利特之井」，該是他的「地下室」，這是一個異常寂寞的地方，但就從這個地方出發，杜斯托也夫斯基一步一步地向靈魂的深處挺進。在人類的文學史上，很難找到第二個作家像他這樣深刻地剖析人們的靈魂。靈魂也是個大海，人的全部豐富、複雜與精彩就在這個海底。《卡拉馬助夫兄弟們》展現的正是這一大海的奇觀。我所以要談文學的懺悔意識，正是希望自己不要當一個社會表層的法官或審判者，而應當以罪人的身份潛入人類靈魂的海底，在那裏發現污濁中的清白、清白中的污濁，即發現靈魂的雙音與複調。我寫《性格組合論》，也是為了使文學邁入人性的深海與靈魂的深海。

對於我國的文學，最值得我們驕傲又最值得我們學習的是《紅樓夢》，曹雪芹是一個偉大的人性論者。他找到的「德謨克利特之井」是人的真性情，是情感的深井與大海。而引導人們在大海中航行的，不是中國人所崇尚的聖書典籍，而是那些未嫁的少女，是林黛玉、晴雯、尤三姐等未被世俗塵埃所污染的女神。在曹雪芹眼中，少女便是天地精英，便是本來就存在於天地間的大自然。世上最有價值的，就是這些美麗的、拒絕名繮利鎖的生命自然，她們的天性是一個被曙光所照射的原始海洋與原始宇宙。在海洋的深處與宇宙的深處，站立着她們洞察人間全部齷齪的眼睛與性靈。如果說，杜斯托也夫斯基開掘的是精神的深度，那麼可以說，曹雪芹開掘的是性情的深度。他們兩人都是在大海之底行進並擁有大海之美的先驅者。

爸爸

一九九八年十月三十日

爸爸：

黃剛的爸爸已經去世一年多了。去年我和剛剛從紐約來到馬里蘭以後，馬上開始為他爸爸和他兩年前去世的媽媽找墓地。我們前前後後看了十幾個地方，最後終於選定了一個墓地公園，離馬里蘭大學有二十分鐘的車程，叫Parklawn。這個墓地公園很安靜，也很美。所有的墓碑都躺在綠草地裏，幾乎沒有立着的墓碑。青青的綠草地被茂密的樹林圍繞着，草地上有親人們送來的各種顏色的鮮花，坡上坡下一片靜靄，走在其中，心中唯有純淨的思念與回憶。生與死的界限，就在咫尺之間，它是清楚的，也是模糊的。綠影、花香、陽光，在這裏連接着地老天荒般的永恆，也閃爍着曇花一現般的幻象。我們把剛剛的父母，我的公婆，葬在這片美麗的天地裏，但願祥和之氣永遠伴隨着他們美麗的靈魂。

剛剛與我同歲，短短的兩年時間，他一下子失去了雙親，我陪着他不知流了多少眼淚。他是獨子，父母走後，只剩下他孤零零的一個人，我是他最親的人了。他最大的遺憾是還沒有報答父母，父母就甩手而去了。這是終身無法彌補的遺憾。這兩年是他最難過的兩年，他總是問我，為什麼這樣痛苦的事情會接連發生在他的身上？為什麼別人的父母還健在，可他卻再也見不到他的父母了？每次他問我類似這樣的問題時，我都無言以對，唯有替他感到心疼。為了安慰他，我只好說，你將來總有一天會在天堂裏與你父母重聚。因為剛剛的父母都是基督徒，剛剛也信基督教，所以他從我的這句話裏得到了一些安慰。為了能與父母在天堂相聚，必須重新面對生活，繼續熱愛生活。如果他不相信死後的世界，我就不知道該如何去安慰他。

爸，你七歲就失去父親，你是怎樣面對這樣的悲傷事？

我不知道一個唯物主義者是如何面對死亡的？他面對死亡時，是不是比有神論者灑脫？然而我寧肯相信人死後有天堂，也有地獄；我寧肯相信冥冥之中自有主宰；我寧肯相信輪迴轉世及涅槃解脫。這些超現實的信仰讓我對生命的奧秘多一分尊重，讓我對世界的理解多一種視力。孔子說，「不知生，焉知死？」可我想，不懂得死也同樣不能理解生。

已經去世的傅偉勳教授在生前曾致力於生死學的研究，我讀過一本他推薦的《西藏度亡經》。這本書中所講的生命的本質在於心，心的本質即純粹的光明。據書中所說，恆長的流轉不息的現象世界並非是真實的，一切事物，是思緒或思緒之間關係的反映，是由「絕對意識」產生的普通力量來維繫的。因此絕對意識在人死後的瞬間，便以偉大的明光表現出來。這種光是生成萬物的母體，一切思緒的根源。它不存在於外界的表象中，而只有通過冥想、修行而意識到自己的存在時，才能體會到內在輝煌的光芒。所有偉大的詩人與修行者都希望與這種光融合在一起。死後的亡靈如果不畏懼這種本質的、純粹的、輝煌的光明，就能超越輪迴，達到涅槃。顯然，這本書不僅是對死者的超度，也是對生者進行的「死亡教育」。這本書所講的光是為了引導死者不要對肉體執着，它同樣也教育我們活着的人，不要懼怕死亡，不要迷戀現世輝煌燦爛的表象，不要在自我意識中產生迷惘和混亂，而要面對真實，擁抱我們生命的本質，擁抱偉大本性中的亮光。

最近我看了一部羅賓威廉斯（Robin Williams）主演的電影《美夢成真》（*What Dreams May Come*）。這部電影探討的也是死亡問題。由羅賓威廉斯主演的男主人公克里斯（Chris）是一個善良的兒童心理醫生，他有一兒一女，還有一個與他真摯相愛的妻子。他與妻子都熱愛繪畫，平時都通過繪畫來表達愛情。然而，災難很快就來到他的幸福家庭。先是他的兒女雙雙車禍身亡，接着他本人也出了車禍，離開了人間而升入天堂。這個天堂是Chris個人的，而且他一眼就認出它與妻子送給他的一幅畫境完全相似。那裏是和諧亮麗的大自然，在山巒與河流間有他與妻子共同設計的「夢中房」（dream house），一切都美妙無比。他在天堂中遇到了車禍身亡的兒女。可是，不久他就得知妻子由於忍受不了痛苦而自殺。基督教是不允許人自殺的，所以他的妻子下了地獄。出於對妻子的熱愛，他決定下地獄去拯救妻子。由於妻子沉迷於黑暗與痛苦中，她已經不認識克里斯了，也聽不進他的勸告與引導。克里斯最後決定放棄天堂，在地獄裏永遠陪伴妻子。這一決定感動並喚醒了他的妻子。於是，他們在電影結尾一同回到天堂，回到他們的夢中房。

令人驚嘆的是這部電影的攝影語言，它以獨特的方式帶我們走進有如畫境般的天堂。天堂中最吸引人的是顏色，好看極了，五顏六色的，是印象畫派的那種鮮明的色調，配合着明亮光波的流動，有着自然界瞬息萬變的美。克里斯走在他的天堂裏，好像走在鮮豔的顏料上，一筆一點都是生動的。整部電影結合了繪畫的想像力，用色彩的語言進行思維與對話，所有的色彩都攫人思念與冥想。我被天堂中這些弦樂般的色彩所感染，不由自主地愛上了這種清晰可愛的「心像」。這部電影充分表現了「天堂在你的心裏，地獄也在你的心裏」的主題。羅賓威廉斯的個人化的天堂就是他的心像，是他活着時夢想的所在。他的妻子下了地獄，也是因為心裏瀰漫着痛苦、黑暗與死亡，無法自拔於心中的地獄。最後他堅貞的愛情改變了妻子的心像，使兩人能雙雙奇跡般地返回天堂，並且再生。

我不知道人死後的世界是什麼樣，是佛教所講的輪迴？還是基督教的天堂地獄？我雖然沒有像妹妹那樣選擇基督教，像媽媽那樣選擇佛教，可我相信上帝，相信神靈，相信萬物自有它的歸宿，相信善良的人擁有美麗的靈魂，相信美麗的靈魂在肉體死亡後仍舊存在，相信我們活着的人要不斷地修行，要努力保存心中的那一片淨土。在信仰普遍失落的二十世紀末，在慾望高度膨脹的世界裏，我們更應保護自己心中的天堂，更應以巨大的勇氣直視心中那片輝煌的明光。

雖然剛剛也許一輩子都忘不了失去父母的傷痛，可他卻比以前成熟多了。他和我這兩年受到的「死亡教育」，讓我們更加珍惜現在擁有的一切，也讓我們在忙忙碌碌中不忘進行一些生生死死的思考。

小梅

一九九九年十一月二日

小梅：

黃伯伯去世後，黃剛陷入哀傷，你受他的感染，文字中也有許多「悲涼之霧」，難得你們有這一份情意。以前你遠離宗教，黃伯伯去世後，你們卻向神靠近。我雖然是個無神論者，但尊重宗教，也支持你的近似宗教的獨特的信仰：相信上帝，相信萬物自有它的歸宿，相信善良的人所擁有的靈魂在肉體死亡後依然存在，相信我們活着的人要不斷修行，要努力保存心中那一片淨土。

你對死亡的思索是積極的，哀傷並不意味着消沉。我也常常思考死亡，你注意到孔子的「不知生，焉知死」的命題，而我更喜歡海德格爾的「不知死，焉知生」的哲學，儘管這兩個相反的命題都很有道理，但我還是更喜歡後者，這大約是因為我對死亡的認知，乃是為了加深對生命、生活的認知，也就是說，對死的領悟是為了今天，不是為了明天。不是為了明天的天堂，而是為了今天更積極地拆除各種地獄，包括外在地獄（社會）與內在地獄（自我）。宗教哲學家們一定會說，地獄是永存的，怎樣也拆除不了，但我還是要知其不可為而為之，要向地獄挑戰，尤其是「自我」這個最後的地獄。這是一個無所不在的，無論你走到哪裏它都跟隨着你的地獄。自身的一切虛榮的嗜求，一切貪得無厭的慾望，一切排斥與嫉妒他人的邪念，一切停止奮發的懶惰，還有面對着一點塵埃似的成績而產生的驕傲等，都是自我的地獄。想到人總有一死，就會覺得這些慾念（邪念）的荒謬，想到人最後難免要落入無可逃避的大虛空，就會覺得人間一切金光耀眼的大虛榮的確沒有意義。我真希望你在青年時代就能對自我地獄有所覺悟。在注意薩特的「他人是自我的地獄」這一命題之外，更注意「自我是自我的地獄」這一命題。前一命題可幫助你獨立處世，堅定地在各種壓力與誘惑面前作自我選擇；後者可以幫助你清醒與謙虛，避免自己成為妄心妄想妄為的狂人。

關於死亡的哲學思索太豐富了，幾乎每一個哲學家都有一套關於死亡的見解，但是，影響我最深並且一直幫助我積極生活的一種見解，卻是在中學時代就讀到的莎士比亞的一段話。莎士比亞說：

> 所謂生命這東西，究竟有什麼值得珍愛呢？在我們的生命中隱藏着千萬次的死亡，可是我們對於結束一切痛苦的死亡卻那樣害怕。

這句話出自《一報還一報》，至今我還能背誦。它除了減少我對總死亡的懼怕之外，就是讓我更加抓緊時間努力生活與擁抱生活。「我們的生命中隱藏着千萬次的死亡」，這是每個人都在經歷着的生命事實，卻是極少人能意識到的生命真理。我很感激莎士比亞提醒我這一真理，並且在少年時代就擁有這一真理。它使我除了對「總死亡」有所領悟之外，還能自覺地、不斷地領悟生命全過程中的一次又一次的死亡。如果這種死亡可稱為日常死亡的話，那麼，可以說，我的積極生活態度，全是來自對日常死亡的領悟。自從第一根白髮在自己的頭上升起，我便意識到生命的一部分已開始凋落。一根白髮的出現，是一次死亡；一個積極前行的念頭的自我撲滅，是一次死亡；一個美好日子的虛度，是一次死亡；一個和自己的靈魂息息相關的師長、親人與朋友的逝世，我更是具體地感到自己血脈一角的死亡。如果一個夜晚，我認真地讀書寫作或努力工作，這個夜晚有所悟、有所得，我便覺得這個夜晚的生命是活着的。如果我以無聊的嘆息消耗掉這個夜晚，我便會意識到我在這個夜晚中的生命已經死亡，它已化為無可把握的黑暗的一部分。在「文化大革命」的十年歲月中，我的生命是一片漫長的空白。那時，我每天都感到多次的死亡，每天都要殺死許多正直的念頭，每天都要埋葬許多真摯的情思，甚至連以往積累下來的知識和道德信念，也紛紛與時代狂潮同歸於盡。在最狂亂的日子裏，我連對父母、師長的愛都面臨着死亡。我的榮幸，是我很快就意識到這種死亡，而且不屈不撓地與這種死亡抗爭。如果說我是這種意義上的戰士，我倒願意接受「戰士」的稱號。

爸爸

一九九九年十一月四日

論享受黎明

爸爸：

那天在電話裏和你訴了許多苦，覺得現代女子真累，肩膀的兩側都沉重。本來一肩挑着教學研究已夠累了，現在懷孕又挑起生育孩子的重擔，更是不勝負擔。你說五四運動得益最大的是知識女子，運動使林黛玉、薛寶釵們走出大觀園進入社會，和男子一樣創造自己的名聲與業績，我不知道你這裏有沒有調侃的意思。五四運動固然提高婦女的社會地位，贏得一次從舊倫常觀念束縛中擺脱出來的解放，但是，也使婦女的肩膀多了一副重擔，家庭的擔子之外又加上社會的擔子。人間社會到處充滿着爭執不下的悖論，說婦女進入社會是解放當然有充分理由，但說婦女還是留在鍋邊廚房裏，閒時也讀點詩書，似乎也不是沒有道理。我現在就感到婦女的雙肩挑即雙向重壓，壓得我兩腳發軟。倘若黃剛賺的錢足夠養家，我覺得自己還是當個家庭婦女為好，做點家務活之後便可以靜下心來讀書寫作，享受一點林黛玉、薛寶釵式的安靜與輕鬆。林、薛的詩社並未進入社會，她們的佳作無需出版，也沒有名聲之累。她們的生命其實比較完整，不像我現在，在家庭與社會的壓力下完全像是碎片，不僅時間是碎片，連精神也難以集中，人們看不出是碎片，這只不過我竭力支撐着的結果。

雙重擔子壓着，如果勤勞一點還可對付過去。可是我的天性又不是一個像你那樣勤勞的人。我有「嗜睡」的毛病，一旦睡不夠，腦子昏昏沉沉，就懶洋洋的。現在有個孩子在肚子裏，懶散更有理由。其實，我也不滿自己這種精神狀態，但總是改變不了早晨起不來的習慣。幸而上午常常沒有課，否則我更會覺得天天不得解放。這也許是小時候你和媽媽送給我的習慣，或許是我十八歲那年生了一場病後留下的問題，這種精神狀態的問題，我真需要你的「救贖」！

小梅

一九九八年十二月五日

小梅：

你喜歡睡懶覺，這都怪我小時候沒有認真地喚醒你、提醒你。我覺得這一點可能會影響你將來的成就，今天我不得不用書面的形式來補償，希望你能考慮改變一點生活方式，除了趕文章開夜車而不得不起晚之外，其他時間希望你都能早起。

我的缺點是需要午睡，長處是能夠早起。林語堂在《生活的藝術》中說晚上睡前與早晨起床後讀書的習慣使他受益無窮，這一點我很有同感。早晨讀一點，有所悟，白天裏再想想，便成了自己的知識，一旦化入心中，又成了自己的血脈心性，這種長期的積累，其力量難以估量。

不知道你讀過《曾國藩家書》沒有，他在書信中一再要求自己的兄弟要早起。他說「欲去驕字，總以不輕非笑人為第一義。欲去惰字，總以不晏起（即不晚起）為第一義。」（《曾國藩家書》第一百七十一書，咸豐十一年正月初四）戒驕戒惰，需要記住這兩個「第一義」，這是我常想到的話。曾國藩教他的子弟不離八本，即「讀古書以訓詁為本，做詩文以聲調為本，養親以得心為本，養生以少惱怒為本，立身以不妄語為本，治家以不晏起為本，居官以不要錢為本，行軍以不擾民為本」，這是他的教子八本。你已為人師表，我不敢教你，但曾國藩這八本倘若你能借鑒，當受益無窮。其中的「立身以不妄語為本，治家以不晏起為本」，實在值得我們一起記住。曾國藩該如何評價，現在和將來都還會有爭論，但人格是獨立於政治層面之外的東西，他的人格品性是值得尊敬的。他當了大官，但他告訴自己的兒子（紀鴻）說：「凡人多望子孫為大官，余不願為大官，但願為讀書明理之君子。」他說他當官二十餘年，從「不敢染官場氣習」。勸自己的子弟也不要染上仕宦之家驕奢倦怠的作風，而應當「讀書寫字不可間斷，早晨要早起」，「吾父吾叔，皆黎明即起」。早起不過是一生活細節，為什麼曾國藩如此看重，不惜一再嘮叨，最近我想清楚了，曾國藩不在乎一個人官位的高低，而在乎一個人的生命狀態。早起，正是一種健康進取的生命狀態。

你因為總是晚起，可能不太了解擁有黎明的快樂。如果你能改變習慣，每天六時起床，你就會覺得一天最美好的時刻就在黎明中。黎明中清新的空氣、柔和的曦光，都是養育心性最好的藥物，我對宇宙、人間、生活的熱愛，一大半是從黎明中獲得的。這個夏天，我每天早晨都坐在瓜棚旁邊讀書，此時，見不到太陽，但可以看到撒滿大地的晨光；在晨光中思想，會覺得天地間的一股清氣、祥氣流入書中與胸中，為我洗掉對人間的許多偏見；在這個時辰中寫作，文字也自然會減少許多躁氣，更不會有戾氣。許多妄語都出於不清醒的時刻，黎明總是提醒我拋棄妄語。

卡繆的一段話常鼓舞着我，他說：「這道唯一的亮光，就足以使我心中塞滿迷惑的、迴旋的喜悅。……假如我心裏還感到有點焦慮的話，那是因為我想到，這無法攫住的片刻就像水銀球從指縫間流逝。那些想要站出這個世界之外的人，就讓他們站出去罷。我不再為自己哀傷，此刻我見到了自己的誕生。我高興地活在這世界上，這個世界便是我的王國。」這段話出自《卡（加）繆札記》。我對黎明的亮光的感受，就是這種恐懼與喜悅的交織。我害怕它會流逝，害怕這一束給我喜悅和信心的亮光會消失。黎明的亮光，正是帶着神性的大自然的精華。

爸爸

一九九八年十二月十日

論父愛的形式

爸爸：

寫這封信的時候正好是美國的「父親節」，由於最近忙着趕寫畢業論文，竟然忘記了給你寄賀卡和買禮物，你不會怪我吧？雖然這是美國人的節日，可是入鄉隨俗，何況我又不在你的身邊，更是不應該忘記這一日子。不過，在我的心目中，你是一位極其特殊的父親，你不僅給予了我普通父親能夠給予的愛，而且你是我心靈上的朋友。

中國傳統的父親總是過於冷峻，不管自己內心有多孱弱，還是要樹起一個權威的形象，好像不這樣就不足以讓自己的子孫走正道、求功名、盡孝職。你不是這樣的父親。在十歲以前，我每年只能見到你一次，那時你和媽媽老是分居兩地，我也只能在等待中默默成長。住在福建山城裏的我，常跟同學們誇耀：我爸爸住在北京，見過毛主席，讓天天享有父親之愛的朋友們羨慕我。你每次見到我，總是格外寵我，節衣縮食地帶來北京的巧克力和臘肉，那都是山城中的稀罕物。你給我講故事，無論是小說中的故事，還是你自己

「編造」的故事，都開了我的「鴻蒙」，使我開始熱愛文學。後來我和媽媽搬到北京，你不久又成了名。雖然關心我的時間仍舊有限，可在我的印象中，我喜歡把自己的所有事情都告訴你，包括我喜歡的男孩子。唯有你的心胸可以容納我的一切，我的喜怒哀樂和我的「秘密」，你從不讓我感到那種虛假的令人生畏的威嚴，而是讓我們互相從心靈上溝通，在這兩代人的心靈和思想溝通中影響着我，塑造着我。與下一代人心靈相通的慈愛才是堅實的慈愛。

周圍的同學朋友們，跟我的年齡都差不了多少，但是我卻經常聽到他們抱怨與父母之間難以真正對話，父母總是單方面地要求兒女盡孝職，可並不了解自己的孩子已漂流在中西文化之間，也不了解私人生活空間父母也是不可侵犯的。我與你一直都沒有這種心理障礙，與你交流總是讓我感到溫馨。你的心靈是寬廣的，當我與你辯論時，你欣賞的是我這一代不同的思維方式和我活潑的思想，你的理解讓我感到快樂，也讓我願意去理解你作為一個人、一位父親、一位學者內心的痛苦和幸福。

如果沒有你，我也許不會走上文學的道路。尤其在美國求學的這段日子裏，如果不是你的鼓勵和「逼迫」，我大概早已改行了。把自己的子弟逼上艱苦而光明的道路，逼上充滿焦慮又充滿喜悅的人生，逼上挑着重擔攀登真理的山峰，這大概正是天底下最好的父愛的形式。感謝你終於使我愛上了文學。

這一工作使我比旁人多了一個世界。這個世界如此迷人。它的最深處的內核，是真的永遠不會熄滅的人性的太陽。它的光芒撫慰着人間，也撫慰着我，叫我做人要豐富，但又要單純、善良，對人永遠不要失去信念。它讓我在充滿慾望的世界中不會迷失自我，並多了一種視力看待人生，多了一副「詩意心腸」珍惜人世間所有的真情和愛意。

爸爸，你讓我欽佩的不僅是你的學識，還有你拒絕世故與拒絕勢利的心靈。我為有你這樣一位父親而感到驕傲，也為能與你平等地在文學精神世界中漫遊而感到喜悅。在此，讓我祝你父親節快樂。

小梅

一九九八年六月十八日

小梅：

讀了你在父親節裏所寫的信，非常高興。你是在中國和美國的新文化中生長的，但仍然能對父親保持真摯的敬意和愛意，這也不容易。

在我國五四新文化運動中，「非孝」的觀念曾像炸彈似地爆破過。第一個提出「非孝」的，就是施光南叔叔的父親施存統先生，他是共產黨的第一代思想家。可是施光南叔叔一直很孝敬他的父親，可見人類對父輩的敬意是很難通過「文化革命」擊碎的。施存統先生當時提出「非孝」並非沒有理由。中國在很長的歷史時間中，確實以「孝」的名義扼殺過年輕的生命，魯迅所深惡痛絕的《二十四孝圖》中的故事就是明證。因此，當時提出「非孝」乃是「救救孩子」的一環。然而，我們不能離開當時的歷史情境而把「非孝」當作普遍的絕對原則而喪失對父輩的敬意和理解。

我希望你能把對父親的敬意推向整個父輩、祖輩，推向你的所有老師，包括教過你的老師和沒有教過你的老師，也推向從孔子和蘇格拉底開始的所有人類的思想大師與文學大師。永遠對他們懷着敬意。這樣，你就會站準自己的位置。永遠對他們懷着溫情與敬意，你將終身受益無窮。

在「文化大革命」中，當時的權勢者提出一切關係都是階級關係，包括父子、兄弟、師生、夫妻之間的關係也是階級關係，這才是真正的「亂倫」

關係。人倫是人性文明的一部分，不可以毀掉，而師生關係也是人倫的一項基本內涵。在這一點上，台灣做得比大陸好。台灣一直保持着「尊師重道」的傳統，那種橫掃父輩師輩的造反脾氣，在台灣雖然也有，但不像大陸那麼嚴重。當代中國的陳勝吳廣，主要是在大陸的文化界裏。「造反」是捷徑，此時理論學術捷徑裏擠滿了聰明人。

我還很高興地知道你已從文學研究中感受到自己多了一個迷人的世界。這種感受是絕對準確的。文學確實是一個豐富迷人的心世界，這是任何物世界所不能比擬的無比精彩的世界，但只有不怕艱苦而進入它內核的人才能感受到它的大美大麗。我在《論文學的主體性》中實際上已說過，文學不僅是人學，而且是「心學」。只是這一心學與王陽明那種思辨式的心學不同，它是情感式、形象式的心學。勞倫斯說文學中也有思想，但它是有血液的思想，有思想的血液，而我們也可以說，文學乃是有血液的心學，有血液的美麗的心世界。我們有幸以此為職業，自然應當珍惜。職業中的艱辛和各種磨難，自然不應有太多抱怨。你能理解我的「逼迫」與嘮叨，把這些嘮叨視為父愛的形式，真使我高興。

爸爸

一九九八年六月二十四日

爸爸：

一九九九年五月十八日，是我的人生旅程中一個最難忘的日子。我做媽媽了。

我跟黃剛給兒子起的英文名字是 Alan Huang，Alan 在英文中的意思是快樂與和諧。我們也很喜歡你給 Alan 起的中文名——黃宗煦。「宗」字既可紀念文化意義的中國，又可時時勉勵 Alan 不忘繼承家庭中的良好傳統，黃剛的外祖父馬思聰和你都為 Alan 樹立了好的榜樣；而「煦」字給人和和暖暖、如沐春風的感覺，意思與 Alan 的英文名暗合。有的朋友說給孩子起中文名可一定要小心，因為它會影響孩子的一生。我雖然半信半疑，可也不敢含糊，想來想去，最後敲定 Alan，是希望兒子將來能夠擁有一個平穩的人生。當然，追求飛揚的人生更有出人頭地的可能，可一個人若能幸幸福福、和和美美地度過一生也是極為不易的。正如張愛玲所說的「人生安穩的一面有着永恆的意味」，我就是愛這永恆的意味，放在哪個時代都是一樣的。

你曾說過，比起你這一代，我的路是很順的，沒有什麼大悲苦，也沒有什麼大歡樂。順順當當成長，順順當當讀書，上完小學上中學，上完中學上大學，北大畢業後來美國留學，拿到哥倫比亞大學的學位後又找到了馬里蘭大學的教職，從頭到尾都是蠻順利的，雖然有點小波折，可也都算不了什麼。在愛情婚姻方面，我也非常幸福。跟黃剛從在北大相識相戀到一起出國留學，到結婚生子，一直是朋友們羨慕的一對。我能有如此順利的人生，除了大時代的原因以外，最要感謝的是你和媽媽。沒有你們精心的培養和教育，我不可能這樣一帆風順。這些也只有到了為人父母之際，才能真切地體會到。

以前在文學作品中常常讀到有關「母愛」的主題，的確，母愛是一個寫不完的永恆的主題。冰心的作品得到廣大讀者的喜愛，就是因為她立足於這種不受任何政治風波所侵擾的愛，給缺乏人道的時代帶來了溫馨。我做了母親，才發現想做一個好母親其實很難。對我來說，最難的是母愛中的「無條件的犧牲」。人們常說，偉大的母親之所以偉大，是因為她的愛是一種天性，全人類的母親都是一樣的，愛自己的孩子可以做到無條件地為孩子犧牲一切。令我感到慚愧的是，我可能沒辦法完全做到這一點。

Alan誕生前前後後，我總是處於煩躁狀態，而且無法控制這種煩躁。我實在沒想到做母親會這麼難，要受這麼多的罪，不光是身體像吹氣球似的變得非常臃腫，情緒也隨着身體的變化而變化。懷孕時，拖着笨重的身體堅持教學；分娩時，由於Alan是個八磅十二盎司的大嬰兒，生得很困難。這些都還好，最麻煩的是他出生以後，我和黃剛的生活整個改變了，覺也睡不好，書也讀不好，文章也沒心思寫，天天圍着他團團轉。好在媽媽這個暑假從你那裏趕來幫我，不然更是亂套了。可媽媽暑假一回去，我可怎麼辦？怎麼才能像原來那樣又教書又寫作？怎麼才能找到一個合適的保姆？就算請到合適的保姆，我是否能夠專心地搞學術？我若是不好好教書寫作，過幾年很可能拿不到「鐵飯碗」。美國的現實就是那麼殘酷，稍有懈怠，便可能滑入深坑。一想起這些，就很煩。再加上我的奶水不夠，Alan一直不停地亂哭亂鬧，他的哭聲一次次地告訴我是一個失敗的母親。而我的情緒愈壞，奶水就愈少。給他餵奶粉吧，醫生和朋友卻都一再告訴我母奶有免疫力，別放棄，可我試了許多的法子還是不管用，媽媽天天做魚湯、雞湯、排骨湯給我喝，還給我吃中藥，最後的效果都不佳。由於奶水不夠，Alan每個小時都在鬧，我每個小時都要餵奶。我覺得自己已經徹頭徹尾地變成了一頭母牛，除了餵奶，就是為增加奶水而奮鬥，再也別無它想。

「母親」的形象，原來就是一頭「母牛」形象。我現在感覺最強烈的就是，我已經變成了一頭母牛，原先的我已經不存在了，唯一有知覺的是我的乳房。我們平常歌頌母愛時，可以把它昇華，把它推廣成一種博愛的精神，但現在我才明白，母愛是很具體的愛，是日常生活中最瑣碎的愛。可憐的女人們，被這瑣碎的愛所淹沒，連頭帶腳全都沉沒，看不見自己，忘記自己，犧牲自己，這就是母愛。無論你是否想「無條件犧牲」，你註定是犧牲了。

我曾在西方藝術史的畫冊中看到過這樣的一個雕像，這個雕像叫做「威仁多夫女神」（The Venus of Willendorf），它是舊石器時代的產物，在澳洲被人發掘。我被這一雕像深深吸引，同時也被這一雕像深深打動。「威仁多夫女神」一點也不美，她沒有眼睛，沒有鼻子，沒有嘴巴，沒有耳朵，她的臉部被稻草繩一圈圈地圍着。臉部像是被囚禁起來，一點個性也沒有。她的乳房碩大無比，沉甸甸地耷拉在胸前；她非常肥胖，臀部大大的，腹部像是懷孕的樣子；她沒有手，也沒有腳，但是大腿異常粗壯和結實。作為女神，她絕對不代表美，而是代表母親——永遠地懷孕着，永遠地哺育着，她生活在自己的身體裏，被自己的身體所囚禁。沒有眼睛，所以看不見外界的景象；沒有耳朵，所以聽不到外界的聲音。她是女性這一性別最本質、最原始、但又最不性感的體現。令我感慨的是，天下所有偉大的母親都像這個女神一樣，有如大地，有如大自然，充實而溫暖，是天下兒女的來源，也是他們的歸宿，但母親自己卻是盲目的，看不見自己也看不見外界，只為着生育而在那裏呆呆地挺立着。

有些學者在評論冰心的作品時，曾指出她不能超越自己的性別，尤其是母性的主題，對具體的現實環境缺乏關懷。這類批評實際上仍是以男權父權的絕對價值為標準，以社會批評的獨斷尺度來衡量冰心的女性寫作。對他們而言，冰心的寫作不能超越自己的性別，過於纏綿在母愛的旋律中，於是不能達到所謂「偉大作品」的標準。我則不這麼看，我偏偏喜歡冰心寫作中過多過滿、過於感情化的母愛主題。我偏偏要質疑所謂衡量「偉大作品」的標準。只不過我覺得冰心作品中的女性缺少個性，她們不約而同地認同「母愛」，但這種母愛卻是社會秩序中早已規定好了的母愛。她歌頌的女性，全都認同母親的形象，全都有犧牲精神，全都為男權社會中的「崇高價值」而犧牲，她們就像「威仁多夫女神」一樣，是盲目的，在盲目中主體意志消失了。

你也許不同意我的想法，但我認為，只有真正體驗到女性身體生育的痛苦，真正體驗到了瑣碎生活對女性、對母親的囚禁，才明白我們是否應當重新定義「母愛」，重新書寫「母愛」的主題。母親是否也應該有自己的個性和價值，母親不應該變成只是為了另一個主體而無條件犧牲的客體。她也應該像父親一樣，在愛自己孩子的同時，仍然保持自己的獨立存在。我希望母親的臉部是美麗的，是有性格的，同時也是喜悅的，不能只是為了犧牲而活着。

你曾寫過《慈母頌》，也許我也應該寫一篇《慈母頌》，為了奶奶、媽媽和我自己而寫。

小梅

一九九九年六月十八日

小梅：

你有了這次當媽媽的體驗之後，對母愛、對人生的認識比以前深刻了。我好幾次和你說，心驗是不能代替體驗的，真正深刻的認識都是來自體驗，尤其是來自刻骨銘心的大體驗，所以我一直認為，唯有自身的體驗才是最可靠的。母愛的覺醒，母愛的發生，都來自這種痛苦的體驗。

在你走入社會之初，本該輕鬆一些去拼搏，不應立即背上「母親」的包袱，這實在是個沉重的包袱。但我又想到，這也好，這有益於你去體驗人生的一個重要方面，有益於你的人生更加完整。你將成為人文學者，這種體驗有助於你對社會、歷史、人類的理解與同情。我對我們這一代人的「勞動鍛煉」，只是譴責它的強制化，並不否定鍛煉的必要。青年時代的痛苦體驗，使我對中國社會的認識大有長進，人間的疾苦也從此深深地打烙在我心靈的深處，在這種體驗中所產生的同情心便根深蒂固，什麼力量也打不掉。我在寫作中所表現出來的全部心靈傾向，正是自己的體驗所決定的。母愛是人生的一部分，它與整個人生一樣，帶有很強的悲劇性。一個女子，為了實現她對孩子的愛，必定要付出巨大的代價，經歷自己料想不到的各種苦痛與折磨，而且不一定能得到什麼報償，這便是悲劇，「可憐天下父母心」這句話所以能打動人，就因為它道破了父愛、母愛值得哀憐的悲劇性。每次奶奶向我們要錢的時候，我就感到一種罪孽，一種悲憫，我常常因為沉浸在思索中而忘記日常的責任，當奶奶發出聲音時我才驚醒。你想，一個痛苦地生你、育你、把一切都獻給你的母親，在滿頭白髮的時候，還向你乞求一點養老的小錢，這不是悲劇是什麼？即便給了錢，如現在我們每月每年都給她寄點錢，就能算什麼「報償」嗎？就能減少悲劇性嗎？恐怕還是不能。人總是要老的，奶奶難以逃脱這種悲劇，我和你媽媽也難逃這種悲劇。我們已經看你長大到三十一歲了，但我們何曾看到你有什麼愛我們的「行動」？只要你成長得好，我們就高興了。你恐怕也難逃這種悲劇。你不能期望你付出心血與汗水，三十年後能得到小煦的報償，不，那時他和你一樣，進入人生的另一層面，他有他的負擔，他可能已開始另一輪悲劇。我們唯一可以做的，就是盡可能保持親情的溫暖，使這種親情在人生的過程中相互滋潤心靈，這就叫作「相濡以沫」。我寫《慈母頌》也是一種相互滋潤，可惜你奶奶讀不懂。「相濡以沫」可能是唯一能減輕人生悲劇性的藥方。真情愈是真摯，悲劇性就愈少。現代社會被金錢席捲一切之後，也正在席捲這種親情。在西方，人際的溫暖、親情的溫暖正在逐步消失，在中國，也會如此，這就使人生的悲劇性加深。Boulder 最近建造了一座新的敬老院，就在我們家對面的小橋那邊，每次我散步到那裏，都能看到幾個孤苦伶仃的老人迷惘地看着天空，我便想到人生真是難逃這種悲情。他們並不缺錢，缺的是親情該有的暖流。

所謂親情的滋潤，也就是愛的滋潤，這是母愛與兒女愛的互相滋潤。你想想，爺爺英年早逝，如果不是奶奶的母愛滋潤我，我的人生悲劇豈不是要從童年就開始揭幕。我的靈魂，我對人類的信賴，沒有因為父親的死亡而受傷，全仰仗母愛的滋潤。母愛的偉大，不僅表現於孕育、生產的痛苦，而且表現於後來用自己的全部身心去滋潤孩子，承擔養育教育孩子的責任，倘若孩子進入青少年時代之後走上歪門邪道，還得和孩子一起承擔罪孽。

你的母性剛剛覺醒，就感到母愛的偉大，覺醒之後，你再讀一些悲劇作品，感受就會與覺醒前有所不同。你就會覺得悲劇中衝突的雙方都擁有理由。賈寶玉、林黛玉的一方有充分理由，賈政、薛寶釵的一方也有充分理由。有悖論、有二律背反才是悲劇。年少時讀《哈姆雷特》，總是進入不了衝突的內核，現在讀來，感受就大不相同了。唯有此時，才能理解哈姆雷特的猶豫。他的復仇是多麼艱難啊。他愛他的父親，復仇是為父親復仇。父親的鬼魂糾纏着他，鬼魂的提示和哀求，是一種絕對命令。但是，在他面前，站立着他的母親，這個母親曾用自己的乳汁和身心之愛灌溉過他、滋潤過他。母親的清白被染污了，但母愛依然不可抹殺。哈姆雷特如果殺死仇人（叔父）便傷害母親，這種母子之愛牽制着他，使他手中的利劍沒有自由。《哈姆雷特》中的主要人物，無論是哈姆雷特本人，還是哈姆雷特的父親、母親、情侶，每個人都帶有很深的悲劇性。

你在信中說要重新定義母愛，意思是說當了母親，不能為孩子而犧牲，當了媽媽仍然要保持自己的獨立性。事實上，這並不新鮮，哪個父親母親不這樣想？這樣想，無非是想逃脫人生的悲劇囚牢。但是，我可以告訴你，這一悲劇囚牢是無可逃遁的。你既生下了孩子，你就在與世界的較量中，交給世界一個人質，這一命運的人質就一定牽制着你。一九八九年，我和媽媽來到西方，和你們姐妹倆相隔汪洋大海，我們最有獨立存在的條件了，但恰恰是在那個時候，我們最掛念你們，想念起你們時簡直有一種揪心的惆悵。父愛與母愛的悲劇在此時表現得最為強烈，明明可以「獨立」卻獨立不了，明明可以享受自由之輕，卻偏偏更深地感受到責任之重。這個時候，不管是「自由」理論還是「獨立」理論，都只是自欺欺人。這雖然是悲劇，但也恰恰證明悲劇主體是人，不是禽獸，不是遠離了子女之後便不認識子女的禽獸。人註定永遠要在自由之輕與責任之重中彷徨、徘徊、焦慮，註定要肩負自己未必願意承受的重擔，註定要為自己的子女「付出」一輩子。不過，這種「付出」，並非付出自己的事業，我和媽媽也為你和妹妹付出過，但我們並沒有付出事業，沒有犧牲自己的目標，相反，我們把這種「付出」也看作是一種自我實現。你現在能寫文章，能生孩子，人生開始放出一點光彩，我們也覺得這點光彩與我們微弱的付出有關，所以我們也很高興，並覺得我們的悲劇性人生色彩淡化了一些，覺得悲劇中也有壯劇在。

爸爸

一九九九年六月十九日

論愛的困境

爸爸：

以前你對我說過，孩子落地，正如太陽升起。真的是這樣，在小家庭的平面上，有了這孩子，黃剛和我都覺得滿屋生輝。在孩子面前，我突然覺得自己成熟了，所有的脾氣都可以在他面前改變。

太陽升起時，揭示了黎明，揭示了早晨，揭示了新的一天將佈滿光明。而小孩的誕生則向我揭示了健康，揭示了責任，揭示了母性，揭示了我的青年時代即將結束。最後這一點，使我着急。我過去實在是不知道珍惜時間的。這孩子的到來彷彿代表造物主通知我：以後你的時間將一部分流入我的身上，你的時間將愈來愈緊，生命之愛與事業之愛的衝突將愈來愈烈。

此時，我最強烈的感覺還是愛把我推入困境。毫無疑問，我會熱烈地愛孩子；但是，他將橫站在我與事業之間，他將與我爭奪時間，他一點也不知道我的緊迫感，一點也不允許我怠慢他。過一個月，我又得教書，又得修改英文論文，時間本來就不夠，而這個混沌而強有力的生命卻要緊緊抓住我。怎麼辦？想到這裏，我就浮躁起來，甚至恐慌起來，我怕我的書籍我的事業會全毀在這個「愛」之上。人生的困惑常常就是這樣產生的，這個小太陽就把我推入困境之中。

分娩前，我讀過池莉的一篇散文，題為〈怎麼愛你也不夠——獻給我的女兒〉。這篇紀實性的散文，沒有做過母親的人，沒有親生經歷過人生這一大變動的人，是寫不出的。比起池莉，我不知幸運多少倍。她從懷孕，到孩子出生，到請保姆，到找房子，每一步都是那麼地艱難。我實在應該感謝她精彩的「新寫實主義」的文筆，細細地不厭其煩地記錄下一個母親生活的本原狀態。雖然只是她個人的經歷，可是她為天下所有的母親寫了一個共同的「傳」與「史」。母愛是一個全人類的超種族超個人的母題，可同樣是寫母愛，池莉寫的母愛，不是抽象的，而是真實的，生活的，個人的。這樣的母愛，雖然少一點詩意，可卻觸摸到了每一個母親的心靈。她的散文裏有這樣的一段話：

> 我懷抱女兒，坐在陽台上餵奶。這是我最安穩的一刻，我在這片刻裏常常前思後想，發現現實生活擊碎的東西太多太多了。而且某一現實可以從一點出發，擊中我們四面八方的浪漫，也可以超越時空，擊向歷史和將來。

有一點是可以自慰的，作為作家，苦難的日子裏常可以得到許多對生活真面目的認識。

原來愛本來就是一種困境，是生活的賜予，也是生活的重擔。伴隨着愛的，除了喜悅之外，竟有這麼多的束縛、焦慮、恐慌、無奈、迷惘。跟池莉一樣，經歷了這一場做母親的滋味後，才認識了生活的原質。現在，回過頭來看自己以前寫的詩句，也才真正體會到什麼叫「為賦新詞強說愁」了。

小梅

一九九九年七月十五日

小梅：

「愛總是把人推入困境」，這是你的一個很重要的體會。有了孩子之後，你的一切，包括時間，都被孩子所佔有，於是，你着急、焦慮，這都是正常的。我還要告訴你，這才剛剛開始，以後你還有許多苦要吃，你一定要有更充分的心理準備。你在上一封信裏說：愛，孩子，已把母親變成母牛。不錯，孩子將要使你的生命繼續變形，變成保姆，變成奴隸，變成牛馬，變成愛嘮叨的「小媽子」，變成神經過分敏感的「小巫婆」。你要小心。但只要你有心理準備，也可避免。

你提起愛的困境，這很有意思。現在你正好沒事，我想借題發揮和你聊聊。愛的對立面未必是仇恨，恨中其實有着熾熱的愛。愛的真正對立面可能是冷漠。我所以常常為文化批評辯護，就是看到批評乃是一種參與社會的熱情，即一種對社會的關懷與愛。在中國現代作家中，沒有一個像魯迅那樣愛中國又那樣恨中國，魯迅的憎恨，是恨其阿Q式的同胞的不爭，自然更是憎恨那些吞食同胞的黑暗的鬼蜮，這恨乃是愛的深刻表達形式。因為愛憎的交融，大愛者便常常陷入憎惡和被憎惡的大困境之中。我一直把十字架視為愛恨交叉的困境。大愛者被釘在十字架上，這是人間的無可逃遁的悲劇。

冷漠把自己置之度外，倒不會陷入困惑。人到年紀大的時候，就容易冷漠，那是因為愛的減退與消亡。所謂成熟，也往往是冷漠。與冷漠不同，愛總是熱烈的，熱烈地擁抱是非、擁抱苦難、擁抱善惡，因而，也總是不滿、不平，這個時候，生命在燃燒，但愛也就陷入種種困惑之中，人間的是非、善惡並不那麼簡單，並非只有黑白兩面。而且真實的東西往往被掩蓋着，我們往往看不清。像奧賽羅這樣的大悲劇，不是善惡的倫理困境，而是人類生來就無法看清真實的困境，也就是大愛者的盲目與盲心。莎士比亞是人類文學史上最偉大的作家，他的悲劇《哈姆雷特》所以成為舉世公認的經典，就因為它從多種角度揭示了愛的困境。愛把哈姆雷特拋入各種愛的交織之中，在要不要為父親復仇的背後是各種愛的衝撞，當他舉起為父親復仇的寶劍時，他立即陷入把寶劍指向母親的危險。米蘭·昆德拉把小説視為對人類生存困境的某種答問，甚有道理。所謂學問，也可以説是對愛的大困境的領悟。

叔本華説人在本質上是一場悲劇，悲劇之源是慾望。而我寧可把這個悲劇之源視為愛。人總是努力去愛，但往往不能愛其所愛，而如果能愛其所愛，又總是被所愛者推入困境，甚至推入絕境。林黛玉就被所愛者推入絕境。愛得最深，悲劇性也最深。《奧賽羅》中苔絲德蒙娜，她是一個貴族之女，她高貴、高潔、美麗、正直，她的愛是人類一種最難得的戰勝種族偏見、門第偏見和美醜偏見的大愛，但她卻被自己所獻身的愛者所殺戮，這便構成千古不衰的一種震撼。這是愛把她推入死境的大悲劇。不過，當奧賽羅也自殺的時候，她的靈魂也會從死境中走出來。妃格念爾常使我聯想到俄羅斯知識分子的悲劇。十九世紀的俄國知識分子，十二月黨人，他們很多人出身貴族，其中也有女子。《俄羅斯的暗夜》的作者妃格念爾就是一個。他們出於對祖國的大愛，拋棄了貴族生活，為一個愛的目標獻身，但他們一個個被流放，被送上斷頭台，最後他們的革命並沒有改變俄羅斯的貧窮與專制。直到現在，俄羅斯仍然翻不過身來。俄國知識分子的悲劇性實際上比中國知識分子的悲劇性還要深刻。

就我個人來說，何嘗不是因為愛而陷入困境的悲劇。在國內時，我可以說是帶着感激的心情去愛自己的國家和自己的同胞。在我成名之後，許多朋友勸我要小心謹慎，只要小心，一定前程無量。可是，我哪能想到世俗意義上的所謂前程。我只是帶着愛不斷前行。

愛會把人推入困境，也會把歷史推入困境。我對李澤厚的思想最欣賞的是他提出的歷史主義與倫理主義的悲劇衝突。倫理主義講的是善，是他愛，但是，歷史的前進又不能不犧牲一些人的利益，不能不借助魔鬼——人的慾望為動力，從這個意義上說，歷史確實是無情的，也就是說，歷史一定會在愛與踐踏愛的悲劇中前行。愛註定要陷入二律背反的困境之中。

爸爸

一九九九年七月二十三日

爸爸：

剛才我坐在電腦屏幕前開始寫作的時候，小煦「哇」地哭叫起來，我不忍心，走過去在他腮邊一吻，他竟然立即停止哭泣，立即沉靜下來。兩個多月的嬰兒，已能感知母親的愛，真是奇跡。嬰兒最傻，但感覺也最靈。這是天生的，沒有人間知識參與的感覺，這種感覺的年齡只有幾十天，但它卻準確無誤地辨別出注入他身上的感情流。

剛才這一體驗，使我興奮不已，並想到：沒有人間知識參與的感覺，是最真最純的感覺。如果一個人在「學」飽知識之後，能夠回到這種嬰兒狀態，仍然具有一種純粹的、毫無雜念的人性第一感覺，那真是一種幸福。想到這裏，我對你最近幾年一再思考童心、作「返回童心」的努力便有了深一些的了解。老子在他寫《道德經》時已經對宇宙人生瞭如指掌，用時行的話説，他已經「洞察一切」了。但是，他卻在洞察一切之後呼籲回歸嬰兒狀態。他在第二十章中說：「荒兮其未央哉，眾人熙熙，如享太牢，如春登台。我獨泊兮其未兆，沌沌兮如嬰兒之未孩，儽儽兮君無所歸」，意思是說眾人熙熙攘攘，在進入狂歡節的時候，我渾然獨處，像個混沌未鑿的嬰兒。而這種嬰兒狀態，恰恰是他與俗人不同的所在，也是他自己的身心嚮往的歸宿，所以他問：「專氣致柔，能嬰兒乎？」

你在海外將近十年，但我從未聽過你一句怨天尤人的話，尤其是最近幾年，說話作文更是平和，而文學感覺和藝術感覺卻更為靈敏，對此，我也曾想過這是為什麼？今天突然想到，你是回歸嬰兒狀態，即贏得一種最好的心靈狀態與感覺狀態。這種狀態使你潛藏的能量釋放出來，就像嬰兒的啼哭一樣，發自最真實的身心深處。你的確是一個很幸運的人，竟然能回到這種狀態。現在人都變成比較世故，連我的同齡人「世故」的也很多，而你卻沒有被世故所佔有，既沒有被各種艱難困苦的命運所壓倒，也沒有被各種誘惑所歪曲，依然保持一種表面上「沌沌兮」，實際上感覺最靈敏又最純真的狀態，你自己應當為自己高興。

前兩天和媽媽、黃剛談《聖經》，我說上帝禁止亞當、夏娃吃智慧果一事，永遠會有爭論，這是一對永恆的悖論。倘若不吃智慧果，我們今天的人類還是處於蠻荒狀態，與猩猩、猴子的生活相去不遠，誰願意過這種日子？但是，吃了智慧果之後，先不說是果核變成了原子彈、氫彈，單說人變得世故、狡猾、虛偽，就是巨大的代價。知識分子比一般人吃了更多的智慧果，飽食之後多數都自我膨脹，膨脹到最後，成妖成精的也不少。倘若沒有成妖成精，能保持孩子狀態的似乎也不多。我害怕自己不斷吃智慧果，從東方吃到西方，將來有一天也會成妖成精，害怕果核也會在我身上長出臭架子和各種鬼魔脾氣。媽媽說我在胡說，可我真的有此擔憂。不過，能警惕在先總是好。剛才小煦在搖籃裏又「哇」了一聲，這一聲是輕輕的不是抗議，他大約很贊成我今天所寫的話。

小梅

一九九九年八月一日

小梅：

你所說的「嬰兒最傻但感覺最真最靈」，很有道理。老子的「沌沌兮」也是一種憨傻狀態，但他卻又是感覺最靈敏的狀態。他的五千言道德經，讓後人闡釋不盡。他對宇宙、自然、人生的感悟內容，至今我們讀起來還感到新鮮。他的回歸嬰兒狀態，就是一種大徹悟。尼采在二十世紀初才說出回歸「嬰兒階段」的話，比老子晚了兩千多年。老子極端地說出「絕聖棄智」的話，認定棄絕智慧，對百姓有百倍的好處（「民利百倍」）。以前我完全無法理解，今天，我倒想到，知識與財富一樣，積累得太多太飽的時候，也會危害身心的健康。財富太多，會危害人的靈魂，這一點容易看到，但知識太多也會危害人的靈魂，則不容易看到。許多做學問的人，到最後不僅無法從學問中跳出，而且變得非常冰冷、世故，以至世故大於學問，這就是被知識所危害。所以我覺得最幸運的學者是他獲得知識，並由此獲得對宇宙、社會、人生的穿透力與洞察力以後，又有力量返回嬰兒狀態。這是在時間形式上向過去回歸而在實質上則是向未來前行，所以我稱之為「生之凱旋」。但這種回歸極不容易，這意味着要放下艱苦拼搏而得來的許多東西。人總是眷戀已經獲得的名聲與地位，「太牢」（盛宴）與「春台」（舞子）總是使人終身追求不厭。

嬰兒狀態就是自然狀態。嬰兒就是大自然，嬰兒的啼哭是一種天籟，所以他一啼哭，你就會聽到大自然的召喚，有所感動。少男少女，也是一種大自然。曹雪芹在《紅樓夢》中把少女比作淨水，那是大自然的清新與清純。結婚之後，人進入社會，便失去自然。人的生命活力與靈魂的活力，本來也是一種自然力，但是在獲得知識之後，也可能被各種本本吸盡自然的活力而變成教條主義者。我很喜歡海德格爾的「永恆的活火」這個哲學意象，我也把它理解為人的存在活火，先於本質的自然的活火，回歸嬰兒狀態，可以讓這種活火繼續燃燒。正是這樣，所以也可以說，只有回歸孩子狀態，快要消失的生命才能重新釋放出它的能量。世故的人，很難實現這種釋放，他們的才華已埋葬在「看破紅塵」的練達之中與「豐富經驗」的牢房之中。你看出我的心靈狀態還好，如果我再給你作註，那麼，我就要告訴你，好的明證就是生命的能量還繼續像幼年時代那樣尋求發散與放射，並無死亡跡象。

這些年，你妹妹和我們住在一起，帶給我很大的愉快。我喜歡你妹妹陪伴着，並不是特別寵她，而是覺得她便是大自然，至少可以說，她與自然緊緊相連。人在嬰兒時期、少男少女時期與外部自然有着更多的聯繫。他們喜歡天空、海洋、大地，沒有什麼少男少女是喜歡被困在書齋裏的。你妹妹一直在讀書，一面受知識的重新塑造，一面則天真地保持着自然狀態。在社會中，人和自然需要有一定合理的比例，才能保持靈魂的健康。紐約的比例就有點失調：人太多，自然太少。我們這裏，人與自然的比例正好，所以生活得很愉快。在家庭中，人與自然也得有個合理的比例才好，全都是「知識老人」，沒有孩子與少年，就會因為缺少自然氣息而損害身體與靈魂的健康。《紅樓夢》中的榮國府，林黛玉、晴雯、鴛鴦等少女一死，府中便缺少生命自然，就更讓人感到窒息。隨着年齡的增長，人的身心之內那些自然部分就會逐步退化，離大自然愈來愈遠。所謂修煉，不是別的，正是修煉保持嬰兒狀態，不斷開發自己身上和自然聯繫的部分。不是愈練愈世故，而是愈練愈天真。聰明人能修煉到有點傻就好了。

爸爸

一九九九年八月四日

論安逸

爸爸：

休息三個月之後，我精神好多了。娃娃一墜地，我就有一種解放感。懷着另一個生命，雖有自豪感，但畢竟沉重，這回把擔子放下，身體輕鬆了許多。生命（我）可以產生生命（娃娃），生命（娃娃）也可以改變生命（我），這十個月，我簡直被這一小傢伙所主宰、所改變。現在我不讓他改變，他竟哇哇大哭，哭聲好響。

你所說的出生於何處和避免被安逸所誤的道理，我也很有感受。我雖還努力，但不如你用功，內心還是怕苦得很。娃娃的環境更好了，倘若比我還怕苦，還「貪圖安逸」，恐怕就沒出息了。所以我們都不要太寵他，尤其是你。小時候，你念着魯迅的「俯首甘為孺子牛」，還果真讓我和妹妹騎在你背上，你以後可別這麼寵小煦。

說起生長環境，我便想到小煦一兩歲之後，放到你們那裏可能最好。科羅拉多高原上的山水真能陶冶人，我在那裏讀書時，就覺得 Boulder 的地氣特別好。這些年讀你的散文，更覺得你文中含蓄着那裏溫厚的地氣。我希望小煦能在這種吉祥之地生活。

其實，我跟妹妹的人生觀是不同的。我一直抱着「悲劇哲學」的觀點，而妹妹則傾向「快樂哲學」。這大概是因為我們倆生長的環境不同。我上北大的時候，中了太多叔本華的毒，認定人生本是一場悲劇，我們每個人毫無選擇地被拋到這個世界，既無奈又茫然。那時，我又正好屬於失去信仰的一代，尼采宣佈上帝死亡了，而現代主義小說展示的又全都是人的困境，想來想去，人生真如「等待果陀」一樣荒謬，而且充滿了「二十二條軍規」，我們人類無論怎樣努力都走不出這一怪圈。這樣愈想愈走進死胡同，幾乎無法自拔。我們班上就有位年輕詩人戈麥自殺了，死時才二十歲出頭。我們八五級文學班，詩人尤其多，抱有人生悲劇想法的人也很多。好在我當時常常與你討論，你積極的人生態度讓我改變了許多。我記得你說過，看到人生的荒謬固然是對的，但要有勇氣反抗荒謬，不能過於消極。不錯，人生即使真的完全是一場悲劇，我們也要精彩地把它演完。

妹妹十三歲來到美國，從小在國外長大。她很善良，心地很好，但有時過於天真。在美國，有句口頭禪，就是要「享受人生」（enjoy life），妹妹就是懂得享受人生的人，所以她比我活得輕鬆。信奉快樂哲學的人，熱愛生活、熱愛生命。大多數美國人都跟妹妹一樣，很有李白的酒仙氣質，「千金散盡還復來」，抓緊時間體驗人生中每分每秒的快樂。但是，正如你有次批評她的，傾向「快樂哲學」的人，一遇到挫折就垮了，因為生活過於安逸，就沒有做好足夠的心理準備正視人生的陰暗面。

我和妹妹很幸運能生活在這樣的一個家庭裏，雖然生活不富裕，但你和媽媽都那麼疼愛我們，而且時時有你能做我們的精神嚮導。我同意你說的，「安逸」其實是瓦解人的最可怕的東西。不過，我認為，更重要的是父母對孩子的引導。不同的人生觀，會產生不同的生活態度。在美國，生活確實很安逸，但有一部分美國人還保留一些清教徒的傳統，兢兢業業，勤勞節儉，照顧家庭，追求完美的精神生活。這些美國人雖然也很懂得享受人生，但更懂得珍惜人生和勤奮上進。本傑明·富蘭克林就是一個實事求是、看重品行的新教徒。他說，世上有十三種有用的品德：不喝酒、沉默、有條理、果斷、儉省、勤奮、真誠、公正、溫和、清潔、安寧、貞節和謙遜。可惜，一些過於追求自由主義的美國年輕人，已經逐漸拋棄了這一良好傳統。

小煦將來的生活會比我們都安逸，所以我和剛剛更得好好教育他。但願將來你也能幫我們教育小煦。剛剛希望他信仰基督教，這樣以後在精神上有所依託，這點我也同意。另外，我想培養他的獨立精神，這在美國是很重要的。很多美國父母，在孩子十八歲時就讓他去外面闖蕩，我想是怕他太眷戀安逸，失去獨立支持人生的本領。還有，我和剛剛將來一定要跟小煦好好溝通，這是教育孩子最好的途徑，就像我和妹妹什麼話都願意告訴你，你也就能替我們「排憂解難」了。

小梅

一九九九年九月二十三日

小梅：

你妹妹把你分娩前後的錄像帶放給我看了。看了之後我直想落淚。你提着大肚子還在講課，分娩後眼睛腫成那個樣子，我實在不忍多看。以前你和妹妹出生的時候，我並不知道你媽媽分娩的情況。這次看了你的形狀，才更了解當母親不容易。不過，不經過這場痛苦，母性是不會覺醒的，也不會真的了解母親的艱辛。

從錄像帶裏看到娃娃胖乎乎的樣子，實在可愛。此時我想到，他出身在你和剛剛這樣一個家庭（我和媽媽、妹妹當然也是其家庭背景的一部分）是非常幸福的。你和剛剛，一個從事文學，一個從事經濟，家境富裕而又不缺精神之源，和你出生時大不一樣。你出生的時候，我和媽媽雖然已經工作，但工資合起來只有一百元人民幣，家分兩地，還要養活奶奶和關照外公一家，實在非常艱難。然而，你童年時代的家境也成就你，使你知道民間的疾苦，父母的艱辛，也使你知道用功奮發，從而才有你今天。這都是「安逸」二字在你的童年、少年、青年時代未曾伴隨你。「安逸」其實是瓦解一個人的最可怕的東西，但你避開了它。你現在一天不工作，就不安，說明你已把「享樂」移到事業上了，與人間那些貪圖安逸的人大不相同。而娃娃出生在這樣一種環境，就很難嘗到人間的苦味了，將來他很容易陷入安逸之中。一貪圖安逸，就難免平庸，這點既然想到了，也就順便提醒一下。昨天我問你妹妹，你喜歡出身在我們這樣的家庭嗎？她說喜歡。我問為什麼？她說她不願意出身在極端的家庭，即不喜歡出身在宮廷貴族之家，也不喜歡出身在極端貧窮之家，而我們乃屬中等之家。其實，極端貧窮之家很能錘煉人的意志。我的青少年時代就生活在極端貧窮之中，這一經歷使我受益無窮，至今我還兢兢業業，一天到晚伏案讀書、寫作十幾個小時也不覺得累，全得益於少年時代的貧寒。你曾說，你們這一代人和我們這一代人最大的區別在於我們有「沉重的使命感」，而你們沒有。而我要說，最大的區別在於你們沒有經歷磨難，而我們卻經歷了許多磨難，從身體到心靈都飽經磨難。磨難真可造就人的靈魂。在美國十年，我看到美國的物質文明高速發展，但文化卻處於低迷狀態，年青人從身體到性情都顯得粗糙，靈魂質量不高，這顯然與他們的生活過於安逸、缺少磨難有關。

分娩後是身體最弱的時候，你不要看書，只可閉目養神。

爸爸

一九九九年九月二十六日

論人性與佛性

爸爸：

這幾天李陀叔叔到紐約，他和我談了許多文學問題和作家故事。他說在他認識的中國作家中有兩個人具有佛性，一個是你，一個是王安憶。聽到這一說法我很高興，不過，我對佛學一點也沒有研究，只知道佛的慈悲與寬容。

在我心目中，一個人要具有佛性，首先應該先具有人性。把愛推己及人，把人道關懷徹底化，也許就接近佛性。在學界，人們談到人道主義時不免小心翼翼，因為當西方霸權主義試圖以其話語擴充，並合併及主宰第三世界時，資本主義的人道主義是它征服世界的手段之一。如果用話語／權力的關係來分析人道主義的話，那麼人道主義在殖民與被殖民的語境裏並不是透明的，而是屬於西方霸權話語的一部分。不過，我覺得談論人性沒有必要守着福柯的概念不放，我相信人道主義精神是一種基本的、人類需要擁抱的價值。

李陀叔叔的大女兒、也就是我的好友那日斯最近在《讀書》上發表了一篇關於建築的文章，題為〈阿爾瓦·阿爾托：現代建築中的另類〉，談的正是人道主義在現代主義建築中的意義。世界著名的芬蘭現代建築師阿爾瓦．阿爾托在二十世紀二三十年代很早就開始實踐現代主義，但是，當他成為現代主義者時，並沒有盲目地照搬柯步西耶「從零開始」的革命口號，反而注意到現代主義建築對人性的撲滅，以及對歷史、傳統、自然和文化的拒絕。所以，他很重視如何在「現代」的同時還具備人性。他認為「建築師的任務是重建一種正當的價值秩序」，「建築師的任務也是將機械時代人性化」。雖然他自己的作品很有現代氣息，可是他很強調建築中的人道精神，他說：「只有當人處於中心地位時，真正的建築才存在。」而且，他批評道：「現代人，尤其是西方人，被理論分析影響得太深，以至於他的自然洞見力和即時接受力已經非常薄弱化了。」

我很喜歡那日斯的這篇文章，因為她找到了一個極好的範例說明優秀人性與人道關懷永遠是需要的，即使是在現代式的建築物中也應有這種關懷，更不必說文學了。她的這篇文章也讓我更理解你對人道主義的堅持，更理解你的一些理論看法。你一直把文學的中心看成是「人的存在」，雖然喜歡現代語言的敍述方式，卻不喜歡一味玩語言玩技巧、墮入「語言陷阱」中的文學作品。這些觀點都是因為你認定文學一定要有深厚的人性內涵與人道關懷的內涵。

我所講的這些，都是一種認識，而真的佛性，卻並非認識，而是心靈。李陀叔叔所說的佛性，一定也是指心靈屬性。那麼，作為心靈屬性的佛性，它既有優秀人性的基礎，但又超越人性並照耀人性。人性太脆弱，人要戰勝自己身上的人性黑暗面，恐怕還是得借助一點佛性的光明。說到這裏，我不敢再妄談下去了，只覺得自己距離佛性實在太遠。

小梅

一九九九年一月二十三日

小梅：

李陀談的是佛性，而不是佛學。對佛學我也沒有研究，只有一點常識，我也不想和你談這些常識。李陀只是借用「佛性」概念說明某種性格特點，你不要鑽牛角尖。不過，我想借此和你談一點人的情懷。

我在幾篇文章中都說過這樣的意思，中國當然也缺少文化知識，但是更加缺少文化情懷。我為什麼喜歡蔡元培、胡適，就是他們的文化作風很好，有了成就有了名聲之後仍然很謙虛，不稱霸，不隨便說長道短，挑剔人家的缺點。蔡元培的「兼容並包」，既是一句口號，又是蔡元培本身的性格，這一性格也可視為佛性。學術界中人常喜歡褒此抑彼，十分尖刻，但蔡、胡不這麼做。原來攻擊胡適的人很多，我讀了這些攻擊之後更為尊敬胡適。攻擊者選定胡適來打擊，只是他們的一種藉以抬高自己的策略，而他們的成就與人品卻遠不如胡適。錢穆先生的著作有七十多部，我只讀了二十部左右，而他的一句話留給我特別深刻的印象，就是對待我們過去的歷史，要有一種溫馨與敬意，要有一種理解的同情。我想，這就是佛性。這與流行的追究歷史罪責的態度完全不同。把知識變成權力，甚至變成霸權，這就更談不上佛性。有了名聲之後，人往往會變態，以為自己真了不起，這就中了魔了，原先好端端的人性也染上了魔性，這一點我們實在應當警惕的。茨威格有一句話給我很大的教益，他說：「……一旦有了成就，這個名字就會身價百倍。名字就會脫離使用這個名字的人，開始成為一種權力、一種力量、一種自在之物、一種商品、一種資本，而且在強烈的反沖下，成為一種對使用這個名字的本人不斷產生內在影響的力量，一種左右他和使他發生變化的力量。」他還說：「頭銜、地位、勳章，以及到處出現的本人名字都可能在他們的內心產生一種更大的自信和自尊，使他們錯誤地認為，他們在社會、國家和時代中佔有特別重要的地位。於是他們為了用本人的力量來達到他們那種外在影響的最大容量，就情不自禁地吹噓出來。」茨威格認為有了成就並非註定要落入這種魔窟，他說：「一個天性對自己持懷疑態度的火，他就會把任何一種外在的成就，看作一種恰恰要在那樣微妙的處境中盡可能使自己保持不變的責任。」茨威格這些話寫在《昨日的歐洲》的「又回到世界上」一節。這部書由三聯出版，你一定要找來讀讀。如果你記住茨威格這些話，你就不會淺薄地翹起尾巴，也不會貌似高深而實際上非常幼稚地自我吹噓。

我對一些比我年輕十歲、二十歲、三十歲的朋友本來是有所期待的，但這十年來，我對他們卻常常失望。這不是他們的文章寫得不好，而是他們寫了一些文章和一點著作之後就自我膨脹起來，就說別人不行。對別人的長處感覺非常遲鈍，而對別人的弱點卻感覺非常敏銳，這就堵死了自己接受他人長處的路子。如果說有什麼佛性的話，我想最重要的是應當放下自己的已經變成權力與資本的名字，謙遜地開放自己的胸襟，容納他人的長處。佛性的確不是認識，不是知識，而是心靈，是性情。知識講究邏輯，講究深淺，而心靈與性情卻無所謂深淺之分。母親的眼淚，愛人的跟淚，你說它很淺，但也很深。人間關懷，美好心地，你說它很淺，但也很深。佛性中的寬容慈悲，也是如此。給你回這封信，也是希望你能對別人的長處保持敏感，而對於別人的短處，則不要那麼聰明地看得那麼清楚，還是傻一點，迂一點，遲鈍一點，謙虛一點為好。謙遜，虛懷若谷，騰出心靈空間容納萬象萬法，這倒是與佛經中所講的「空」性相符。

爸爸

一九九九年一月二十六日

爸爸：

昨天你在電話中説，人不可太聰明。所有取得大成就的人都是並不愚蠢但又不是太精明的人，我覺得很對。這使我想起《射鵰英雄傳》中的大英雄——金庸筆下的郭靖，他很傻，沒有心機、心術，沒有人生技巧與策略，連聰明與精明也沒有，然而他學到了天下最高的武藝——「降龍十八掌」，成為頂天立地的武林巨人；而他的伴侶黃蓉雖然聰明，卻沒有郭靖的那一股執着的傻勁，所以她只學到了撥弄「打狗棒」的粗淺功夫。我雖是個女性，但也不能學黃蓉，還是得學郭靖。只是郭靖的執着也不是容易學的。

記得你講《紅樓夢》時一再讚美賈寶玉的傻勁。這位貴族子弟不懂得享受貴族的榮耀與世俗的「幸福」，卻老是對着人間的不平發呆。他的這份呆氣，這份關懷與同情心，看來是傻，但內裏卻是對人間的大關懷。這是他修煉了無數年代，棄絕了石頭的冰冷，才有了這份熱，這份愛與慈悲。事實上，賈寶玉比誰都聰明，不必説與那些酸秀才相比，就是與他的父親、叔叔、堂兄弟相比，也是高出他們千百倍，但他在世俗的眼中，卻是一個呆子、一個傻子。所謂大智若愚，賈寶玉就是典型的例證。

小梅

一九九六年二月六日

小梅：

讀了你的信，想起古羅馬哲學家、政治家（也是悲劇作家）塞內卡說的一句話：「精明過頭，乃智者大忌。」這句話可以作為座右銘。你本來就不精明，也許不需要用這句話提醒你，但能記住也好。記住了，就會記得做學問（包括寫作）只能下笨功夫，不能老是去找什麼策略和捷徑。在捷徑上堆滿取巧者的屍骨，只是我們看不見。

人確實有聰明人與愚人之分。以《紅樓夢》中的人物來說，除了傻大姐之外，像薛蟠、趙姨娘等恐怕只能歸為愚人之列，而林黛玉、薛寶釵、王熙鳳等自然屬於聰明人之列。然而，在聰明人中則有三種不同境界：第一種是有智慧的人，林黛玉、賈寶玉正是這種人；第二種是聰明人，如薛寶釵等；第三種則是精明的人，其典型是王熙鳳；第四種是機靈鬼，乃是小聰明的人。第一種人能感悟宇宙人生、歷史文化，身心深厚，卻容易被人視為傻子；薛寶釵雖是極聰明的人，卻沒有大智慧，她的聰明乃是會做人，結果落入了世故。比薛寶釵更聰明的是王熙鳳，可是，她卻聰明過頭，成了精明。精明是特別會算計，什麼都在自己的股掌之中，這種精明已不太妙，倘若精明過度就會危害自己。王熙鳳最後就是這個下場，所以曹雪芹給她的命運詩示是：「機關算盡太聰明，反算了卿卿性命。」《紅樓夢》中還有一些聰明人，如小紅等，是聰明中較低級的巧人，只能算是機靈鬼。學界裏的機靈鬼一多，投機取巧之風就會盛行。痞子、流氓、無賴，都不笨，但都是一些耍貧嘴的機靈鬼。《三國演義》中的諸葛亮、曹操都是屬於具有大智慧的聰明人，可惜身在政治場上便生出許多心機。曹操不喜歡楊修，恐怕是他覺得楊修精明過頭。

在人類精神價值創造中，有大智慧的人便創造出一流作品，如荷馬、但丁、莎士比亞、歌德、托爾斯泰、杜斯托也夫斯基等都是屬於這種創造境界。聰明的作家很多，但有大智慧的作家不多。聰明的作家只用頭腦寫作，而具有大智慧的作家除了用腦，還投入生命，投入心靈。聰明過頭，就會拋棄心靈，還就頭腦，就一定寫不出好作品，什麼都算計清楚了才動筆，什麼靈感都被算計所撲滅，還有什麼精神創造？然而，創作生態環境一旦惡劣，文化專制一旦嚴酷，就會產生一大群既精明又機靈的作家，這種作家對環境的適應力極強，大部分才氣都用在應付「安全」上，只剩下一點點才氣說實話。本世紀中國文壇上出現了一批這樣的「巧作家」，但都未能成為大氣候。

有大智慧的文學，除了文字好之外，還有兩項一般聰明的作家缺少的東西：一項是文字之中的大關懷，一項是文字背後的大視角，即哲學態度與哲學基點。這兩項都是文學背後的大文化。有這兩項，就不怕人家說自己笨，文章也不怕「拙」。文章怕的是「弄巧成拙」，倒不怕自然之「拙」。自然之「拙」中常常有「大巧」在，也就是渾然天成的大智慧在。

塞內卡所說的過度聰明乃智者大忌，與莊子的自然思想相通。莊子講真正有大智慧的聖人、至人、真人等，都有一些知道「大寧」即大自然之理的人，而不是一些靠人為取巧的人。過度聰明的人，就是人為性太強，反而落入小知之道，而忘記「大寧」的境界。莊子說：「小夫之知，不離苞苴竿牘，敝精神乎蹇淺，而欲兼濟道物，太一形虛。若是者，迷惑於宇宙，形累不知太初。彼至人者，歸精神乎無始而甘瞑乎無何有之鄉。水流乎無形，發泄乎太清。悲哉乎！汝為知在毫毛而不知大寧。」莊子這段話的要義就是說過度聰明的人反而是「知在毫毛而不知大寧」，即把心智放在毫毛的小事上，而不知大寧的境界。這段話，陳鼓應先生譯得很好，且抄錄給你：「凡夫的心智，離不開應酬交際，勞弊精神於淺陋的事，還想要普濟群生引導眾物，以達到太一形虛的境界。像這樣，卻是為宇宙形象所迷惑，勞累形軀而不認識太初的境況。像那至人，精神歸向於無始而沉湎於無何有之鄉。水流於無形，動作純任自然。可悲啊！你的心智拘泥在毫毛的小事上，而不知道大寧的境界。」（你可參閱《莊子》的〈列御寇〉原文）我說人與文章不怕「拙」，就是能保留太初的混沌，沉湎於無何有之鄉，文字自然地從這原初的精神故鄉中流出，不必賣弄太多的技巧與學問。

聰明過度，所以是大忌，用莊子的語言來表達，就是徹底地打破了從母親身上帶來的那片「混沌」，即與生俱來的那一片天真。教育，灌輸知識是必要的，但不可粉碎這片天真。莊子在〈應帝王〉篇所講的「混沌」不可開鑿的故事就是這個意思。（南海之帝為儵，北海之帝為忽，中央之帝為混沌。儵與忽時相與遇於混沌之地，混沌待之甚善。儵與忽謀報混沌之德，曰：「人皆有七竅以視聽食息，此獨無有，嘗試鑿之。」日鑿一竅，七日而混沌死。）要人永遠不「開竅」，這是過分了，但說人天性中的天真不可開鑿，讓它保持「混沌」狀態卻很有道理。詩人之所以是詩人，就是他們至死都保持着原始宇宙賦予的一點混沌狀態，拒絕人間的世故、勢利侵蝕這片混沌，也拒絕聰明伶俐開發這片混沌，因此他們始終擁有赤子之心和赤子情懷，所吟詩篇也達到聰明人不可企及的境界。

爸爸

一九九六年二月九日

論不隔之境

爸爸：

在科羅拉多大學讀書時，我寫過談論王國維的文章，事實上是一次「作業」。幸而是英文寫作，倘若用中文，你一定會笑我淺陋。我當時確實想得不深，但卻很認同境界說。你曾說，人與人的差別，詩文與詩文的差別，最重要的是境界的差別，這種想法大約也是來自王國維。

從科羅拉多到紐約，從紐約到馬里蘭，輾轉七八年，我學業上有所長進，對「境界」的領悟可能也會比以前深些。你昨天在電話裏告訴我，領悟境界說，最要緊的是領悟「不隔」二字，即領悟「不隔之境」。我聽了之後便聯想到很多。王國維說「語語都在目前，便是不隔」，「池塘生春草，空梁落燕泥」等二句，妙處唯在不隔。這正是詩詞的第一要義：必須「形象」。也就是不被理念、概念所隔。如果用典故太多，就會被典故所隔：文章所以不可賣弄，其實也與此有關。一賣弄就會被辭章和所玩的各種「技巧」所隔，反而掩蓋了真情真性。

現象學講究直觀對象，即在把握對象之前先把理念、概念「懸擱」，這一意思與「境界說」完全相通。我讀現代詩文，常為一些詩人被理念所隔而惋惜。郭沫若寫的《女神》，形象磅礴照人，「妙在不隔」，而他後來的詩歌，特別是晚年的詩，卻被「理念」、「主義」、「立場」所隔，沒有味道了。聞一多、徐志摩、艾青的詩所以好，也是妙在不隔。而李金髮、卞之琳的詩，我總是讀不進去，這可以說它「晦澀」，其實也是詩情被某種觀念所隔。當代的「朦朧詩」開始時獲得成功，但現在一些新詩，「朦朧」得太過分，又被技巧與策略所隔，讓人難以讀懂。如果讀詩需要以「猜測」作為中介，那麼詩歌就會慢慢失去它的讀者。到海外讀書，接受了許多新概念和新的學術方法。讀書過程，也是接受學術訓練的過程。經過十年的磨練，至少是比十年前更懂得學術規範與學術紀律了，也更懂得尊重有學問的人，不會胡亂「造反」與「爆破」，不會加入文化界的「水泊梁山」。然而，我也警惕一點，就是讀書研究，也不要被太多概念術語所隔。如果滿腦子是福柯和薩伊德，但筆下沒有屬於自己的思索和見解，這也不會有什麼價值。你曾告訴我，作為知識人，先是要擁抱知識，接着還得穿透知識，最後是提升知識。這個意思就是說，學了知識可別反被知識所隔。「知識就是力量」這一命題固然是真理，但說「人生識字糊塗始」也未必就是謬誤。留學，留學，我很怕愈「留」愈「隔」，愈「留」智商愈低，徒有一個「博士」空殼。

小梅

一九九八年十月八日

小梅：

一提起王國維和他的境界說，我就有許多話想說。前些時一位朋友問我：「二十世紀中國的文學理論著作，你最喜歡的是哪一本？」我竟脫口而出：《人間詞話》。這部詞話，並非巨著，但每一節都有真知灼見，其中的「境界」說，更是一種真正由中國學者提出的大批評尺度，可說是精彩之極。文學批評的關鍵是要有真切的鑒賞力，能道破批評對象的要害，不在於長篇大論。近幾年來，大陸的文學批評文章故作學問姿態的現象太多，學術語言玩得走火入魔，其結果是語言反而遮蔽了真問題，正如詩歌被語言遮蔽了真生命、真性情。

語言遮蔽了真問題、真生命，就是「隔」。王國維的「境界」說，其目標是在創造一種「思無疆」、「意無窮」的境界，達到這一境界的唯一橋樑是一個「真」字，所以他說「能寫真景物、真感情，謂之有境界」。

關於文學藝術的境界問題，談論的文字汗牛充棟，我不想多說。今天我想借此談談人文境界。我覺得人文境界的清澈高遠，同樣有一個不隔的問題，即有一個不被各種概念妄念所遮蔽的問題。王國維在《人間詞話》中，對李後主的詞評價極高，說「詞至李後主而眼界始大」，形成一大氣象。還說宋徽宗的《燕山亭》詞不過是自道身世之戚，而「後主則儼有釋迦、基督擔荷人類罪惡之意」。這句評語乃是《人間詞話》的文眼，從中可看出王國維把釋迦、基督「擔荷人類罪惡」境界視為最高的人文境界。李後主原是個帝王，突然變成了囚徒，這種巨大的反差和變動，很容易產生仇恨和復仇心理。越王勾踐從帝王變成囚徒之後，內心燃燒的就全是怨怒。但李後主沒有仇恨，反而從自己的身世中領悟到人間的苦痛，並產生了一種大悲憫之情。「流水落花春去也，天上人間」，語語都在目前，也語語都從心出，雖有對江山的緬懷，但沒有捲土重來的殺氣。韻語中對人生滄桑的感慨，既是個人的哀傷，又是人間共同的悲情，只有不被仇恨所隔、不被虛榮所隔的心靈，才能吐出這種真詞真詩。

佛陀和基督屬於不同宗教，卻有一個共同點，這就是都打破人類的等級、種族、國界之隔，愛一切人與寬恕一切人。作家的大襟懷，也在於他們沒有貧富之分、貴賤之分，而以齊物之心面向人間。民族主義的境界所以不高，就在於他們心中有國界之隔與種族之隔。一個具有民族主義情緒的作家，頂多只有故國之憂，不可能有「擔荷人類罪惡」的境界。我對基督的尊重乃是對其不被世俗利害所遮蔽的大愛的尊重。而對佛陀，則有一點是我格外敬重的，這就是它打破了人與物之隔，把愛推向一切生命、生物，從而達到大慈悲、大圓融之境。佛教的「空」境，正是打破一切人為之隔而包容萬物萬象的廣闊境界。

前幾年我在香港買了一部《世界百科名著大辭典·文學藝術卷》，該書的第一頁第二個條目便是「人間詞話」，但它對王國維的境界說的解釋則完全不對。詞條說，王國維「從總的傾向看，更偏向有我之境」。其實，王國維所推崇的最高的詞境即佛陀、基督之境，恰恰不是有我之境，而是排除人我之隔，也排除自我之隔的無我境界。這是打破一切世俗遮蔽，也包括自我遮蔽的境界。人最難衝破的隔，不是他隔，而是自我之隔。禪宗講究成佛之道不可傳授，全靠自己去領悟，各種棒喝都在打破種種執迷不悟，其中有一種執迷，就是「我執」。一個知識者，如果執迷於名利，執迷於虛榮，就難有高遠的人生境界。禪宗的要點，可以說就是打破各種「隔」而達到「不隔」之境。「不隔」便是「透」——看透、穿透、悟透。《紅樓夢》的《好了歌》，正是告訴我們要看透權力、功名、金錢等各種幻相，不為各種財色、器色、女色所隔。一旦了斷這些羈絆，人生境界就大不相同。

爸爸

一九九八年十一月一日

論人生分期

爸爸：

昨天收到你的生日賀卡，謝謝你。在三十歲的時候，我通過博士資格考試並找到了工作，這也可以算是三十而立了。你在賀卡中寫道：「你三十而立，乃是自立而非他立，此後的人生也應是自立的人生，仰仗自己的力量，一步一步走下去。」

在這個生活的江津渡口上，我想到人的生命分期和一些思想家的說法。首先自然是想到大家都知道的孔子的話：「三十而立，四十而不惑，五十而知天命，六十而耳順。」耳順如此之難，我尚不能理解，只是偶爾也覺得自己聽起讚揚話心裏就美滋滋，而一聽到批評話就不高興。這恐怕也可證明自己現在還遠離耳順。你在文章中所提到的尼采把人生分為「駱駝階段、獅子階段、嬰兒階段」，我也注意到了。對這三個階段，可以用存在主義的哲學語言闡釋一大篇，但我還是簡單地想到自己已經結束了駱駝階段，該進入獅子階段了，該結束學生生活進入另一場拼搏了。人生的創造期，應當在這個階段。

駱駝是堅忍的象徵，獅子卻是力量的象徵。我意識到這個階段，更需要力量，更需要探索、嘗試、奮鬥的活力。我是一個女性，這種活力當然完全是內在的精神創造力，而不是外在的那種叱咤風雲的樣子。我可能永遠當不了那種從內到外都像獅子的「強者」。去年你讓我讀幾本洛夫先生的詩，我讀了之後注意到他用「石、火、雪」三個大意象來概述人的歷史。世界本來沒有人，就像賈寶玉原來只是一塊頑石，但是經過無數年代的進化，石頭有了靈性，終於變成人。人在世界上站立起來之後，最重要的是發現火，自己的生命也像火一樣燃燒。燃燒過後，生命冷卻，像雪一樣飄落並化入大地，歸於「石室」即墓地。任洪淵叔叔在〈天地創造——洛夫的詩與現代創世紀的悲劇〉論文中對此作了精彩的闡釋，他說：「如果換一種體驗方式，我們也可以把洛夫詩世界的『石／血／雪』三原型，看作『黑色／血色／白色』三原色。『黑色』是無色無形無我無物的終極空無。中間，瞬息即逝的，是有色、有形、有我、有物的『血色』的生命。」我把這種對人的歷史的詩意概括帶入人生的思考，覺得自己正好要踏入有色、有形、有我、有物的「血色」生命創造時期，這個時期，生命是需要燃燒的，熱情是必要的。這點我總算是意識到了。

此時給你寫信，我又想到愛默生的分法。他說，人生可分為希臘時期、浪漫時期和反省時期。在愛默生的辭典裏，希臘就是人類的童年，指的是讀書成長即理性生長的時期。對於我來說，這個希臘時期實在太長了，它侵犯了我浪漫時期應當享受的許多快樂。按照他的劃分，我現在才真正進入浪漫時期。愛默生為什麼用「浪漫」來概括人生的主要階段，我開始覺得奇怪。後來才慢慢悟到這是一個從本本中跳出，開始用生命大自然即靈魂的活力自由探索的時期。沒有框框，沒有拘束，沒有偏見，敢想敢說敢寫，自由地創造，自由地表達，這也可以說是浪漫。而且這才是大浪漫。談點戀愛，發點傷感，敍點悲歡，這只是小浪漫。中國當代文學中似乎小浪漫太多，缺少莎士比亞、雨果似的大浪漫。缺少想像力、創造力，缺少天馬行空的大精神，就是缺少大浪漫。愛默生的分期法啟發了我：進入人生的中期階段，一面要腳踏實地，一面則要讓生命充分燃燒，始終保持靈魂的活力。

爸爸，你的浪漫時期似乎不夠長，在我的記憶中，你出國之後已進入了反省時期，而且反省出許多果實。

小梅

一九九七年十一月十八日

小梅：

你一進入三十歲，就進入人生分期的形而上思索，這可以把眼光放遠一些。我也注意到你提及的孔子、尼采、愛默生、洛夫等人的思想，並覺得無論是哪一位，他們都有可啟迪我們的地方。愛默生的「希臘、浪漫、反省」三期，說得十分精彩。你把浪漫分解為大浪漫與小浪漫對我也很有啟發。其實，人類文學史上最偉大的作品，如《伊利亞德》、《奧德賽》、《神曲》、《羅密歐與茱麗葉》、《浮士德》、《唐璜》、《唐·吉訶德》、《安娜·卡列尼娜》、《卡拉馬助夫兄弟們》、《尤利西斯》、《洛麗塔》哪一部不是大浪漫？我國的《紅樓夢》也是大浪漫，大浪漫中有大真實、大性情、大關懷，這才能成其偉大作品。有些作家以為小說中加點「性作料」，放點做愛場面，便是浪漫主義，其實這是小浪漫。人的抱負、理想、雄心、夢，也往往包含着大浪漫，世界大同的理想，也是一種大浪漫。即便是學問家，他們企圖為天地立心，為歷史立魂，也是大浪漫，雖然做不到，但知其不可為而為之，就是一種大精神。莊子的扶搖直上九萬里，也是大浪漫。人進入社會拼搏，有點這種鯤鵬之志才好，即使立志做生意，也要如鯤鵬去當個企業家，別只想當小商小販。人的心理的確不可太庸俗、太猥瑣、太勢利。愛默生用浪漫來概括人生主要階段的內容，說明他心思不凡，想得浩浩蕩蕩。

浪漫的對立面其實不是現實，而是世故與勢利。世故的人，失去對人類的信賴，也失去生命的激情，並不幸福。世故者當然也聰明，可惜往往只有精明而無大智慧。對於孔夫子的「三十而立，四十而不惑」，我曾受其鼓舞，但對「五十而知天命」，則始終懷疑。我覺得天命永遠不可知。好學的人，愈是追求知識，愈是感到宇宙的難知，天命的難知。倘若以為自己已經掌握了天命，人也容易變得世故。我寧可承認自己的無知，要不斷嘗試，不斷叩問，不斷冒險，這也許也可算作浪漫。

浪漫之後確實需要反省，這一點尼采想不到，或者是根本就拒絕反省。然而，他認為人最後要回到嬰兒狀態，卻是極為精彩的思想，我們不妨把這種回歸視為廣義上的反省。愛默生的三階段其實是不夠完整的，如果他能在反省階段之後再補充一個「二度希臘時代」就更好。反省可使人深化對世界的認識，反省之後頭腦一定會更清醒，對人生一定會看得更透。但是，如果不能在具有洞察力與穿透力之後返回孩子狀態，那麼，他可能就會變得過於冷漠、冷峻。我常和朋友開玩笑説，倘若看穿世界之後而不回歸嬰兒，他就會成精成妖成怪，渾身冷颼颼，絕不可愛。我認為張愛玲最後就回不到孩子狀態，她並未「成精」，但太冷了，這顯然影響她晚年的成就，其實，只有回到孩子狀態，生命能量才能充分釋放出來。洛夫先生的「石、火、雪」三意象與三階段，也很精彩。而雪的象徵意蘊是「空無」。空無不是消沉、頹廢，而是放下一切功利的寧靜，是對現存之「有」和「色」的叩問與告別。只有赤子，才能悟到空，才能悟到無。像葛朗台那樣的錢癡錢迷，像朱元璋那種極權帝王，他們到死亡前夕的最後一刻都想緊緊抓住黃金與皇冠，怎能悟到空無。所以，雪既是空無的象徵，也是赤子情懷的象徵。洛夫晚年所作的《走向王維》的詩寫道：「……前些日子，有人問起：你哪首詩最具禪機？／你閒閒答曰：／不就是從《積雨輞川莊作》第三句中／漠漠飛去的／那隻白鷺」人走到最後時節，能像一隻漠漠飛去的白鷺，這只有赤子才能贏得的幸運。

如果我們對「浪漫」有另一境界的理解，那麼，第二人生時期除了讀書研究之外，還應當好好看看世界。康·帕烏斯托夫斯基在他的散文中曾提到波斯詩人薩迪把人的一生分為這樣的三段。這位詩人與尼采所主張的人應「及時而死」（最好的四十歲就死）相反，主張活到九十歲以上。倘若活到九十，那麼，第一個三十年應當獲得知識，第二個三十年應當漫遊天下，最後三十年才從事創作，以便把自己「心靈的壓模」留給子孫後代。能否活到九十歲先不討論，但薩迪把「漫遊天下」看得如此重要，對我們應當有所啟迪。你對創作躍躍欲試時，我所以並不熱心支持，心裏就想到薩迪的話，覺得你雖然有了第一個三十年的完成，獲得了許多書本知識，但缺了「漫遊天下」這一大經歷。杜甫所說的「讀萬卷書，行萬里路」的道理與薩迪相通，你還不能算是「行萬里路」。漫遊天下是讀天地間活的大書，用德希達的話說，是

「眼睛致命的張開」，即打開視野。視野一廣闊，人就全然不同，你在第一個三十年所學到的知識也會奇怪地獲得生命。作家靈魂的活火全是在與「天下」的撞擊中才燃燒起來。八十年代我國文學中新崛起的作家，雖然第一時期讀書的時間不長，但他們上山下鄉，在底層社會滾打，也等於漫遊了半個天下，所以他們的作品，便有生氣。天才必須經過苦難的磨練，才能放出光澤。我這十年，命運把我帶到西方，又把我帶到亞洲、歐洲許多地方漫遊，生命能量贏得一次大釋放，這使我的內在生命真正伸延了，尤其是目光伸延了。我的《漂流手記》就是生命伸延後的「壓模」。當然，我們不必真的需要用三十年的時間專事漫遊，但生命歷經的第二階段需要擁抱天下則是無可爭議。擁抱之後，你生產出來的「心靈的壓模」才是堅實的。

爸爸

一九九七年十一月二十日

論生命狀態決定一切

小梅：

我說生命狀態與心靈狀態決定一切，本意是說，一個人的快樂與幸福，並不取決於他（她）在做什麼，有什麼職位和名號，而取決於他的生命狀態與心靈狀態。這是我在海外十年體驗的一種心得。

通常人們都以為，一個人一旦擁有很高的權力或很多財富就擁有快樂，其實不然。賈元春在回家省親時對自己的父母兄弟說了一句大實話，就是宮廷並「不是人的去處」。這一信息足以說明宮廷裏的人並不幸福。我相信，宮廷裏的人，絕大多數生命狀態、心靈狀態並不好。擁有巨大財富的人，生命狀態與心靈狀態也不一定好。巴爾扎克筆下的葛朗台積下許多錢，但唯一的快樂就是在夜深人靜時獨自欣賞黃金，他對任何人都不放心，包括自己的女兒，他心中不僅緊繃一根弦，可能有一百根、一千根。他以為天下人都可能是盜竊他的黃金的盜賊。財富與權力一樣，對人的心靈總是無情地危害、腐蝕、堵塞。許多高官與財閥，到了晚年便沒有朋友，因為權力與金錢早已吞食所有的真誠，他早已生活在權力與金錢的交易之中。而一個只有勢利而沒有真誠的人不可能幸福。與擁有權勢錢勢的人相反，我們知道的莊子是很窮的，他靠賣草鞋為生，但他卻有思想，有想像力，生活在精神創造之中，他才是幸福的。所以快樂並不取決於地位。

身處高位的人，他的心靈狀態如果很好，例如他非常仁慈、寬容而且「耳順」，那他就會生活得很好。唐太宗能聽取魏徵的告誡，說明他心態好。他的心靈狀態影響了唐代的整個國家、社會的文化心態。敢於吸收外來文化的漢唐氣魄與當時君王的心靈狀態有很大的關係。與唐太宗相比，朱元璋的心靈狀態就不好，他的心胸被猜忌所佔據，對臣子沒有信賴。這種皇帝雖然權傾一切，但並不是一個快樂的人。在世界的君王史上，我最喜歡談論的可能還是拿破崙，他是我所知道的外國最有浪漫氣息的皇帝，生命狀態與心靈狀態極好。他可以在馬上連續行軍十五小時。當了皇帝之後，他在睡覺之前交代給隨從的是：如果有壞消息，你們要及時把我叫醒；而有勝利的消息，則不要打擾我。這與那種喜歡部下「報喜不報憂」的心態大不相同。

拿破崙也有野心，但他的野心包含着為歷史立心的進步傾向，《拿破崙法典》說明了他的心靈指向。他的野心也可視為當時法蘭西征服世界的雄心。野心內涵中有石破天驚的人間宏圖，有資產階級打破一切封建王冠的抱負，因此，野心中包含着無與倫比的熾烈的生命活火，這是一種極其精彩的生命狀態。在拿破崙出現的幾個世紀之前，莎士比亞曾描述一個宮廷中的野心家，這就是馬克白。分析馬克白的文字很多，但我們如果從生命狀態這一角度來看他，就會覺得他的心靈狀態壞極。作為藝術形象，莎士比亞寫得太成功了。但作為供我們觀照的人，這個人的野心卻是十分被動、十分脆弱、十分黑暗。當他殺了器重自己的國王後，他同時也殺死了自己的睡眠，他無法再安穩地生活下去。馬克白的悲劇是他良心尚存，卻無法根據良心的指令而根據外在力量（也包括自身的野心）的指令去謀殺國王，這一錯誤，使他在陰謀得逞之後也同時撕毀了自己健康、正常的心靈狀態。在宮廷中的野心家，其心靈狀態都是很壞的。沒有一個壞蛋心靈狀態是美好的。

處在闊境中的權貴不一定幸福，而處在窮境中的窮人卻不一定不幸福。嵇康就很窮，他靠打鐵為生，但他也生活得很好，一身硬骨與正氣。陶淵明離開官場回到隴畝之中，李白感慨「安能摧眉折腰事權貴，使我不得開心顏」，都是覺悟到，在官場宮廷之中不可能有自由的生命狀態，只有回到大自然之中，心靈能量才能釋放出來。才華固然是天賦的，然而，如果心靈狀態不好，這才華也不可能充分放射出來。

這三四年，我寫「童心說」，建立童心視角，其實也是一種自救。人進入暮年，心中容易充塞暮氣。黃昏氣息容易把人變得冷漠與世故。老年人心靈狀態一惡化，對世界就會產生仇恨。老人的心理「狂躁病」就是這樣產生的。有這種病症的人在洞察人生之後也看透紅塵，因此總是尖刻地對待他人，熱衷於訴說別人的缺點，而對自己則無休止地宣揚與自我膨脹。所以我說，有學問的人，只有當他在穿透世界之後返回到孩子狀態，他的人生才是幸福的。

我們是從事精神生產的人，同樣在這個職位裏，其命運也不同。我就看到許多同行心理過於緊張，對名聲地位過於敏感。心態一旦太緊張，就活得沒趣。對於名聲過於重視，會使人沉重，使人不得不耗費巨大精力去進行自售，還會嫉妒別人的成就和貶低別人的成就，使自己陷入苦惱之中，造成心靈狀態的惡化。人間赤子的生命狀態所以好，就因為他們放下了名利追求的慾望。

生命狀態與心靈狀態，彷彿看不見又彷彿看得見，它似乎抽象但又很具體。例如你告訴我，你有時渾身是勁，什麼都想嘗試，有時則懶洋洋，什麼都不想動，這就是不同狀態，是可以感覺到的。我今天寫信給你，也是希望你能保持健康而有精神的生命狀態。其實我自己也是如此，不過，當懶蟲在咬嚼我的時候，有一種聲音會提醒我，這就是休謨書中引述法國外交家與歷史學家杜博的一段話：

一般說來，對於心靈最有害的，莫過於老是處在那種懶洋洋的毫無生氣的狀態裏了，它會毀掉一切熱情與事業。為了從這種使人厭倦的狀態中擺脫出來，人們就到處尋找能引起他興趣和值得追求的東西，如各種事實、遊戲、裝飾、成就等等，只要這些能喚起他的熱情，能轉移他的注意力，不論引起的激情是些什麼，即使它是使人不快的，苦惱的，悲傷的，混亂的也罷，總比枯燥乏味有氣無力的狀態要好。

這一聲音常常提醒我。只要這一聲音在耳邊環繞，我就會從有氣無力的狀態中驚醒。最可怕的狀態正在活埋我的生命，挺起身來，擺脫這一看不見的墳墓！我對自己說。然後我會尋找一些方法打破這種半死亡狀態，例如去爬山，去游泳，去看電影，去找朋友談心，或者再讀讀永遠讓我心愛的莎士比亞。

爸爸

一九九八年三月二十八日

爸爸：

讀了你的信，我真是獲得力量。休謨引述的杜博的那段話，可說是給我一劑極好的藥方。我也應當記住這一聲音，讓它像鐘聲一樣經常提醒我。有氣無力的狀態，看來不僅是生理狀態，更多的恐怕還是心理狀態。

除了自己獲得力量，我對自己的爸爸也更了解了。我常常想，爸爸為什麼總是那樣孜孜不倦？總是那樣奮鬥不息？成功征服不了你，失敗也征服不了你，順境不會讓你趾高氣揚，逆境也不會使你灰心喪氣。魯迅說，不少人四十歲之後就不像人樣，而你卻年紀愈大愈有思想的活力，那一股靈魂的不朽的活火總是在你生命深處燃燒，這是最讓我高興的。可這是為什麼？我常常想着。記得有一次我問你：爸爸，你怎麼總是那麼有精神？你回答說：在海外，最要緊的是要當一個心理的強者。讀了這封信，我才明白你一直自覺地當一個心理的強者、一個自覺地保持健康強大心靈狀態的人。你在《讀滄海》的散文詩中說，大海對你的啟示，最重要的就是它自身是健康和強大的，它的生命總是不斷地流動着與革新着。保持滄海般的活潑的生命狀態，這是你所有的成功中最大的成功。

我喜歡淡泊處世，不喜歡介入「男人的問題」，因此不在乎各種虛幻的外在價值，總是嚮往莊子的逍遙遊。但這種處世態度也常常使我對懶洋洋狀態缺少警覺。不追求虛榮，這自然不錯，但爭取生命的意義並非虛榮，這種爭取和努力還是需要的。讀了你的信後，我又去翻翻孫依依翻譯的弗洛姆著的《為自己的人》（*Man for Himself*）。這本書的幾句話曾激動過我，今天重温一下又覺得格外清新：「如果人鎮靜地面對真理，他就會認識到，人除了通過發揮其力量，通過生產性的生活而賦予生命以意義外，生命並沒有意義。只有時刻警惕，不斷活動和努力，才能使我們實現這一任務。」弗洛姆還說：「人決不會停止困惑，停止好奇，停止提出問題。」這些話和你所說的「生命狀態」一聯繫起來，我突然有所領悟，覺得我們既然從事這一職業，那麼，要保持有生氣的生命狀態，就得堅持我們的「生產性的活動」，不斷提出問題，不斷叩問和質疑。你在許多篇散文中一再闡釋「漂流」的意義，說漂流就意味着沒有句號，沒有停頓點，就是要用一雙孩子的好奇的眼睛不斷地發現世界，讓生命不斷地進入問題，這些意見與弗洛姆完全相通。弗洛姆還說，人自從喪失了伊甸樂園，喪失了與自然的一體性，人就成了永恆的漂泊者，奧德賽、伊底帕斯、亞伯拉罕、浮士德等都是偉大的流浪者、人類的縮影。人正是在被上帝放逐後繼續前進，不斷努力，通過填寫知識問卷上的答案，變未知為已知，才存在與發展下來。

不斷漂泊，不斷提出問題和尋求答案，也許正是保持活潑生命狀態的關鍵所在。看來，我也得有點漂流意識。寫到這裏，我想，我得到一個學位固然值得高興，但我明白，一個人的快樂並不取決於學位，而是取決於贏得學位之後爭取更高人生意義的生命狀態。知道這個道理之後，更值得高興。

小梅

一九九八年三月三十日

第三輯　共悟人間（下）

論靈魂的根柢

爸爸：

昨天在電話中聽你談論靈魂的根柢，心中一震，並很快地從腦子裏跳出一個意念：我和同齡人多半屬於「無根的一代」。前些年我和海外的年輕朋友也談論無根的一代，但那是指沒有家國觀念的漂泊者。這回你講的無根是沒有靈魂的根柢，我覺得自己也正是無根族的一員。

黃剛的爸爸媽媽去世之後，我們的精神都有點惶惑。在虛空中我們才覺得他們生前信仰基督教並非沒有道理。宗教的確可以給人們提供靈魂之根。我和黃剛無所信仰，他父親去世之後，我才臨時抱佛腳，用基督教中的天堂概念來安慰他，口裏念念有詞，心中卻毫無着落。就在那一瞬間，我第一次羨慕有信仰的人。中國沒有西方式的嚴格意義上的宗教，但在「五四」之前，中國人還是有自己的靈魂的根柢。這一根柢，來自孔夫子的儒家文化，或者說來自儒道互補的傳統文化。不管儒家學說有多少問題，但它畢竟提供了中國人和中國知識分子一種心靈準則。可我們這一代人根本不把孔子的學說作為靈魂。在我的心中，孔子的話是留下了一些，但並不構成自己的心靈原則。在十九世紀和這之前的知識分子，孔子是他們心中的根；可到了我們這一代，只剩下了根鬚，甚至連根鬚都不是。

到了美國之後，我雖然讀書，努力掌握些西方文化知識，但真正問起自己從哪些學說中吸取靈魂的資源，培育自己靈魂的根柢，卻完全說不上。我讀你的散文，知道你把美國開國元勳傑佛遜等的思想，即那些對自由和尊重人類天賦神聖權利的思想，真誠地吸收到自己的血肉中，化作你的信念，這說明你在重新培育自己的靈魂之根，而我卻連這點也沒有。我意識到，你努力吸收各種宗教的優秀思想和各種學說的優秀思想，就是為了壯大自己的靈魂之根和提高自己的精神境界。許地山先生也是這樣。他的散文〈落花生〉常常教育着我，此時想來，這文章的背後是有一種靈魂的根柢支持着。他不是某一宗教的教徒，但擇取各種宗教的愛義，還吸取各種文化的精粹，這也會形成自己的靈魂。

你曾寫過〈喪魂失魄的時代〉，感嘆靈魂的失落。你的語言温和一些，而阿城的〈豕狗時代〉則非常激烈。他在一九八五年就發覺五四運動之後中國人斷了根，到了九十年代末他的感慨就更深。他的這種說法並非罵人，而是痛切地感到時代失去魂魄。人沒有靈魂，確實會成為豬狗、禽獸、流氓，想到這點，我都要冒出冷汗了。

小梅

一九九九年三月十二日

小梅：

我們經常聽到談論學問的根柢與學問的功力，但很少聽到談論靈魂的根柢與功力。前天我們談論之後，我又想了想這個問題。

我到巴黎的時候，有一強烈的感覺是巴黎有靈魂。「這是一個有靈魂的城市」，我把這種感覺表達在〈悟巴黎〉中。先不說個人，就說一個國家，一個民族，一個城市，它的靈魂是可感覺到的。此時我想說的是，巴黎不僅有靈魂，而且有雄厚的靈魂的根柢。法國的自由靈魂不會轉風轉向，就是因為靈魂之根扎得很深。無論是到羅浮宮、奧賽宮還是到巴黎聖母院、先賢祠，我都有這種感覺。先賢祠建造於一七五五年，原先叫做聖·熱納維埃芙教堂，法國革命後才把教堂改為埋葬法國偉大兒子的墓地，伏爾泰、盧梭、雨果、左拉、布萊葉、馬拉、米拉波等都在這裏安息，這些名字都是法蘭西的靈魂，每個名字都是法蘭西靈魂的一道強大的根柢。我到先賢祠那一天，正是麗日當空，在陽光照耀下，我想到：這裏的每一個先賢的名字分量都這麼重，其靈魂的內涵本身就是一個廣闊的天空。因為五次到巴黎，所以我還贏得時間去參觀名播四海的拉雪茲神父墓地。墓地座落在巴黎最東頭的第二十區，範圍很廣，我們只能按門口買到的墓地地圖去尋訪自己愛戴的靈魂。當時我一看到靈魂的名單就禁不住心跳，除了我原先知道的偉大的巴爾扎克和莫里哀在這裏之外，這時才知道歌德、普魯斯特、拉封丹、繆塞、王爾德、蕭邦、鄧肯、斯泰因，以及大畫家安格爾、畢沙特、莫迪里安尼都在這兒。這都是巴黎的靈魂啊！每一靈魂的根都深進海底，然後穿越藍色的滄浪，伸向世界的各個角落。可惜我沒有時間去參觀幾乎與拉雪茲神父墓地齊名的蒙特滿翠墓地，朋友告訴我，那裏不僅埋葬着法國的偉大作家司湯達、小仲馬、龔固爾兄弟、哥提耶，還埋葬着德國詩人海涅，每個名字都讓我低首沉思。而讓全世界瞻仰不盡的羅浮宮，那些偉大的畫家的名字和作品，則是讓我永遠説不盡的。那裏的每一幅畫都是巴黎靈魂的根。毋需別的論證，只要列舉一些名字，就可以知道巴黎的靈魂具有怎樣的根柢。法國在一七八九年經歷了一場大革命，但沒有「文化大革命」，他們的政治傾向可以不同，但都共同保衞住自己的靈魂。一個民族的靈魂不是靠人為去「大樹特樹」的，而是靠積澱，靠自己天才的兒子去創造和積累。

美國靈魂的根柢就不如法國雄厚，它的歷史太短，積累有限。但因為歷史太短，所以他們更珍惜歷史。他們的開國元勳、開明總統和思想家華盛頓、傑佛遜、富蘭克林、林肯都是他們珍貴的靈魂，而馬克·吐溫、傑克·倫敦、惠特曼也是靈魂的一角。

中國的靈魂根柢本來也是雄厚的。這一根柢主要是孔子的學說，但是到了五四運動時期，中國的知識者發覺這一靈魂過於陳腐，它已不能負載中華民族的強大身軀繼續前行，因此就把這一靈魂打成碎片，並想借用法蘭西的靈魂，但沒有成功。後來找到馬克思主義靈魂，但根柢不深。

國家與民族的靈魂有根柢的雄厚與薄弱，而一個人的靈魂也有根柢的厚薄之分。馬爾庫塞把靈魂分為高級靈魂與低級靈魂。低級靈魂只能用錢幣去塞滿，我們且不去説它；而高級的靈魂則包含着境界、氣質、品行與精神，這種靈魂是否堅韌，便與根柢有關。我們感慨人性的脆弱，實際上是靈魂的脆弱。魯迅在批判國民性時説中國人常常一轟而起、一轟而散，這就是靈魂沒有根柢。根不深厚便容易隨風轉向。「文化大革命」中，人們發現「風派」特別多，這全是沒有靈魂之根所造成的。魯迅一再批判流氓和流氓性對文學文化領域的危害，説這些流氓今天信甲，明天信丁，今天尊孔，明天拜佛，需要你時講「互助説」，不需要你時講鬥爭説，沒有一定的理論線索可尋。這種理論線索，也是一種靈魂的根柢。流氓沒有靈魂，痞子沒有靈魂。痞子文學雖然生動可讀，但其致命傷是沒有靈魂。靈魂連根拔的時候就會導致流氓主義。

對於個人，如果講靈魂的根柢還嫌太抽象，那麼換種通俗的説法，便是心靈的底子。一個人心靈美好的部分有沒有底子，底子雄厚還是不雄厚，是可以觸摸到的。底子太差，就容易受到誘惑，一個紅包就可以打碎你的「純潔」；一番恭維就可以使你暈頭轉向；一個桂冠就可以對着邪惡啞口無言，這就是心靈底子太薄的緣故。心靈底子薄弱的人，既經不起成功，也經不起失敗，掌聲和挫折都會把他打垮。做學問其實也與心靈的底子有關。心靈中美好部分一強大，就敢直面真理，敢發前人所未發，有膽有識，也才不怕探求路上的苦辛，具有百折不撓的韌性。優秀的學者一般都需要有底氣、有膽氣、有正氣，而這正氣都與心靈的根柢相關。寫了一兩本書就自我吹噓，到處自售，也是缺少心靈雄厚的底子。像托爾斯泰這樣的人，即使他已建造了一座人類世界公認的文學高山大嶽，也想不到炫耀自己，折磨他心靈的只是人間那種無休止的暴力和扒在田野裏灑着汗水的奴隸。這種強大的心靈，是不會被時勢、權勢與金錢所左右的。

爸爸

一九九九年三月十三日

爸爸：

最近我和幾位朋友聚會，大家都談起你，他們說，在海外漂流的知識分子中，你的心靈狀態是最好的。要是用世俗的眼睛來看，你丟失的東西是最多的，但你並不在乎。你從「山頂」掉入「谷底」，但你依然在「谷底」裏思索，而且思索的鋒芒又從谷底射向山頂和山頂之外。你不是沒有孤獨與憂傷，但你又把這些孤獨與憂傷加以「玄化」，把「被孤獨所窒息」的感覺變成「佔有孤獨」的感覺。你在形而下的層面遭到挫折，卻在形而上的層面上收穫這挫折，從挫折中領悟到更深刻的道理。因此，你不是怨天尤人，而是抓住這段豐富的人生旅程努力工作與寫作，一篇篇、一本本地問世，尤其可貴的是這些文字不卑不亢，不迎合、不媚俗、不自欺。你既對着自己的朋友、親人訴說，也對未來無數年月的知音訴說。該說的話就盡興地說，不願意說的話一句也不說，從而使你的天真猶如一束芬芳。我的幾位朋友都說，你的確是個心理上的強者。內心世界藏匿着非常堅韌的東西，只是我們說不太清楚這種東西是什麼，是理想？是信仰？是性格？是氣質？是意志？我好像缺少這個東西，要不，我怎麼老想偷懶？我雖然也熱愛我們這一行，可我怎麼沒有你那種不斷工作的歡樂？你彷彿從不倦怠，奇怪。

作為你的女兒，我也想作為你的一個知音，至少是半個，即對上述問題能有所了解。這十年來，我們比在國內相互交談的機會多了，但畢竟不住在一起，而且各忙各的，因此也沒有多少時間可以談談你的「內心秘密」。將來有一天，我要來「解構」你的心靈狀態，也許抓不住要領，你會感到失望，所以今天，我把我們幾位朋友交談的信息告訴你，請你給我一個回應。

小梅

一九九七年八月五日

小梅：

讀了你的信，知道你和你的幾位朋友對我的評論，十分高興。我並不是喜歡人家捧場的人，但是中肯、準確的描述，我是高興的。例如你說我是個心理的強者，應當說是準確的。有人說，你們這一代大陸的知識分子，經過政治運動和勞動改造的千錘百煉，神經自然是堅韌的。其實未必。勞動場所，政治場所，包括牛棚、牢房等，並非註定會養育堅強的心理，這些場所也可能粉碎人的意志。集中營的效應是雙重的，從集中營走出來的人，有的堅強得像鋼鐵，有的則從此失去人格的勇氣。關鍵還是在於自身。作為一個寫作者，經歷過苦難也不一定就能寫出好作品。有經歷，還要有感覺，而且感覺是關鍵。把苦難反映到文字中來並非就是文學；但是，如果能夠從多種視角來審視苦難，並能對苦難進行形而上思索，就很有意思，這些苦難經歷就可以化作無盡的思想與情感的資源。

在海外這十年，我的確很少怨天尤人，相反，我常常對「天」與「人」心存感激。經歷過一次瀕臨死亡的體驗，我對這個世界更加依戀。此次大體驗，猶如一次雷霆的震撼，讓我「驚醒」，而「醒」的內涵竟是如此簡單：這個地球，是宇宙中最美的所在，是蓄滿鮮花、青草、森林、河流的土地，我以前把它忽略了。因為太忙，眼睛難以從書本移向書外更加遼闊的天空與大地。如果那一年死了，我給另一世界帶去的印象就太偏窄了，而對這一世界的認識也太膚淺了。總之，那次大體驗之後，總的結果是讓我更加熱愛生活。一個熱愛生活的人也會遇到生活的各種挑釁，但他不會因此而埋怨生活。

這個世紀的科學技術發展得太快，快得使我們缺少時間對現狀進行思索。第二次世界大戰之後，經濟迅猛發展，市場席捲一切。中國現在也是如此。物質潮流的洶湧澎湃帶來精神的萎縮，這是一個事實。在這種時代空氣之下，道德是一個被普遍嘲笑的對象。在中國文學界，以往又以道德法庭代替審美法庭，一些偽道德的説教敗壞了人們的胃口，這樣，一講起道德就更加被嘲笑。在探討歷史、社會問題時，確實不能以倫理主義取代歷史主義，確實不能以道德評價取代歷史評價，這一點我和李澤厚的對話錄裏已講得很多。但是，當我們在談論個體人生的時候，我們是不能不把道德視為最重要的精神本體的。你是我的女兒，我不能不用徹底的語言告訴你：道德不僅決定着你的成就，而且還將決定你的這一生是否擁有深厚的、真正的幸福。在海外十年，我的一切快樂的源泉都是來自內心反潮流的道德感。我覺得我所做的一切都問心無愧，我覺得我所做的一切都沒有違背良善的本性，於是，我便贏得坦然，贏得自在，贏得説話的理直氣壯。康德把地上的道德律與天上的星辰相提並論，這是一個偉大哲學家對宇宙、歷史、人生最重要的感悟。這一感悟給我的啟迪不是逼使我寫出《論文學的主體性》，而是讓我知道，什麼才是人生的精彩，什麼才是幸福取之不盡的源泉。

十幾年前，我在閱讀康德與寫作《論文學的主體性》時，又很榮幸地讀到一部讓我永世難忘的好書，這就是英國學者威廉·戈德溫所著的《政治正義論》。這本書使我把從小就開始的一種追求變成自覺。十幾年前，我和你一樣，覺得自己內心有一種特別的東西，這種東西使我的生命老是燃燒着，光明的部分總是壓倒黑暗的部分。無論經歷怎樣的困難、不幸和苦痛，總是能感悟到生的價值與生的愉快。生活中一面熱烈地愛戀着，一面也憎惡着，無論如何總是不能與品行卑劣的人沆瀣一氣或為虎作倀。你說這是什麼原因？是性格原因還是命運原因？我也不清楚。但讀了這本書之後，其主題告訴我，那是因為你有一種天生的對於善良道德的熱愛和傾慕。這一點決定了你是一個幸福的人，即使陷入劫難之中也不會失去驕傲與快樂。這本書的一些啟悟性論述的語言至今還一直鼓舞着我。我隨手引述幾段給你看看。威廉·戈德溫說：「道德是人類最好的天賦。」「只有道德是配得上被看作是導向真正的幸福的，導向最實在、最持久的幸福。」「個人愉快的持久程度、情操的優美程度，是同他的道德成正比例的。」「善心是一個永不枯竭的源泉」；「豐碩的成就肯定在某種程度上是同磊落的節操相聯繫的。」「在思想中經常充滿莊嚴的想法的人，不太可能墮落到甘心去追求為一大部分人類所熱衷的那些低級的事情。」

《政治正義論》第一卷第四篇〈見解在社會和個人中間的作用〉分析了世間幾類被視為幸福的人，這些人包括擁有財富、過着豪奢生活的人、擁有風雅過着「瀟灑」生活的人，但是，只會享受的人並非是真正快樂的人。真正的快樂是一種被善所推動的公正無私的快樂。他說：「完成過一件寬仁厚愛的行為的人知道：沒有一種肉體的或精神上的感覺能夠同這個相比。為了整個民族受益而鬥爭的人超越了機械的交易和交換的觀念，他們不要求感激。看到他們得到好處，或者相信他們將要得到好處，是他自己的獎賞。他登上了人類快樂的高峰、公正無私的快樂。他享受人類所有的一切的善，以及他所看到為他們保留的一切可能的善。沒有人像忘記個人利益的人那樣真正增進了他自己的利益。沒有像只考慮別人的快樂的人那樣收穫到如此豐饒的快樂。」

我所以不厭其煩地引述這部著作中的話，是想讓你知道，為什麼我漂流海外之後仍然享有豐饒的快樂。你一定會相信，當我在自由表達對人類的信賴和為苦難的靈魂申訴的時候，我的確走上了人類快樂的巔峰。當我的心靈無所欺瞞、無所顧忌、無所算計的時候，我才真正明白「幸福」二字。引述威廉·戈德温的話，不僅為了我，也為了你，我希望你永久地擁有幸福，常常生活在幸福的巔峰中。物質享受與顯示風雅，對你來說太容易了，但常常生活在高境界的快樂中卻不容易，進入這一境界的人是需要艱苦跋涉與心靈洗禮的。這些人要有偉大的同情心，而且要有記憶，他們不會忘記天底下到處都有惡意、冷酷與殘暴，這個住着各種生物的地球到處都有邪惡，對地球的依戀，是不能放棄與這些邪惡進行抗爭的。然而，抗爭中不是擴大仇恨，而是以悲憫去化解仇恨。

爸爸

一九九七年八月八日

論貴族子弟的平常心

爸爸：

美國的學校暑假特別長，我除了繼續寫畢業論文和讀有關的書籍之外，也可讀讀自己最喜歡的書，因此也重讀《紅樓夢》。這回讀的時候不知不覺地留心一下榮國府、寧國府的「府第文化」，也就是中國的貴族文化。這種文化淺層的飲食、裝飾、慶典等都極盡虛榮，秦可卿之死是死的虛榮的極致，而文化深層的良知系統、倫理系統、情感系統等則已分裂，賈寶玉、林黛玉都生活在裂縫中。

你曾寫過〈賈環執政〉，注意到府第中一些子弟的心態。賈環是府第文化「造就」出來的痞子，他粗劣、刁頑、褊狹，但他是姨娘之子，在府第裏地位確實較低，多少受點壓抑，時時尋找出頭報復的機會。因此，當賈母、王熙鳳死，而寶玉、賈蘭出門赴考時，他便佔府為皇說：「這可要給母親報仇了。家裏一個男人也沒有，上頭太太依了我，還怕誰！」於是，就在幾天裏，他偷賣府裏的東西，宿娼濫賭，無所不為，還策劃把自己的年僅十三四歲的親侄女巧姐兒送給外藩王爺作妾。賈環在府第裏屬於下等貴族子弟，但是他一旦有了執政的機會，就會天不怕地不怕地幹起壞事。而府第中的上等貴族子弟，如賈珍、賈璉等，本應當是府第棟樑，可是他們個個都有一種府第文化的心態，在賈政面前他們當然是裝乖巧，而一旦出門，則胡作非為，宿娼納妾，連仗着府第勢力的薛蟠也活活打死人。以前聽老師講清史，說八旗子弟原是英勇善戰，而一旦離開沙場原野進入府第大院，不用多少年便被院裏佳饌美女腐蝕得沒有一點精神。但是，他們卻有一種心態，以為天下是他們的老子打下的，當然應當繼續佔有天下。在他們的心目中，這天下也與俘虜差不多，應當屬於自己。貴族子弟這種天生的優越感，往往毀了他們自己。

中國的革命摧毀了貴族的府第，摧毀地主、資本家的特權，這是歷史的進步。凡是革過命的地方，社會都比較平等。這一革命的功勳是應當肯定的。但是，解放之初，也給革命功臣高級幹部建造四合大院，這些大院也形成大院文化。我有些同學也是從大院走出來的，他們雖然沒有榮國府子弟那種派頭，但也滋養一種不同平民子弟的心態，這也是一種佔有天下的心態。現在不是打江山的時代，而是做生意的時代，這些子弟便通過做生意滿足坐江山的慾望，這是一種情結的轉移。

我所以注意府第文化，乃是為了更深地了解賈寶玉。賈寶玉是府第文化的反抗者與叛逆者，他的靈魂被府第文化所壓抑，但沒有被府第文化所吞沒。他的自由性情本身就是對府第文化的叩問與質疑。他對府第文化的批判，不是直接訴諸言論與文字，而是用他的行為語言。他與諸女子的愛戀，都是對府第文化的反叛。你很喜歡賈寶玉，是不是可以談談他的文化精神。

小梅

一九九七年八月五日

小梅：

你所講的府第文化，是一個很值得研究的題目，尤其是府第文化心態更值得研究。人類之中有一些為社會獻身的大仁大義大勇者，他們的心態是「我不入地獄誰來入」的心態，而貴族府第子弟的心態，則是「我不進天堂誰來進」的心態。這是一種天生的優越感。

賈寶玉雖然是貴族子弟，但他沒有半點的府第文化心態，也沒有任何優越感。許多紅學家都談論過賈寶玉，但是沒有指出來賈寶玉的偉大精神——作為貴族子弟的偉大精神，正是他的平常之心和這顆心所負載的平常精神。他在府第裏的地位是很高的，然而，恰恰是他具有齊物的眼光，平等地看待、對待一切人，尊重一切人的人格。在他眼裏，擁有貴族地位的王爺與沒有任何社會地位的奴婢都是人，而每個人、每個個體都是重要的。因此每個奴婢之死都會帶給他傷感，更不用說晴雯這個讓他產生感情有過愛戀的奴婢。他在《芙蓉女兒誄》的祭詞中說晴雯「身為下賤，心比天高」，這說明賈寶玉看人不是看其身份的貴賤，而是看其心靈境界的高低，這是一種完全超勢利的眼光。放下我的信後，你應立即去把《芙蓉女兒誄》找來反覆吟誦幾遍。這篇千古絕唱與《離騷》那種牽掛家國君王的憂思不同，它感傷的是一個很平常、很美麗的個體生命。這是一種哀悼、思念人間小女子的大悲情，是一種把世俗眼裏毫無地位的奴婢視為天使的翻天覆地的大悲歌。這正是最無勢利即最美的情感。每次讀罷，我都激動得難以自禁。

賈寶玉在榮國府裏本是當然的「接班人」，他的長兄賈珠夭折之後，他的地位更高。他是府中驕子、第中珍奇，再加上賈母的特別寵愛，本可以驕奢淫逸，但他偏偏在特殊的地位中保持一顆平常之心、一顆和一切人的心靈可以相通的心，甚至可以和那些粗魯的人，如薛蟠等，也可以相處，可以一起喝酒作歪詩。表面上看，他也有俗氣，其實這正是他的平常之心的一種表現。

從賈寶玉身上，我常想到貴族子弟的偉大精神。貴族子弟並非註定要被優越感與佔有慾所羈絆。貴族子弟一旦具有平常之心與同情心，他就會放射出卓越的精神。俄羅斯十二月黨人，他們都是出身貴族，但他們具有平常之心，具有平民意識，自願為平民的利益去獻身，所以顯得更加偉大。因此，他們的悲劇是更深刻的悲劇。

爸爸

一九九七年八月八日

論性格的詩意

爸爸：

你對人的性格似乎很敏感，常聽你說「性格導致命運」。你認為歌德說「性格決定命運」可能說得太重、太絕對，還是用「導致」準確一些。我也朦朧地覺得性格確實可以導致命運。你還研究過文學中的人物性格，寫了《性格組合論》，你是不是覺得在創作中也應當注意性格與命運的因果關係？

有些叔叔跟我開玩笑，說爸爸你偏愛妹妹。其實，你對我們倆都一樣愛，即使有些偏，我也能理解。妹妹小我十歲，總得給予更多的關懷，只是你和媽媽別把她寵壞了。妹妹的性格和我的性格不太相同，她似乎更浪漫一些，更愛「玩」，但她天真、爽朗，不知計較，的確是非常可愛的。我似乎更執着一些，也許我小時候吃過苦，所以也實際一些。我喜歡把房子收拾得乾乾淨淨，即你所說的「有板有眼」，這是和浪漫不同的理性，當教師，是需要理性的。理性之中，有時便太嚴正，好批評，「好為人師」。不過，我覺得自己又很脆弱，批評別人可以，讓別人批評就不舒服，心理承受力很差。只是我不會記恨而已。妹妹恐怕也是如此，我一批評多了，她就反感。當然，對少年和孩子，還是要多激揚其優秀之處。我對學生倒注意了這一點。

我和朋友、同學相處得相當好，老師對我都很好，一個真誠的朋友圈子、師長圈子使我感到這個家庭之外的人間很不錯。這其實也是命運。能生活在人際的溫帶中，而不是生活在酷冷酷熱的寒帶與熱帶中，這就是幸福。而這種幸運似乎也與性格有關。儘管我沒有妹妹那麼多的熱情，但對朋友還是真誠的，他們比我強時，我不嫉妒，他們比我「差」時，我不覺得「差」。強與弱，成功與失敗，常有世俗的尺度，如果超越了世俗的目光，如你常說的，看人最要緊的是看其心靈狀態，那麼，失敗者與弱者，心靈常常比成功者與強者更美。許多成功的「大人物」都很卑劣，而許多失敗的「小人物」都很高貴，不過，這裏也包含着對「性格決定命運」這一論斷的質疑。有的女子性格很健康可愛，本該有幸福的命運，卻偏受冷漠、打擊，非常悲慘，《紅樓夢》中的晴雯就是這樣的人。她的性格多麼真純，但是，邪惡的環境容不了這種真純。壞環境吃掉好性格的例子很多，因此，說「性格導致命運」，似乎又需要有個「正常環境」的前提，也就是說，惡劣的環境不能強大到壓倒一切，以致性格完全無能為力。當然，性格也可反抗環境，但環境一旦強大到如泰山壓頂，這種反抗也就無能為力。晴雯不是不反抗，而是黑暗太龐大。這樣想，你覺得對嗎？

小梅

一九九五年九月一日

小梅：

要說清性格與命運的關係，可能需要寫一本書，至少需要一篇論文，這兩者的關係，並不是那麼簡單的直線因果關係，這其中也有你所說的環境因素，以及你未提到的時間因素（機緣等）。所以我不願意搬用歌德的決定論，但又接受歌德的提醒，把性格視為導致命運的一個非常重要的主體因素。所謂性格悲劇，就是性格導致命運的悲劇。《哈姆雷特》、《奧賽羅》、《馬克白》、《李爾王》都是性格的悲劇。在這些悲劇中，我們看到悲劇主角的性格衝突，也看到這種衝突（特別是衝突中的性格弱項）怎樣導致他們的命運。我的《性格組合論》，強調的是對於文學中的人物性格，不可「本質主義」地用好、壞、善、惡去概括。一旦本質化就會簡單化。性格總是包含着衝突、對立，包含着悖論。絕對壞（或說絕對惡）的性格不能構成性格悲劇，馬克白暗殺信賴自己的國王，背信棄義，但莎士比亞並未把他寫成絕對的壞人，他的性格充滿矛盾。其性格方向中的二律背反，才構成精彩的悲劇。黑格爾的《美學》一書，其中論及悲劇時就講到這一點，值得認真讀讀。（朱光潛先生翻譯的文字極好，讀起來像讀散文。）悲劇主角在性格衝突中最後必須作一選擇，這種選擇便導致命運。選擇得太久、太猶豫，如哈姆雷特，也導致命運。極其豐富的性格導致極為曲折的命運，文學如果能展示這種過程，就會顯得十分精彩。

今天，我不想和你多談美學，而想和你談談現實性格。你所描述的自己和妹妹的性格都是準確的。我不太承認自己的「偏愛」。愛有不同形式，我對你的愛與對你妹妹的愛，其形式有點不同。為了推動你成為學者，自然要嚴一些。不過，我得承認，我很喜歡你妹妹的性格，這是一種非常健康、非常美麗的性格。每次想到你和妹妹，我就會想到性格的詩意。你那種看淡名利、無嫉無猜、看到朋友比你強而不嫉妒的性格就有詩意。而你妹妹，至少是青春時期的妹妹，其性格更明顯地富有詩意。曹雪芹說少女屬於水世界，從妹妹身上，你便可確信這一點。她的性格的詩意就是她的清泉般的天真，這是真正的無猜無嫉無爭無垢的天真。在很小的時候，她就不許我們說半句奶奶的缺點，是奶奶的絕對「保皇黨」；長大之後，她的這種情緒又移向她的同學、朋友、老師，她絕對不許我們說他們的缺點。在她的絕對裏，有一種對人類的絕對信賴。她的成績那麼優異，但絕對不會瞧不起成績差的同學，有一次我取笑她的一位兩科不及格的同學，她就不高興，說：「你也不看看她家裏多窮，回家還得抱弟弟。」她對待什麼都很真，在美國的籃球比賽中，完全站在米高佐敦一邊。有次米高佐敦被打敗，她受不了，跑到房裏哭。她的這種淚水真會柔化許多頑石鐵石。林黛玉的眼淚就柔化了賈寶玉這塊頑石，所以他沒有陷入濁泥世界之中。林黛玉的眼淚便是詩。

我們不能要求文學作品中的人物性格都有詩意。然而，一部大作品中應當塑造某些富有詩意的性格。莎士比亞、曹雪芹和托爾斯泰筆下的人物，其性格帶有詩意的很多。這種詩意的性格很難描述，不像故事那麼容易複述。然而，詩意性格可以感受到，我們可以感受到林黛玉性格的詩意，但很難感受到《金瓶梅》中潘金蓮性格的詩意。不過，文學作品中許多塑造得很成功的形象，其性格並無詩意，像薛蟠、賈璉、賈雨村等，就一點詩意也沒有，但不能說寫得不成功。他的成功，或者說他的詩意是在作者對他的諷刺或幽默的筆調上。薛寶釵就其人物性格，也刻畫得十分精彩成功，對她的描寫也富有詩意，但她的性格不是真正具有詩意的性格。她太世故，太練達，似真人，又似假人。世故是天真的大敵。世故會毀滅天真和毀滅性格的詩意。人一旦進入官場、商場、名利場，性格的詩意就會蕩然無存。在政治場合中，政客的性格沒有詩意，但富有原創性的政治家性格則富有詩意，華盛頓、傑弗遜、林肯以及甘地、馬丁·路德·金、曼德拉都有詩意。拿破崙的性格也很有詩意，他帶着《少年維特的煩惱》上戰場，把戰爭看得像文學，不太在乎成敗，就很有詩意。薛寶釵當然不是處於官場、商場，但她處於爭奪地位的關係中，因太會做人也失去了天真。

性格的詩意與天真天籟密切相關，但詩意的性格不僅僅表現在天真上。有些非天真的雄偉性格、崇高性格、剛毅性格，也很有詩意。像凱撒、唐太宗、彼得大帝都很有詩意。這是一種力的詩意，如同獅虎鷹鷲，屬於壯美的詩意。雄偉的性格，包含着很高的智慧，但這種智慧不是心機。心機沒有詩意。在中國近代人物中，就其性格而言，我除了特別喜歡王國維之外，還比較喜歡梁啟超與章太炎，這兩人都敢於直言，敢說該說的話，很有智慧，但沒有心機。尤其是章太炎，學問很大，政治資格也老，但常常像孩子，他痛罵稱帝的袁世凱，袁世凱也拿他沒有什麼辦法。袁世凱與章太炎的關係，是一個毫無詩意的野心家與一個富有詩意的學者的戲劇。只要是頭腦與人性健康的人都只會愛章太炎而不會愛袁世凱。

爸爸

一九九五年九月五日

論拒絕世故

爸爸：

在《今天》雜誌上讀到你的「童心說」，你寫道：「回歸童心，這是我人生最大的凱旋」，「我的凱旋是對生命之真與世界之真的重新擁有」。這兩句話使我想得很多。

自己的父親把「回歸童心」當作人生最大的凱旋，而我總不能在年僅三十歲的時候就失去童心，就學習一套人生的技巧和策略，開始世故起來。從教我寫文章如何「起承轉合」起，二十幾年中，你既是我的父親，又是我的老師。黃剛有句話說得很對，他說：「你比我更幸運之處是你有一個父親作為你的心靈導師。」然而，許多人都不知道，你對我最大的影響，並非在「作文」，而是在做人。作文難，做人更難，但你不是刻意去做人，變成「很會做人」的人，而是向做假人的各種策略與技巧挑戰，即「向世故挑戰」。

我還想到，人生的凱旋最重要的應當是心靈的凱旋。你常對我說，不要太計較一時的得失、一時的成功與失敗，但對心靈的優劣要敏感。由此我想到休謨所說的人性的高貴與卑劣的區分，是必須守住的一種心靈邊界。我偶爾也會感到一種心靈的勝利，例如當我看到同一輩朋友，當了作家贏得名聲，我也會在剎那間產生一種不健康的情感，心裏嘀咕說，這沒什麼了不起。但過後我卻反省，覺得這是一種人性劣質的表現，於是，又懷着欣喜和正常的心情去欣賞同輩朋友的成果。此時，我便覺得自己獲得一次心靈的勝利，是戰勝虛榮的勝利。我在這種勝利後，感到一種說不出的快樂。

我把你的數十則「童心說」都仔細讀了，讀後我真的感到你獲得了心靈的勝利，你的回歸童心，意味着你放下世俗的許多精神重擔，意味着你撕毀社會逼迫你曾戴上的各種「面具」和緊繃在你心中防範他人的「弦」與「堡壘」，意味着你放下往昔的是非恩怨，只面對自己的良知和你感悟到的真理和光明。回歸童心，真的是一種大解脫與大自由，我能想像你的內心具有怎樣的快樂，只是我不知道用什麼語言來祝賀你。

小梅

一九九七年十一月一日

小梅：

你能看到我的回歸童心的內涵，真使我非常高興。這說明你並沒有死讀書。你能夠看到天真與世故的對立，知道回歸童心之所以是人生的凱旋——心靈的勝利，乃是對世故的拒絕，這真使我高興。許多閱歷豐富的人，包括金錢上富有與知識上富有的人，最後都走入世故，被世故所征服，完全喪失赤子之心，我們能看到這點，然後盡量地保住正直與天真，便是一種勝利。許多偉大的思想家與作家，敢於向世故挑戰，所以到了晚年仍然像孩子一樣單純，這是很值得我們誠心誠意去學習的。我所以喜歡托爾斯泰，就是覺得他直到晚年，還像一個孩子，一點世故都沒有。他的出走，是孩子的行為語言，而不是老人的行為語言。是心的語言，而不是腦的語言。這種語言包含着他的全部天真。儘管是孩子的語言，它卻向世界宣告：我拒絕世故。每次想到托爾斯泰的「出走」，我都激動不已。

我在美國多年，可以說，相當喜歡美國人。這原因就是美國人較為天真，一般都沒有世故。美國文化從總體上說，沒有歐洲文化的深刻，也沒有中國文化的成熟，在許多方面甚至讓我覺得相當膚淺。但是，美國文化的膚淺中有天真，沒有世故。他們甚至很看不起世故。一個人如果顯得事事洞明，很有心機，美國人是不喜歡結交為朋友的。因為沒有世故，所以就坦誠、直率、誠實，不說假話與敷衍的話，不會做「今天天氣哈哈哈」這種應付場面的圓滑相，也因此，他們最憎恨撒謊，你一旦撒謊，他們就會認為你無價值。克林頓的白宮私情被揭露後，美國人不是不能原諒他的私情，而是不能原諒他撒謊。克林頓是比較年青的總統，美國人本來喜歡他具有較多的平民氣息而較少世故，而一旦撒謊，就暴露出內裏的世故來了。膚淺而有天真的文化是可愛的文化，膚淺而又世故的文化，則一定不可愛。我在大陸、香港、台灣，都看到一些膚淺而又世故的文化人，學識不多，卻擺出一副姿態，精明得很，我不喜歡這種人。

在《紅樓夢》中，我不喜歡薛寶釵、襲人這種人，並非像某些紅學家那樣，是因為她們代表着封建思想傳統，而是因為她們太世故。尤其是薛寶釵，她有太多的生存技巧與做人技巧，所說的話往往不是從心靈中流出來的，而是從利害關係的考慮中說出來的，不像林黛玉那樣直抒胸臆，敢說敢罵敢於歌哭。她的真性情完全被世故所扼殺。在中國學術界中，有許多薛寶釵似的人物，非常聰明，但沒有天真與真性情。我也害怕與他們接觸，他們的世故大於學問，大於思想，和這種人在一起，很難交流由衷之言，很累又沒有意思。

你理解得很對，回歸童心，就是征服世故、戰勝世故。人的經驗、知識多，可能讓人變得很有智慧，也可能讓人變得非常世故，如同老狐狸。人首先需要擁抱知識，但擁抱之後，還得用生命去穿透知識、昇華知識，讓知識變成活潑生命的一部分，而不是把知識當作資本，當作敲門磚，當作面具。如果這樣，就會變得世故起來。拒絕世故，拒絕成為薛寶釵，這是我給你的贈言。

爸爸

一九九七年十一月二十八日

論慧根與善根

爸爸：

錢鍾書先生有一觀點，就是學士不如文人。他說「文人慧悟逾於學士窮研」。類似的觀念在《管錐編》一再出現。這才使我想到許多詩人作家確實比學者聰明。

我很喜歡「慧悟」二字。嚴羽在《滄浪詩話》中所說的「妙悟」，我也喜歡；但慧悟卻使我知道妙悟並非憑空而來，它需要有智慧的助力。你在〈散文與悟道〉一文中說，寫一篇散文總是先有所悟才下筆。有所悟，便有所得。所得的便是思想或者說是屬於你自己特殊的情思。藝術發現恐怕就在這瞬間的頓悟之中。

不過，籠統說學士不如作家似乎也不妥。錢先生所說的學士，是指中國傳統的經士、註家、學究，並不是我們現在所說的思想家、哲學家、史學家這類學者。這類學者的大慧悟常常會「驚天動地」。柏拉圖、尼采、康德、馬克思等，就可說是驚天動地。學者之中，有的是學大於識，有的則是識大於學。有的則是學識兼備。飽覽詩書之後，如果未能慧悟，恐怕就難以有識。像我這種所謂「博士」，多半只是如錢先生所說的「窮研」與「學究」，將來也只能算是個「書櫥」。天底下努力讀書的人處處都能找到，但真正具有「詩識」、「文識」、「史識」、「器識」的人卻很少。尼采的許多思想觀念，我並不贊成；但讀他的書，卻不能不承認他才華過人，思想的激浪一直追拍着你。而這位洋溢着識見的思想家，並不是一個向書本討生活的人，他甚至主張要丟開書本。他的學說主要是靠慧悟。我當然不可能走尼采這種路，但我非常羨慕他的慧悟能力。所謂天才，恐怕就是一種具有高度慧悟能力的人。

小梅

一九九八年二月二十日

小梅：

「慧悟」一詞確實可以讓我們想得很多。你說得對，「頓悟」、「妙悟」背後得有智慧的助力。有知識不一定能悟，知識變成力量也不一定能悟，知識只有昇華為智慧才能算是悟。知識與智慧是不同的，知識只有當它融入生命並化作對生命的一種觀照能力時，它才會變成智慧。因此，智慧總是與內在生命和內在視野有關，知識則未必。

因為你提起「慧悟」，我便想到「慧根」。「慧根」與「慧悟」都是佛學的術語。我是佛學的門外漢，但對佛學中的「慧根」、「善根」這兩個概念非常喜愛，當八十年代我國作家在「尋根」的時候，我暗自也在尋根，但尋找的是自己身上的慧根與善根，覺得可以去發現和培育這兩種根蒂。除了在自己身上尋找、發現與培育之外，還可以在書本、朋友及社會中尋找。具有慧根和具有善根的人都可以作為朋友，兩者兼得的則可以建立很深的友情。我相信你有善根，你總是對人抱有信賴，不會算計，不知嫉妒，不會看輕比你弱的人，也不會嫉妒比你強的人，做錯了事會感到不安，這正是善根在起作用。在我心目中，善根是蒼天的偉大賜予，它是真正的無價之寶。人世間的誠實、正直、善良、仁厚、慈悲、同情心、獻身精神及各種類型的偉大情懷，都是善根所生。善根扎在生命的最深處。人類史上的大師，他們所創造的不朽的精神森林，都與其生命深處埋藏着的善根有關。

大善不一定就是大智，但它能導致大智。他們以大悲憫的情懷感受世界，結果感悟到許多聰明人感悟不到的大真理，走到別人難以企及的精神境界。

你讀了整整二十五年書，算是掌握了一些專業知識，但這些知識，只有當它轉化為觀照萬物萬有，尤其是觀照人的生命才華，才有價值。所謂天才，就是把知識、感受轉化為大智慧和創造形式的特殊能力。而實現這種轉化全靠身心中的慧根。所謂慧悟，就是扎在生命深處的慧根在某一瞬間推動生命，達到對宇宙萬物或社會人生的一種本真觀照和特殊發現。精神價值創造者的靈感、靈性、發明、創造、「筆下生花」等，全都是慧根派生出來的。

慧根與善根是先天就有的還是後天生長出來的，這是一個爭論不休的問題。按照孟子「人之初性本善」的說法，人一生下來就有善根，但他沒有說人一生下來就有慧根。而按照基督教的「原罪說」，則認為人一生下來就有惡根，但它也沒有回答人生下來之後是否帶着慧根。我一直把這兩種說法視為一對悖論，確認人生下來均有微弱的善根，也確認有微弱的慧根。在做這種形而上的假設之後，我覺得重要的是對善根與慧根的開拓與培育，沒有培育，這兩種根都不可能壯大。微弱的善根與慧根沒有意義。正是需要培育，所以我覺得「修煉」是必要的。修煉包括讀書、思索、反省、實踐等。兩種根都需要苦汁與汗水的灌溉，我至今還想不出有用蜜糖水澆灌出來的強大的慧根。慧根與善根都沒有成熟之日，它的強大是沒有邊界的。

那麼，慧根與善根是生長在腦子裏還是心裏？我覺得主要是長在心裏。有人用腦子寫作，有人用心靈寫作。作家所以往往勝於學究，原因就在他們不僅用腦子，更重要的是用心靈。托爾斯泰、杜斯托也夫斯基、卡夫卡等都是用心靈寫作的人，他們完全不必頭腦化、學者化。如果學者化，上帝一定會發笑。

爸爸

一九九八年二月二十五日

論受難情結

爸爸：

前幾天在《明報》星期日周刊上看到記者對你的專訪。題目用的是「劉再復被苦難抓住心靈」，這是你談話的主題。在你看來，這是杜斯托也夫斯基等俄羅斯作家最高貴的品格。十九世紀俄羅斯的偉大作家，從托爾斯泰、契訶夫到杜斯托也夫斯基、高爾基，確實個個被苦難抓住心靈，都有偉大的同情心與憐憫情懷，也可以說，都有一副基督心腸與菩薩心腸。康·帕烏斯托夫斯基在《面向秋野》中說契訶夫常在夜裏關掉電燈，獨自久久坐在黑暗中，兩眼望着窗外，雪在那兒靜靜地閃着白光，而憂傷和不安卻在他的心裏迴蕩。康·帕烏斯托夫斯基批評許多回憶契訶夫的文章忽視他的眼淚，關於契訶夫哭過一事隻字不提。契訶夫的小說，每一篇都讓人感到好笑，但每一篇又都催人落淚。他的笑的背後是大慈悲。美國這個世紀的作家，也有被苦難抓住心靈的。但是，當代作家似乎正在把一切故事喜劇化，與十九世紀俄羅斯作家的心靈傾向很不相同。

你的散文中有許多苦難記憶，特別是關於飢餓和「文化大革命」的記憶。這些記憶，既屬於你個人，也屬於民族大集體。這些苦難記憶在你筆下得到提升，化為各種意象，例如〈語枉〉、〈套中人〉、〈黑夜裏的荒原狼〉、〈還不清的滿身債〉等。在《人論二十五種》中，你描述了許多苦難，而這種苦難又通過幽默的形式表現出來。在〈奇異的牡丹花〉中，你又通過幾乎是寓言式的散文〈形虛實實〉講述苦難的故事，這說明，你在努力尋找表現苦難的多種手法，既擁抱苦難又超越苦難，並不希望自己完全陷入苦難之中，我想，這一點是非常要緊的。我看到你的散文視野愈來愈寬廣，這與你雖然描述苦難，但又與苦難保持一種距離有關，進得去又出得來，投入大關懷與大同情，又擺脫控訴模式與譴責模式。描述苦難時很容易陷入這種創作模式。其實，描寫苦難而又賦予苦難以某種喜劇形式，反而會使苦難進入另一精神層面：揭示人世間的大荒謬。

散文確實是個人全人格的展現，你的散文比任何其他理論都更能證明你的心性和思想的韌性。你雖然經歷過劫難，卻從不怨天尤人，這種情緒離你非常遙遠。作為女兒，我比別人更敏銳地感覺到父親心魂的健康。這和身體的健康一樣使我高興。我雖然不太關心社會政治，但畢竟生活在社會中，因此也看到苦難不僅壓倒了一些人，而且也使一些人的心理產生病態，或太消沉，或太狂躁，或被苦難抓住後不能昇華。

小梅

一九九五年十一月二日

小梅：

「被苦難抓住心靈」，這是人格；而如何從苦難中昇華心靈與塑造心靈，這是創作。兩者的和諧，的確是需要費心思的。曹雪芹流了十年的辛酸淚，這說明他是怎樣地擁抱苦難，但他寫出來的是《紅樓夢》，是偉大的心靈圖景與社會圖景。

苦難是一種思想資源。受過磨難與沒有受過磨難是不一樣的，尤其是肉體的磨難。文學作品的「大氣」與「小氣」，往往與作者是否受過磨難有關。我讀莫言的作品，覺得他比蘇童、余華等的作品更有深度，這顯然是與莫言的童年、少年時代經受過苦難有關。但是，苦難還需要生命去提升，否則，苦難就會限制自己的眼界，使自己無法從苦難中擺脫。被放逐，會形成放逐情結，坐了牢，也會形成牢房情結。牢房中的囚徒充滿焦慮，總想大喊大叫，在牢房中很難冷靜，走出牢房後也難冷靜。杜斯托也夫斯基的偉大，是他坐了牢之後，依然冷靜地觀察社會人生，眼界不停留在牢房裏。他在牢房之中卻領悟到牢房之外的牢房，想到人間現實社會那些更大的苦難和永恆的困境。他想到的不是自己坐過牢，而是無數已經死亡和正在死亡線上掙扎的軀體與靈魂。個人的苦難只是人類困境中一段微小的插曲而已。因此，他的作品不是簡單地譴責牢房，而是把自己視為永恆的罪人而感到自己對人間的不幸負有責任。俄羅斯偉大作家的大關懷大情懷都是從這裏產生的。

人在獲得成功之後保持平常之心很難，而在經歷苦難之後要保持平常之心也很難。如果我們像基督那樣，上過一次十字架而又復活了，那麼，我們能否像基督那樣保持平常之心與仁慈之心，就很難說了。也許，我們會選擇另一人生方向：把苦難化作拳頭，無情地向十字架的製造者報復，到處煽動仇恨哲學和鬥爭哲學，到處宣揚自己的偉大故事與神奇故事，眼睛只看到曾經釘住自己的十字架，而不是十字架所代表的無限廣闊的天地之間的苦難兄弟。

在二十世紀的政治家中，像甘地、馬丁·路德·金、曼德拉等，確實是值得人們敬佩的，他們坐牢之後，受盡苦難，卻沒有改變他們和平的、非暴力的信念。曼德拉從牢房走出來之後，不是從事復仇的事業，而是和平地實現他的目標。受難之後，容易扮演兩種角色：一是英雄的角色，一是受難者的角色。英雄要求人們崇拜，受難者要求人們恩賜，這都不是高境界。甘地等人值得尊敬，是他們在受難之後拒絕充當這兩種角色，而想到自己的受難只是無數受難者中平常的一個，最重要的是還有無數受難者仍在受難之中。

受難之後如果能保持平常之心，便可贏得平靜平實的心境。這些年，我在美國固然找到一張平靜的書桌，但是，更為重要的是在書桌旁，我贏得一顆平靜的心靈，這顆心靈不僅沒有堵塞我的視野，而且不斷地開闢新的視野。前些天，我在草地上散步，就想到如何用多種眼光去看待苦難。在《伊底帕斯王》作者眼中，苦難是一種宿命；在基督眼中，苦難是通向天堂的階梯；在莊子眼中，苦難是幸福的兄弟和向幸福轉向的前提；在叔本華眼中，苦難是人類的本質；在愛因斯坦眼中，苦難只是一個瞬間；在作家眼中，苦難是故事；在思想家眼中，苦難是啟迪；在政客眼中，苦難是敲門磚；在漂泊者眼中，苦難是旅途中的一個點，一脈滋潤心靈的泉流。

爸爸

一九九五年十一月八日

論思想的韌性

爸爸：

你的散文選已編好了。出國前的散文編一集，起名為《讀滄海》，後一集是從你的《漂流手記》中選的，書名尚未想好。兩部集子我都寫了序言。能為你作序，這是你賜予的父愛，我十分珍惜這一個機會，想好好寫，寫好些，但畢竟還是幼嫩，難以進入你的精神世界，可能會使你失望。

這回通讀了你的散文，更清晰地看到你的心靈腳印。你的散文就是你的心靈史和心靈傳記。愛默生曾說過：「斯特拉斯堡大教堂就是斯坦巴赫人歐文的靈魂真實的副本。真正的詩歌就是詩人的心靈，真正的船就是造船的人。」你一再說，要善於感受人，感受心靈，這回我又一次地感受你的心靈。我相信，你用文字展示這一心靈，你的靈魂真實的副本，將是留給我和妹妹最寶貴的財產，倘若我不知它的價值，我將枉此一生。我還相信，此後的人生途中，假如太陽無光、星辰隱晦，這顆心靈也會給我一盞不滅的明燈，它將照亮我繼續走向曙色初臨的早晨。

你出國前與出國後寫的散文風格很不一樣。出國前寫的基本上是散文詩，幾乎沒有敍事要素；出國後寫的也抒情，但有敍事，所以顯得更為厚實。然而，不管是前期還是後期的散文，背後都是有血肉的思想，這也許可稱為「情思」。你自己也一再歌吟羅丹的《思想者》，把自己界定為「思想者種族」、「思想者部落」的一個成員，而且不斷地呼籲「讓思想者思想」，讓思想自由地呼吸，以至把自由思想看成人的全部尊嚴。因為把握住這一點，所以我把你的散文視為卡繆式的思想者散文，這是一種以思想為生命、把思想視為身體、骨胳、肝膽本身的散文。教科書中和理論書中的思想可能是一種邏輯、一種思維，而散文中的思想則是一種血的蒸氣、心的旗幟、一種跳動着生命脈搏的信念。這種散文不是身外之物，而是身內之身、心中之心。

學習寫作之初，你就對我說，寫作者最重要的是要有思想，有思想的人就是一個脱俗的人。因為有你的提醒，我讀書也側重讀思想，精神生活中的呼吸也大體上是思想的吞吐。我的生長，主要也是努力吸進歷史與現代傑出哲學家與文學家的思想。但是，我現在已深深地感到，要有思想已不容易，而要在思想中投入生命，把思想化為血液與心靈，更不容易。我經常處於思想的蒼白狀態，覺得自己能想到的別人早已想到，要發前人所未發不知從何入手，苦思冥想也想不出道道，唯有空空蕩蕩對着空空蕩蕩，四壁之內只有一個蜷縮在沙發上困乏的軀殼是真實的。此時，我甚至懷疑自己是不是配得上生活在人類的形而上世界中。爸爸，你能幫助我走出這種困惑與恐懼嗎？

小梅

一九九八年九月二十日

小梅：

你的兩篇序文都寫得不錯。在你編選的集子後面，我添加兩篇後記，為你助興。近幾年我仍然很有寫作慾望，但沒有多少發表的慾望。現在大陸的朋友要出我的書，我自然高興，但絕對不會興奮，其實再過十年八年出版也無妨。我的《獨語天涯》以 Thoreau 的話作為結束語，他說：「作家，該過着恬淡的生活，他們不應選擇群眾活動的方式，而應當單獨地向着人類的智力和人類的心曲說話，對任何時代都理解他的知音傾訴。」我很喜歡這段話。既然是向着任何時代都能理解的知音傾訴，就不用着急。有的知音正在誕生，有的知音尚未誕生，而已經生活在故國的同時代的知音，他們早已讀過我的一些作品，我並不急於向他們傾訴。這種發表慾望的淡泊，也包含着自我信賴。我不怕自己的名字與文字被遺忘。倘若沒有價值，本就應當讓人遺忘，沒什麼好抱怨；倘若有價值，你即使一百遍地呼籲社會「忘記我」，社會還是不肯忘記。休謨在談論藝術鑒賞時說：「一個糟糕的詩人或演說家，仗着權威的支持或流行偏見的作用，也許可以風靡一時，但是他的榮譽是決不能持久的，也不會得到普遍的承認。當後代或外國讀者來考察他的作品時，戲法就戳穿而煙消雲散了，他的毛病也就現出了原形。與此相反，一個真正的天才，他的作品歷時愈久，傳播愈廣，他所得到的讚揚就愈真誠。在一個狹小的範圍裏，敵意和嫉妒真是太多了，甚至同作家親近的熟人也會減弱對他的成就的讚賞，但是一旦這些障礙消除，那自然的、動人心弦的美，就會發揮出他的力量。」我們不是天才，但要相信休謨所說的這一真理，相信障礙和敵意無法持久，相信向真向善的心靈擁有未來，它能夠隨着時光的推移而愈加清新亮麗。對於至柔的心靈，我們恰恰必須有至剛的信念。

你給我的這封信，證明你已意識到思想對於人與學人是何等重要。只要你真的有思想，那麼，每一天、每一個結結實實的日子都會屬於你。不管你是讀書還是讀社會，只要你用思想去讀就一定會有收穫。時間在有思想的人的心裏與手裏不是那麼容易流逝的。以思想的鋤頭與鐵鍬去墾殖世界，這是我們的人生特徵。學問對於我們來說，不是一種姿態、一種架子、一種顯耀知識的展覽室，而是一種真理的渴求、思想的歷險。人們常說的所謂學術領域，對於我們可能僅僅意味着以思想去耕犁去生育的大地。不管是在科學院裏還是大學裏，你我都是以研究為職業。泡浸在這種職業中，我們所以不會感到乏味，就因為我們並非卡片的奴隸與書本的奴隸，而是能夠用思想去發現世界的探尋者。《山海經》、《易經》、《尚書》、先秦諸子，我們的祖先已說過一千遍一萬遍了，但我們仍然可以讀出新意，說出新話。這就全靠思想的照亮，無限的樂趣就在這一重新照亮之中，快樂的巔峰也正是在思想的發現之中。

你有了思想的自覺，這真使我太高興了。我敢說，思想的自覺是學人最高的自覺。這一自覺將帶給你無窮的幸運，你的人生將會擺脱平庸，擺脱虛妄，最重要的，你將會擺脱蒼白。許多聰明人的言説與文章，儘管並不缺少流光溢彩，但最後給人的感覺是精神內涵的蒼白，這就是其中缺少精彩的思想。人（包括學人）上了年紀之後，很容易變成世故，以致世故大於學問，這就因為他們已沒有足夠的思想力量繼續前行，也沒有思想力量反省自身，在衰老懦弱之中只有靠一些人生的技巧與策略來支撐殘存的人生了。

出國之前，我已意識到有思想的重要，但並未真正意識到思想之難。聶紺弩老伯伯在臨終之前，特用毛筆抄錄他的兩句話贈給我：「文章信口雌黃易，思想錐心坦白難。」出國後我一直帶在身邊，此刻還把它掛在書房裏作為座右銘，而真正領會到這詩句所提示的意義還是近幾年。聶老一生寫了許多文章，經歷過許多瀕臨死亡的劫難，最後鑄造了一副中國少有的錚錚人格，他的文章有底氣，有骨氣，有正氣，不是一般文人所能為。現在我已明白，他的文章境界如此之高，乃是他錐心思慮的結果。他的文字是肝膽的苦汁寫成的，而膽汁寫成的文字只能贏得極少數的知音，佔據社會多數的市民是讀不懂的。散文是作家其人格的顯現，一點也無法攙假，只有像聶紺弩這種穿越牢獄、穿越劫難之後而昇華的靈魂，才能獻給我們那種硬骨鏗鏘的文字。在現時的散文中，真有思想的文字很少。那種知識的小展示和思想小體操的散文，不是思想者的散文。把無關痛癢的小機智視為散文的上品，這是評論界的誤讀，它反映着評論者正在被市民文化心理所同化。思想小體操也不是真思想。真正的思想者是羅丹雕塑的那個形象，那是全身心的投入與燃燒，那是把思想確切地當作生命的本身與全部，那是直逼事實與真理的無畏的開掘與奮進，那是不顧權勢的壓力與誘惑的精神歷險，甚至是對死亡的迎接。西方第一個偉大的思想者是蘇格拉底，但他最後被雅典的民眾判處死刑。這些無知的群眾認為他的思想是有毒的，他們愚昧的鼻子聞不到蘇格拉底思想的芳香。我們的泉州老鄉、明代的思想家李卓吾，是一個真正的思想者。他的散文，靈魂結結實實，旗幟堂堂正正，絕非一般文人的隔靴搔癢、尋章摘句，所以朱氏王朝非把他置於死地不可。明、清的龐大文字獄，對付的就是幾個手無寸鐵的腦袋。整個人類的思想史都在告訴我們，真正的思想者不僅要有思想，而且要堅強地思想，要不怕「思想可能會燒死自身」地思想，要敢於面向權勢、腳踏荊棘地思想。「我不入地獄誰來入」，思想者倘若沒有這種不惜被抛入地獄的剛強性格，就只能去做一些迎合世俗判斷和趣味的文字表演和語言小體操。說到這裏，我想讓你也記取我經常想起的愛默生的一句話，他說：

一個偉大的靈魂要堅強地生活，也要堅強地思想。

我們應把這句話當成座右銘。有了這一座右銘，我們也許會少點脆弱，多點挺進的勇氣和思想的韌性。愛默生的思想環境其實比我們好得多，但他還是感到沒有堅強的意志力難以思想下去。他當時面對的思想困難是貧窮、孤獨與自我障礙。他認為，一個思想者走老路和接受社會上流行的風尚、教育與宗教是容易而愉快的，但他註定要走自己的路，要情願忍受苦難地走自己的路，這樣就使他實際上是和社會，尤其是受過教育的社會，站在敵對的地位上，就不能不歷經艱難，何況個人在思想途中又會常常「氣餒」、「彷徨」。面對身外身內的敵者，如果缺少思想韌性，就會從挑戰、質疑、叩問變成迎合、俯就、媚俗，完全失去思想者高貴的特徵。

如果說美國的思想者需要堅強，那麼，中國的思想者更需要堅強。「五四」和「五四」後的魯迅，曾用不同於愛默生的語言充分地表述這一點。他批判國民性的許多文章實際上都在告訴人們一點：這就是中國的改革者（包括思想者）面對的不是幼稚的腐敗，而是成熟的腐敗；面對的狡黠不是一般的狡黠，而是成熟的狡黠；甚至面對的愚昧、虛偽也不是一般的愚昧、虛偽，而是成熟的愚昧、虛偽。這些愚昧、狡黠、腐敗、虛偽，是四千年積習下來的根深蒂固的愚昧和狡黠，是用最神聖的名義和語言層層包裹、包裝起來的虛偽和腐敗。阿Q這麼一個農民與村民，他的自我欺騙，他的自虐、自負、自卑也不是幼稚的自虐、自負、自卑，而是幾千年傳遞下來自我麻醉和精神上的自我逃遁。面對這種「成熟」，中國的思想者更需要思想的韌性。

爸爸

一九九八年九月二十五日

小梅：

近日讀書，發現馬賽爾・普魯斯特有一篇很有意思的小品，題目叫做《外祖母》。他在文章的一開頭就說：「有的人活着不依靠力量，就像有的人唱歌不依靠嗓子，這些人更讓人感興趣，他們用智慧和情感代替他們所缺少的材料。」這篇散文所寫的「外祖母」（不是普魯斯特的外祖母，而是他的好友弗萊爾的外祖母）就是這樣一個不靠力量而靠情感活着的人。普魯斯特說，貫串這位母親畢生的是偉大的愛，終日的思念耗盡了她的心血。每當普魯斯特的好友、她的外甥弗萊爾要出去旅行的時候，她都會掉淚——像小姑娘似的眼淚，她害怕他會結婚，然而外孫真的結婚之後，她又愛外孫媳婦，「三個人一天也不分離，三個人一天也不吵嘴」。普特斯特說這位外祖母是「一本才智橫溢而又熱情洋溢的書」，對她可以進行一種心靈閱讀。

我在幾年前所寫的《別外婆》，主題與普魯斯特的《外祖母》相通。我說外婆：「她有根深蒂固的人生責任感，但她唯一的責任感，就是愛，天然的、無邊的愛，她把這種責任推到很遠很遠的地方，不管我和我的兄弟姐妹走到多遠的天涯，都感受到她的愛。」把愛作為自己的唯一責任，這就是我概括的外婆人生意蘊。這種意蘊正是世間許多女子的共同特徵。我外婆也是屬於普魯斯特所說的那種不靠「力量」活着的人，而是靠「愛」活着的人。外婆的心血，靜靜地流人你奶奶的血脈，也靜靜地流人我的血脈。小時候，我幾乎可以聽到寂靜的流水聲——外婆愛的水流沿着血脈的河道，涓涓地流入我的胸間。一種，偉大的母性由此而屹立。

女權主義作為一種文化批評策略和作為爭取女子地位的策略，我能理解。無論如何，女子與男子在人格上應是平等的。然而，我並不贊成女子的男性化，一味像男子那樣追求「力量」，從而喪失女子的溫情特點，像外婆似的那種女子的天賦特點。女子眼裏擁有比男人更多的眼淚是正常的，像普魯斯特筆下的外祖母，年邁時還老是流着小姑娘似的眼淚是非常可愛的。所謂「女強人」，她們往往可敬而不可愛。只有當女強人在事業上表現出力量，而在人性上依然有一種平常心與溫暖的愛心時，才是可愛的。也就是說，即使被社會認定為具有強大力量的時候，在人性中具有懦弱的一面，可能是很有必要的。也許只有這懦弱，能幫助女子保持一點美好的性情。你對女權主義比較關注，很想聽聽你的想法。

爸爸

一九九六年三月十日

爸爸：

普魯斯特所寫的「外祖母」的確讓我想起了我自己的外祖母和祖母，她們對我的愛絕對是無條件的，每次想起她們，我的淚水就禁不住湧流出來。我想念她們，覺得奶奶、外婆就是真實的故鄉。許多次我都有過很衝動的念頭，想把年邁的她們，接到美國，天天住在我的身邊，讓她們好好享受一下人生，可是我又怕她們經受不了長途的顛簸，也怕她們忍受不了異鄉的寂寞。

普魯斯特描述的外祖母，你的外婆（也就是我的曾外祖母），還有我的外祖母和祖母，都是一輩子生活在情感生活中的人。正像你所說的，她們唯一的責任就是愛，愛是她們生活的全部。想到她們，就想到偉大的愛，想到母性的光輝。雖然她們的愛不代表力量，卻比力量更長久、更廣闊。「聖母」般的永恆，也在她們的身上。她們象徵的母性，是慈悲，是同情，是忍耐，是日常生活的忙碌與辛勤，是苦難的承受者與溫暖的製造者。我們中國的外婆們，一生不知經歷過多少磨難，她們對民族國家也許不太關心，也許不太了解，但她們對兒孫們無私的愛，早已大過所有的大概念。

中國外婆們的偉大母性，以及她們對苦難的忍受，已經在中國現代作家們的「母親形象」裏得到了體現。冰心最早以晶瑩透明的文字歌詠母愛廣闊的包容力，馮沅君的《慈母》、《隔絕》寫到了母女間的親密關係，丁玲的《母親》是舊時代裏具有新意識、敢於獨立自主的母親。這些女性作家對「母親」的肯定與歌詠，既有永恆性，又帶有她們那個時代的氣息。在五四文化對封建父權進行瓦解的大背景下，這些女性作家對「母親」的認同，是女性的一種自覺意識。

比起這些對「母親」的歌詠，馮德英的《苦菜花》中所描述的母親，則更多的是政治概念的產物。至於另外一些把母親與祖國的苦難聯繫在一起的作品，其重點不在於表現「母愛」，而在於表現國家民族意識。這類作品一般都顯得有些矯情，迴蕩着郁達夫《沉淪》中那著名的句子：「祖國呀祖國！我的死是你害我的！你快富起來，強起來罷！你還有許多兒女在那裏受苦呢！」正如批評家周蕾在《女性與中國現代性》一書中所指出的，這類作品暗含了作家心理的焦慮，而且受到意識形態的影響。可以說，「母親」成了負載父權意識的工具。

毫無疑問，冰心等女作家對「母親」的歌詠，是對意識形態的超越，更突顯母親的永恆性，也就是神性，其意義在充斥着政治色彩的中國現代文學史上是巨大的。不過，我卻覺得太多的歌詠會把「母親形象」典範化，會把「偉大的母親們」固定成一個標準，而這一標準毫無疑問還是帶有男性社會對女性的期許，以及對其他「有缺陷」的女性的否定。王德威老師在《做母親，也要做女人》一文中寫道：「『神話』化的母愛，『天職』化的母愛，不代表社會敘述功能的演進，反可能顯示父權意識系統中，我們對母親角色及行為的想像，物化遲滯的一面。」他在文中列舉了中國現代文學中各式各樣的母親形象，有苦難母親、勇氣母親和邪惡母親等，甚至有巴金的《第二的母親》裏的同性戀母親。王老師從母親形象的多樣性及變調這一角度，來探討「母」性和「女」性兩者微妙的張力，並指出「母親的意義，有其歷史文化的互動因素，不應永遠視為當然，也不能化約為中性、固定的角色；同時，做母親不易，做女人更不易呢。」

西方的一些女性主義文學理論則更為激進地指出，男性對女性表面的理想化實際是在掩蓋男性恐懼女性的特質。於是，許多女性主義者都志在修改、解構及重建男性文學遺傳下來的女性形象，尤其是那種天使與怪物的典型兩極性形象。比如說桑德拉·吉爾伯特（Sandra Gilbert）蘇珊·古巴爾（Susan Gubar）。在她們的著作《閣樓上的瘋婦》（*The Madwoman in the Attic: The Woman Writer and the Nineteenth-Century Literary Imagination*）中，以尖銳的語言指出，那些「永恆的女性」是被動、溫順、沒有自我、沒有故事的生物；而「怪物女性」則更有自我意識，更有故事，也更不透明，讓男性意識比較難以滲透，如莎士比亞的貝基·夏普（Becky Sharp）、高納里爾（Goneril）里根（Regan），還有一些傳統的巫師女神，如斯芬克斯（Sphinx）、美杜莎（Medusa）、瑟茜（Circe）、迦梨（Kali），以及莎樂美（Salome）等。

正因為「瘋婦」形象對正常的男權社會秩序容易造成威脅，許多女性作家因而更認同「瘋婦」，在她們的作品中出現了許多瘋婦形象。通過這些怪物、巫婆和瘋女人，女作家的焦慮和憤怒得以釋放，再者，她們能改變父權文化強加在她們身上的定義。也許正因為此，張愛玲才寫出《金鎖記》裏陰冷惡毒的母親，而殘雪在《蒼老的浮雲》裏以超寫實的手法寫出了迫害與被迫害狂的母親。

我所講的全都是文本策略，是閱讀手段與性別政治。在生活中，我熱愛和尊敬我的外婆與祖母，我愛她們的單純、無私與慈愛。我也許一輩子都不可能成為她們那樣的女性，但是我卻渴望永遠沉浸在她們博大的愛裏。這就是你所講的外婆意蘊，人們在其中所體會到的，永遠是溫暖、踏實、深厚，是家，也是人間天堂。

小梅

一九九六年三月十五日

論女性話語與漂流文學

爸爸：

我們前幾封信中討論的情感故鄉、良知故鄉和文化故鄉，其實在開拓「寫在家園之外」（writing diaspora）的空間。Diaspora這一詞彙，原來是用來描述古代猶太國亡於巴比倫後猶太人在外的散居，後泛指漂流在家園之外的人。在後殖民主義理論中，許多理論家把Diaspora當作一種隱喻，用來討論文化認同和文化邊界問題。寫在家園之外，並不一定局限於地理意義上的寫作，而是更多地指涉文化邊緣性寫作。你在海外的寫作便屬於寫於家園之外的一種，尤其是你的散文，常常游離於東西文化的隙縫之間。

由於我自己的研究一直關注着女性寫作和女性身體表現的問題，因此也注意到女性話語和流亡文學的關係。四十年代初期，張愛玲以小説集《傳奇》和散文集《流言》名震文壇。流言，本來是指「流言蜚語」的流言，但張愛玲在抒寫《流言》的過程中卻着意創造一種真正屬於自己的流動性話語。周蕾在她的《女性與中國現代性》一書中曾用「女性化的細節」來概括張愛玲的寫作方式。她說張愛玲戲劇化的細節描寫是一種結構，「所被結構的是人性的中心，也就是中國現代性修辭中所接納的那種理想的和道德的原則」。於是，那些理想主義者慣用的大一統的名詞，如中國、革命和大寫的人等，在張愛玲的女性寫作中，被細緻而反覆地分解與消融了。

令張愛玲大紅大紫、成為奇跡的地方是日本殖民統治下的上海。她雖然沒有流亡，可是她的女性寫作卻真正實現了內心的自我放逐。張愛玲在《紅樓夢魘》自序中這樣寫道：「以前《流言》是引一句英文——詩？Written on Water（水上寫的字），是說它不持久，而又希望它像謠言傳得一樣快。」這種「水上的寫作」一方面與女性溫柔如水的說法暗合，另一方面又極其深刻地勾勒出女性話語的流動性。法國女性主義批評家路思·伊瑞葛來（Luce Irigaray），曾在她的理論中把女性的原質描述成一種流質體，一種相對於男性中心固定化話語的流體。

她的理論與張愛玲的「水上的寫作」不謀而合地指出，女性化的語言是「流言」。這種「流言」的魅力就在於它常常游離於中心之外，攪亂男性邏輯和句法體系。張愛玲的《流言》不僅是女性的流言，而且是自由的散文體，它無拘無束地流動於現代與傳統之間、東西文化之間，閃爍着亮麗多彩的姿色。所以，她雖未流亡，卻以流言的寫作方式實現了對國家話語和主流文學的放逐。在流亡文學中，女性說流言，其故鄉在何方？「欲歸」或「前往」何方？這恐怕是流亡文學需探討的另一課題。

小梅

一九九七年五月一日

小梅：

你談到的流亡與流言的聯繫為我對「故鄉」的思索帶來了女性話語的視角，我想你說的流動性話語不僅是女性敍事所依賴的基本模式之一，也是漂流文學不可缺少的一種寫作狀態。

如果女性的寫作方式是一種「水上的寫作」，是流動的，那麼女性的地方性及對家園與故鄉的認同就不可能只有一種，相反地，它應該由多種差異性話語組成，具有其歷史與多元性特徵。最近美國有位非洲血統的學者Henry Louis Gates, Jr寫了一本很有意思的書，叫《十三種看黑人的方式》。他選擇了十三位成功的黑人，包括著名將軍Colin Powell，黑人穆斯林領袖Louis Farrakhan，舞蹈家Bill T. Jones，作家James Baldwin和歌唱家Harry Belafonte等，來重新看待及討論黑人，從而對傳統經典化和合法化的黑人定義構成了質疑。雖然這些成功的黑人能代表他們的族裔，但又不能完全代表，所以他的言外之意是做非裔美國人的方式其實又不只是這十三種。由此，我聯想到我們是否也有十三種甚至更多種做中國人的方式。

歐梵在他的文章《中國話語的邊緣》中強調了他個人的立場，他稱這種立場為「中國的世界主義——一個不嚴格的稱號，但它既包含對多元文化的接受，又有效地跨過了所有保守的國家的分界線，也就是說，這是一個有目的性的邊緣話語，意圖在重新組構邊緣」。我想，他這一立場的結果必然產生多種做中國人的方式。而你的導師王德威和 Jeanne Tai 合編的當代中國小說集 *Running Wild* 中，也彙集了許多不同的中國人——香港、台灣、大陸、旅美華人、旅新西蘭華人——看待世界人生的不同角度，他們對中國人的定義有許多差別，但這些差別使得中國人的定義不再本質化。

其實，國家是一種硬性的邊界，而文化、情感、良知及你所說的「女性話語」，卻擁有一種軟性的可流動可變化的邊界。這兩種邊界的結合毫無疑問會產生十三種或更多種不同的做中國人的方式。十年前我就一再說，應當尊重每個人所選擇的存在方式，那種用某一種存在方式統一其他存在方式的企圖只能導致專制。

當然，對我來說，最真實的做中國人的方式就是做真實的自己，即保持我的個人尊嚴和個人偏愛而且不放棄責任的自己。說開去，就是我既不崇尚國粹，又不全盤西化；既不排斥他人，又不盲從他人；既不停留地浪跡四方，又固執地堅守「我所熱愛的那個世界」；既遠離故鄉，又時時擁抱着自己編織的故鄉。

爸爸

一九九七年五月三日

（發表於一九九七年六月一日紐約《明報》）

論女性式寫作

小梅：

前兩天給你發信後又想到一個問題，這就是「流動性話語」是否只屬於女性？男性話語是否就是固定化的非流質語言？像蘇東坡那種既有「大江東去」又有「十年生死兩茫茫」所抒發的不同感情，算不算是一種流動？像辛棄疾那種既有「楚天千里清秋」，又有「更能消幾番風雨」所表現的不同風格是否也可看作是一種「液態」？其實，文並不一定如其人，唐太宗李世民是勇戰沙場的一代雄主，而他的詩卻很有女人氣。錢鍾書先生在《管錐編》中有一節專講「文如其人」這一判斷並不確切。他舉了潘岳、李商隱等許多作家詩人的例子，還説到唐太宗雖是沙場統帥，「然所為文章，纖靡浮麗」。這「纖靡浮麗」，豈不正像「女性話語」？你現在常以女性視角看文學，我的問題可供你思考和批評。

女性主義的崛起為文學理論批評帶來了嶄新的視野，迫使人們不得不重新審視與考察歷史上被壓抑、被抹殺的非主流敘事，而這些非主流敘事往往能夠出乎意料地改寫主流文學和大敘事模式的歷史及整體性話語，開闢與挖掘以往被官方文學史所埋葬的空間。從這方面看來，女性主義具有深遠的意義。但是，我並不贊同某些女性主義者過於「單一」的批評角度，彷彿女性主義一定得打倒、取代男性話語，彷彿男性敘述便是霸權敘述。這又是以一個中心取代另一個中心了，又重新被二元論所羈絆住了，你說對嗎？

爸爸

一九九七年五月五日

爸爸：

你雖然從未寫過關於女性主義批評的文章，可是你提出的問題卻非常中肯，其實這些問題也是許多女性主義批評家常常爭論的問題。

早期的女性主義者所持的論調是，只有女性寫的作品才能「真實地」指涉女性話語。這一論點在七十年代及八十年代初期相當時髦，比如 Patricia M. Spacks 就極其重視作家的性別，她說：「女人寫女人，寫些什麼？她可以在她的寫作中模仿男人或尋求一種無性之性，但是最終她一定是作為一個女人在寫作的：難道還有什麼其他途徑嗎？」[1] 然而，這種論點卻忽視了文本自身的特徵，並且一味地追求所謂「真實」性。在羅蘭·巴特、福柯及德希達宣佈「作者的死亡」轉而強調寫作自身的方式後，女性作家的性別是否能確保作品中女性話語的真實性就變得異常可疑。我認為作家的女性性別特徵是不能保證作者一定能製作出一個女性主義文本的。就拿丁玲來談吧，《莎菲女士的日記》時期的丁玲最具女性主義精神。在這篇著名的小說中，她從女性的身體和性慾出發，對男性的中心話語不遺餘力地進行大膽的抨擊。後來丁玲逐漸屈從於意識形態，她筆下敢哭敢愛的新女性在三十年代初期戲劇性地轉成了

1 Patricia M. Spacks, *The Female Imagination* (New York: Alfred A. Knopf, Inc., 1975), p. 35.

「資產階級意識形態」的代表。但是，即使在四十年代的延安時期，她也並未完全喪失女性主義的獨特視角。她備受爭議的小說《我在霞村的時候》和她的文章《三八節有感》，一方面認同延安的意識形態，另一方面又不可抑制地流露出她對女性身體、女性命運的深刻關懷。但在毛澤東的延安文藝座談講話之後，我們可以發現她的作品已完完全全依附於權力，再也沒有以往那種鋭利的女性聲音了。從丁玲的例子，我們不難得出結論，那就是，女性作家的性別並不能決定其作品就一定包含女性話語的真實性。換句話説，這種所謂「真實性」的本身亦是本質論的產物。

當代的女性主義者（尤其是第三世界的）更加重視女性話語的多樣性。由於女性的文化、地域、政治、歷史背景有很大的差異，女性的寫作經驗是不能只用壓迫／反抗的二元化語言來描述的。二三十年代的現代女作家白薇曾感嘆「女性沒有真相」，她認為在男性中心的社會中，女人永遠都不可能找到其真相。但用當代女性主義者的話來説，女性原本就沒有真相，女性經驗的差異性正是對任何本質化「真相」最有力的質疑。

至於你信中提到的如何斷定「女性式寫作」的問題則更為複雜。我想，人為地規定一種理想化的語法、邏輯和連貫性來審定「女性式寫作」是不切實際的。相反地，不刻意地尋求女性式寫作和非女性式寫作的界限，而是從

「話語的位置」出發，結合作者自身的政治、歷史位置和性別特徵，以及作品的敘述方式、角度、語言，還有讀者的閱讀策略，才能更好地分辨出女性話語的書寫。

所以，我所說的「流動性話語」當然不只屬於女性，它也有可能屬於男性，但這要從作者、文本、讀者的全方位角度及其歷史、政治、地域文化的特殊性角度來判斷，你同意嗎？

小梅

一九九七年五月八日

（發表於一九九七年六月九日紐約《明報》）

論女子做學問

爸爸：

經過這一年的掙扎，我總算謀到了一份工作，今年九月就要去加州州立大學舊金山分校的外語系任教了。這一年的求職過程，對於我來說實在是一種「煎熬」。忽喜忽憂，一顆心被種種渺茫的希望牽扯着，總沒個着落。有時，我真的懷疑自己是否真正適合在學院裏發展。女人做學問，好像很少有做得很成功的。

最近讀了一本朱天文的小說集《花憶前身》（王德威主編，麥田出版），其中有朱天文回憶她的老師胡蘭成的文章，論及女人做學問。胡蘭成曾「苦口婆心」地對他的女弟子說道：「今要復興美感，比理論學問還難。理論學問我是做了，但你們不必要同時來做。以前代代男子學美感，非其所長，因不及女子的是第一手，男子亦居然做到了使理論的學問美化。今女子來學理論學問，亦非其所長，因不及男子的是第一手，但非有不可。」他認為女子做理論取的是反逆精神的一點。這一說法倒也非常符合當代女性主義批評家的做法。

我初讀女性主義理論時，只覺得艱澀難懂不知所云，彷彿這些女學者故意要證明給世人看：她們比男性理論家還要理論化；後來讀進去後，倒也找到了一條規律，那就是，她們的「破」多於「立」，「解構」多於「建構」，所謂的艱澀，是由於她們理論批評角色的游離性造成的。比如說，哥倫比亞大學比較文學系的著名教授斯皮瓦克（Gayatri Spivak）就是一個很好的例子。她的理論建構於女性主義、西方馬克思主義和解構主義的基礎上，但同時又與這些理論基點拉開距離，游離於其中。我從女性主義的角度看問題，確實常看到一些宏觀歷史敘述所掩蓋的非主流敘述。這些被視為「邊邊角角」的地方，往往能出其不意地改變我們看待歷史的看法。但是，所有的理論都有其局限性。尤其是當我運用西方理論來探討中國的問題時，更是發現這一過程中充滿了「斷章取義」的偏頗。即使當今學者已注意到回歸歷史、回歸本土的必要，可是如何回歸、如何撇開高深莫測的理論術語而窺見事實的真諦，卻仍是一個難題。

我雖然不同意胡蘭成所說的女子做理論學問非其所長，因為這種說法的背後是一種大男子主義，但是卻也體會到，女子（或男學者）若能以感性的知性來洞察世間的條理，卻也能達到邏輯思維所不能達到的地方。這種感性的光輝自有一番「真味」在其中。不過，以感性見長的人又常會先有結論，再有推論，個人主觀色彩濃於客觀推衍，像胡蘭成的理論文章就多屬這一類。

他的「陰性」及「嫵媚」的文風時時浮現紙上，理性的思維總是沉迷於他自身設計的審美姿態中，我想，這彷彿是做學問的另一個陷阱，你說對嗎？

小梅

一九九七年五月十日

小梅：

你即將畢業而且即將到舊金山州立大學去任教，應當熱烈地祝賀你。但這又是一個人生的江津渡口，又面臨新的生活，在這個時候有點不安和惶恐是自然的。

你對胡蘭成的批評很有意思。

我只讀過一部分胡蘭成的作品。他的文字確實很有才氣，但也有酸氣，我並不太喜歡，他的文章雖美，可是什麼問題都沒有說透。如果處於青年時代，我可能會更喜歡他。

就胡蘭成所說的「女子做理論學問非其所長」這一觀點來說，就有些似是而非。說它「似是」，乃因為女子與男子確實氣質不同，心理、生理結構都有差別。以情愛來說，男子的生理要求更多些，而女子則更注重心理要求。這種差別也反映在精神創造和藝術創造中，女子形象一般代表審美向度，而創造主體（女作家）更多的是仰仗感覺，而非頭腦。此外，我們翻閱中國與世界的思想史、哲學史、學術史，確實很少看到女子的名字，這一事實可能正是胡蘭成立論的根據。但是胡蘭成忘記一點，就是在中國與世界有限的文明史上，婦女一直是被排斥於學問領域之外的。在西方，「發現婦女」比「發現人」（文藝復興時代）遲了兩個多世紀。周作人說：「西洋在十六世紀發現了人，在十八世紀發現了婦女，十九世紀發現了兒童，於是人類的自覺逐漸有了眉目。」（《苦茶隨筆·長之文學論文集跋》）這一描述大抵沒有錯。這就是說，西方直到十八世紀的啟蒙時代，婦女才被發現其智慧，才被確認也有精神價值創造的可能。在這之前，理論學問界甚至在討論「婦女有沒有靈魂？」靈魂有無，尚且是個問題，哪裏還談得上做學問？十八世紀之後，西方才開始出現居里夫人、喬治·桑這些光輝的女性的名字。因此，世界理論學問史上沒有婦女的名字，並不能說明婦女天生就不具備做學問的素質。中國婦女比西方婦女更慘，直到五四運動才在發現人的同時被發現，先覺者才抬出易卜生的娜拉，為婦女「搖旗吶喊」，在這之後才出現冰心、盧隱、丁玲、蕭紅、張愛玲所構成的女性文學史（古代雖有李清照這一特例，但構不成女性文學史）。至於學術史，女性的崛起才剛開始了幾十年，這自然很難與已有幾千年歷史的男子學問相比。因此，男女做理論學問的短長最好還是不要急於下結論。我說這些，無非是要你別中胡蘭成的毒，而丟失了從事學術首先必具的

「決心」。這「決心」乃是真正的成功之母。當然，做學問的路子各有不同，你所說的「以感性的知性來洞察世間的條理」，也不失為一條道路。

爸爸

一九九七年五月十二日

（發表於一九九七年七月六日紐約《明報》）

爸爸：

平時，我的台灣朋友和大陸朋友都相處得很好。雖然大家來自不同的地方，但在異國他鄉，在美國這個「大熔爐」裏，還都相處得樂融融的。可最近，我的台灣朋友一見到我，就爭論「台獨」和大陸導彈的問題，語氣間帶點火藥味。我的大陸朋友們，其中有些也摩拳擦掌，火氣沖天。總之，現在的朋友聚會可沒往常輕鬆了。

我在所有的這些論爭中，常常感到非常失落。我也非常愛國，但是，我所愛的更多的是文化意義上的中國。在海外，「中國」的概念尤其複雜，根本沒辦法只從政體的意義來描述。這裏的中國人來自不同的地理環境，有來自香港的，有來自台灣的，有來自大陸的，有來自東南亞的，也有在美國土生土長的。當然，這些中國人的語言也五花八門，有英語、有普通話、有廣東話、有台灣話等。有意思的是，海外的每個中國人的文化認同也都很不一樣：有人非常崇拜西方文化，總以西方的價值尺度評説一切，完全像一個「假洋鬼子」；有人堅守中國傳統文化，把一些舊的條條框框全都移到美國；還有人則在兩種文化間遊蕩徘徊，鐘擺似地根據自己的喜好做出選擇。反正，中國人的定義在海外並不簡單，大一統的中國人概念實際上是不存在的。現在遇到了這種火藥味十足的論爭時，我也無法簡單地選擇「敵我相對」的任何一方，因為，在我心目中，「敵人」是人造的，是暫時的。

這種「多種中國人」的概念在海外的學術界也逐漸受到人們的重視。比如說，以前美國校園裏亞美學與東亞學是兩種截然不同的學科，亞美學專門研究在美國土生土長的亞洲人的文化，而東亞學則研究亞洲本土人的文化。我的朋友沈雙的博士畢業論文就是研究亞美文學史的。據她說，亞美文學史至今只有Elaine Kim十多年前所著的唯一一本，而且這本書的思維受六七十年代「左」派社會思潮的影響，老有個被壓迫的、第三世界的、勞工階層的主旋律，老是尋根，並且總是尋到亞裔的社區——唐人街。現在的亞美研究的範疇受到重新界定，學者們不僅只研究第二代或第三代移民，還對第一代移民的文學與文化也開始考察。這樣一來，就不得不跨學科了，至少得跨東亞學的學科。像白先勇、聶華苓、於梨華等作家關於海外生活的中文寫作，是算亞美學，還是算東亞學？這樣的問題，從表面上看只是有關學科界限的問題，其實它也迫使我們對整個「中國人」的概念不得不重新進行思考。

我曾讀過一篇介紹泰戈爾的英文文章，由此得知原來泰戈爾一直對狹隘的愛國主義和民族主義採取堅決批評的態度。在給朋友的一封信裏，他這樣寫道：「愛國主義不能成為我們最後的精神避難所；我的避難所是人道。我不會以寶石的價值來買玻璃，而且在我有生之年，我也不會允許愛國主義勝過人道。」他的小說《家與世界》（*Ghare Baire*）寫的就是這個主題。在小說中，主人公 Nikhil 是個社會改革的熱心人，但是對愛國主義有保留看法。他的妻子 Bimala 因而對他很失望，轉而愛上了他的朋友 Sandip——一個積極反英的愛國行動者。然而，Nikhil 拒絕改變他的看法，他說：「我願意為我的國家奮鬥，但是我崇拜的是比我的國家更偉大的人的權利。像崇拜上帝那樣崇拜自己的國家是給它帶來詛咒。」隨着故事的發展，Sandip 對沒有參加奮鬥的國人感到憤怒，於是，他開始對付不順從組織命令的人，或者燒毀他們菲薄的股票，或者對他們進行人身攻擊。Bimala 終於認清了 Sandip 的愛國情結和宗派主義，以及暴力行為。最後，Nikhil 冒着生命危險幫助了他的妻子和其他受難者，而他妻子的政治浪漫故事就此結束。

這篇小說引起了很大的爭論。盧卡奇認為泰戈爾是劣等的小資產階級作家，為英國警察做精神服務，並且故意漫畫甘地。但是有的批評家認為，這篇小說實際上是對狹隘的愛國主義和民族主義發出警告，警告他的國人，不要因為反英的印度獨立運動而完全排斥外國文化的影響。在現實生活中，泰戈爾對英國殖民統治也不時地提出尖銳的批評，他批評的立場同樣是站在人道的原則上。

我同情泰戈爾的批評立場。在世界文化日趨國際化的今日，狹隘的愛國主義尤其是危險的。只有多元的大環境才能允許我們認真探討自我（self）和認同（identity）的問題，才能允許我們用開放的眼光來接受跟我們不同的文化。當然，有的朋友曾提出異議，他們說人道主義是第一世界的產物，是霸權主義的幌子，而且國際化的視角忽視了「第三世界」所面臨的文化問題。我想這些問題都值得深思，但我們也應該看到不同種族、不同國家的人至少要有某種共同的關懷，那就是人道的關懷。不然的話，我們又會落人非白即黑的思路裏。這次雖然有的朋友因為愛國而互相排斥，但我相信，等這陣子過去，大家肯定又是好朋友。

小梅

一九九八年四月六日

小梅：

讀了你的信，知道你也反對民族主義情緒，這使我高興。一九九七年我和李澤厚有篇關於民族主義的對話，也是反對民族主義，等會兒複印後寄給你看看。

每個作家每個人都會有民族情感，我們也有民族情感。民族情感是一種自然情感，本沒有什麼不好，但民族主義卻是一種意識形態，它在某個歷史時間中可能是合理的，而在另一些時間場合中卻是不合理的。魯迅在二十年代一再關注被壓迫民族的文學，這些文學主要是東歐的一些弱小民族的文學，它們的民族主義內涵是一種反抗，沒有什麼不好。但是，希特拉講民族主義，就不好，他是利用德國人的自然情感，把民族情感演化成民族帝國主義情感，這當然是不可認同的。

民族主義、主權與人權，這些問題作為理論説起來很複雜，我不想多寫了。這裏我只想與你共勉，希望你既保留民族的自然情感，又把這種情感推己及人，即把它推向他人他鄉他國。民族自然情感中包含着鄉土情感、搖籃情感、母親情感、兄弟情感等。把這些情感推向天下，應是一個作家必要的情懷。誰也不會懷疑孔夫子不愛國，但是他的精彩名言卻是「四海之內皆兄弟」。這一名言對我影響很深，這是一種把鄉土的兄弟之情推及天下兄弟的大襟懷。我們應當把它視為一種真理，一種不可變更的心靈原則。

這種襟懷與基督、佛陀的襟懷相通。基督的愛一切人，正是把天下的一切人視為兄弟。基督實際上是一個奴隸的首領與弱者的首領，但他把愛奴隸的情感推及到愛一切人。佛陀的普度眾生，也是把慈悲憐憫之心推向天下一切兄弟。釋迦牟尼、基督、孔子有一共同點，就是他們都打破國界線，把愛推向整個人類。馬克思講「工人之祖國」、「解放全人類」，也是打破國界線。《國際歌》是無國界之歌，是非民族主義之歌。泰戈爾之所以那麼強烈地把人類愛放在國家愛之上，也是因為他天然地打破國界線。大心靈不可能被國界所限制。有這種情感，是很幸福的。我們不追求偉大，但擁有這種情懷，卻是我們要追求的偉大幸福。

所以說是幸福，是因為這種襟懷打破了心胸中人造的長城。海外十年，我不斷地領悟王國維的《人間詞話》，也不斷地領悟他的「不隔」之境。於是，我先是打破教條之隔而直面事實與真理，之後又打破名利之隔而面對良心和贏得心靈的平靜，最後又打破國界種族之隔而尋找情感的故鄉。我所說的放逐諸神與放逐國家，便是掃除心中設置的城垣，不再被各種狹隘的妄念所隔，盡可能地擴大自己胸襟的廣度。心靈的自由度與胸襟的廣度關係最為密切，幸福度也與心靈自由度、胸襟廣度成正比。

你二十歲剛出頭就出國，打破國界之隔，對你來說並不難，對我來說則是很不容易的。我四十八歲出國，是一個天生的愛國者，至今仍對中國充滿戀情。但我的愛國，主要是愛同胞兄弟，出國之後，我悟到這種愛不可被「國界」、「種界」、「族界」所隔。這是心得，雖不成理論，但寫給你，對你未來贏得人生的幸福可能是有益的。

爸爸

一九九八年四月八日

爸爸：

最近台灣女作家朱天文來到華盛頓的作家協會演講，題目是「來自遠方的眼光」。我一直很喜歡她的小說，因為她有一種特殊的才情，把光怪陸離的世紀末台灣都市描寫得玲瓏剔透。她的文字華麗得近乎奢靡，而唯有這種文字，才能勾勒出一個藝術的、美學的、頹廢的「色情烏托邦」。作為胡蘭成的弟子，她的行文間不免胡腔胡調，但並不造作，這也是一種本事。

她的小說雖然有「吊書袋」之博，可也足見她平日閱讀之博。作為小說家，她卻熟讀我們這些學院派讀的理論書，如福柯的《性史》、班雅明的《發達資本主義時代裏的抒情詩人》、李維史陀的《遠方的視角》、薩伊德的《知識分子論》等，這一點讓我很佩服。她的電影理論知識和美術史知識也很豐富，還曾經為侯孝賢的電影《悲情城市》、《好男好女》和《海上花》做過編劇。以前跟李陀叔叔談起中國當代作家，記得他批評過許多作家的知識準備不夠。他說寫小說也跟彈鋼琴一樣，沒有任何捷徑可言，是一級一級往上提高的，也要經過每日的苦練與積累，讀的書不夠多就不能成為大家。這點我很同意。當然，有的作家不讀理論書，是怕失去生活的直覺，怕理論先行。我覺得朱天文就處理得很好，她懂得如何把理論和哲學情感化。

這次她來華盛頓演講，我正臨近分娩之際，錯過了機會。不過，聽你轉述她在Boulder的演講，似乎也是同一個題目——「來自遠方的眼光」。我在當地報紙上讀到了她的講稿，覺得她找的這個角度很好，因為作家看世界是需要有獨特的視力的，她談的恰恰是「看」的多種方法和可能性。她先從李維史陀的人類學家的眼光談起，從遠處看自己所屬的社會。其實，她最近的小說都是以這種眼光截取生活片段的，站在距離之外，帶點冷漠，顯得老練而蒼涼，文字雖然嫵媚妖嬈卻只是一個極盡唯美的姿態。然後，她談到侯孝賢的《海上花》也是採取這種「看」法，突出故事的前景而淡化戲劇性，這樣確實能把晚清狹邪小說中頹廢的美學"mannerism"（姿態）表現出來。

我更感興趣的是她所談的「荒人的眼光」。她引用艾略特的詩：「我是拉撒路（Lazarus），來自死境。我回來告訴大家，把一切告訴大家。」對於她而言，這「荒人的眼光」依舊是來自遠方的眼光，只不過，這次愈發的遠了，是來自死境，來自常人無法觸及的深淵。她認為，《荒人手記》中，死境的暗示也許可以是人的慾望的深淵，無法探視的深淵。而作家就應該有勇氣去一探死境，把在那裏看到的告訴大家：「回來的人，他將『同時以拋在背後的經歷，和此刻面對的情況，這兩種方式來看事情，他有這雙重視角（double perspective）』。回來的人，他知道邊境在哪裏。邊境之內是什麼，跨出邊境之外又是什麼。他知道，最大的張力都發生在邊境上。那些曖昧不明、自相矛盾、多重性、歧異性，一切的參差對照，都在邊境上發生。回來的人因深知邊境的界限在哪裏，知道多深，他去觸犯那界限的量度就有多深，他所發動起來的力量就也有多深。」

這荒人的眼光彷彿是從張愛玲的「蒼涼的手勢」中衍化而來的。雖然朱天文講的是看的方式，實際上是在談她小說後面的哲學意蘊。好的小說後面往往都有哲學內涵支撐着。我想，荒人的眼，就是那種隱藏於字面意義之下、隱藏於行為舉止之間、隱藏於「言在此而意在彼」的東西。它是小說的第二視力，是朱天文對世界終極意義的思索。

除了選擇邊境、死境的視角，她還選擇薩伊德所說的「業餘者」的視角。因為業餘者可以衝破專業的束縛，擺脫專業的有限眼界和權力的壓迫，回到單純的喜愛中，恢復事物的初始性和獨特性。在高度資本主義的專業分工和分割下，業餘者擁有自由的空間和周轉的餘地，以避免成為機械的奴隸。在這一點上，朱天文看到業餘者的眼光與班雅明的理論是互相呼應的，因為班雅明早就看到高度資本主義的商品時代，藝術已失去了它的原創力，失去了原本的氣味（aura）。班雅明的「遊手好閒者」的角色就是薩伊德的業餘者的角色，「遊手好閒者」同完全被機械化了的芸芸看客不同，他有一個「回身的餘地」，他通過在擁擠不堪的人群中漫步，「展開了他同城市和他人的全部的關係」。這正如朱天文所言：「業餘者的眼光，他是薩伊德的。加上人類學遠方的眼光，他是李維史陀的。加上荒人的眼光，他是班雅明的。這些聚集起來的眼光，賦予它一個具體形象，它會是，『發達資本主義時代裏的抒情詩人』。」

從朱天文聚集起來的這些眼光中，可看到她把理論詩化、情感化了，看到她選擇的所有「看」的角度，都是為了把她自己的個人經驗從傳統和經驗的世界中分離出來。她是一個孤獨的人，或者說她特意選擇孤獨，特意把自己的感覺建築在廢墟上，建築在虛無中，建築在死境裏。這樣的選擇，使她在機械化的、重複性的後現代商品社會裏，還能夠堅守自己清醒的意識，還能保留班雅明所說的個人世界裏的「氣息的光暈」，不讓它被專業分割，被典範限制，被商品淹沒。

這些聚集的眼光，追求的是班雅明給波德萊爾的定義——「他的詩在第二帝國的天空上閃耀，像一顆沒有氛圍的星星。」荒人的眼也是沒有氛圍的星星，是虛無，是幻滅，在荒蕪的沙漠化的都市文化裏一無所依，但是，它卻是文明崩潰前的見證人。

這些聚集的眼光，具有現代主義的核心精神，同時也是世紀末的啟示錄。它像艾略特最著名的詩作《荒原》一樣，表現出現代世界的巨大呆滯和混亂，以及生活在「荒原」中的空虛的人的恐怖；它像貝克特的《莫非》一樣，認為虛無就是最真實的存在；它像湯瑪斯·曼的《魔山》一樣，發出尖利的解體警告；它像二十世紀所有的重要作品一樣，表現出失去宗教信仰的當代人的絕望感。

同樣有「荒涼的手勢」作為書寫的大背景，相比之下，張愛玲更為世故。正如王安憶所說的：「張愛玲是站在虛無的深淵邊上，稍一轉眸，便可看到那無底的黑洞，可她不敢看，她得回過頭去。她有足夠的情感能力去抵達深刻，可她卻沒有勇敢承受這能力所獲得的結果，這結果太沉重，她是很知道這分量的。於是她便自己攫住自己，束縛在一些生活的可愛的細節上，拼命去吸吮它的實在之處，以免自己再滑到虛無的邊緣。」[1] 朱天文則鼓勵着自己走向深淵，走向死境，回來給當代人一個警告，所以她的小說《荒人手記》不乏「警世之音」：

1 王安憶：《漂泊的語言》（北京：作家出版社，1996），頁463。

我站在那裏，我彷彿看到，人類史上必定出現過許多色情國度罷。它們像奇花異卉，開過就沒了，後世只能從湮滅的荒文裏依稀得知它們存在過。因為它們無法擴大，衍生，在愈趨細緻，優柔，色授魂予的哀愁凝結裏，絕種了。[2]

然而，朱天文並未提供真正的救贖之路。她自己選擇居身於書寫中。通過書寫，通過建造頹廢美學的書寫，她發現了自己存在的意義。但這頹廢美學的書寫達不到真正的救贖，如黃錦樹所評論的，「《荒人手記》中的『救贖』也只不過是一種詩意的詠嘆」，是不完美的，是一種無奈。朱天文生活的年代是世紀末，不像西方現代主義所處的二十年代仍然是藝術和自由擴張的時代，仍然是為書寫的創造性歡呼雀躍的時代。朱天文的時代註定了她的孤獨，註定了她的頹廢美學只能是自我欣賞、自我救贖、自我修行的一種姿態，這裏其實充滿了悲劇性。

我對她所說的這些凝聚起來的眼光有一種認同，可能跟我生性淡泊有關。我也是愛從遠距離看社會，對人生也有一種悲劇感，也願意不顧孤獨地生活在書寫中。不過，如果我寫小說，大概很難像她那樣，把頹廢美學當作唯一

2 朱天文：《荒人手記》（台北：時報文化出版公司，1994），頁 65。

的救贖之路。我更願意像意大利現代小說家朱塞佩·博納維利在《撒拉遜人的故事》的後記中所說的，通過故事重新找到與故鄉親友和母親在感情深處的聚會點。我將會把書寫看作是對希望的一種永恆追求，看作是與不同的心靈聚會的場所，看作是生命之間互相感動的方式。

如果我們認為《荒人手記》是一部寓言作品，我們也必須考慮它的語境。王德威老師把它與「狂人的眼」作了一個比較：

> 她的荒人在鑽營同志情慾的過程中，已以最不可能的形式，又一次質詰了魯迅狂人當年的國家慾望。從革命同志的情寫到愛人同志的情，現代中國文學走了一大圈，志氣變小了，但也更好看了。[3]

可見時代也能塑造出不同的「眼」來看世界。

小梅

一九九九年五月十日

3 王德威：《花憶前身》（台北：麥田出版杜，1996），頁10。

小梅：

朱天文在我們這裏演講的時候，我也去聽了。她講得的確很好。沒想到她這麼有思想。作家有才氣的多，但有思想的不多。

她講作家的眼光我又恰好特別感興趣，前幾年，我在《漂流手記》的第一卷中就寫了「第二種視力」，講的正是作家應超越一般人的視角，培育自己特殊的視力。審美的眼睛本身就是一種超勢利，也是超世俗的眼睛。歌德說人生下來最重要的是用眼睛看世界，作家更是如此。一個作家，如果他善於「視角轉換」，他就會不斷超越自己，避免自我重複。如果他有「視角創造」的自覺，那麼，他的作品就可能更有原創性。

一九九四年我在溫哥華時，請李澤厚去玩玩，並和梁燕城對話（梁先生後來整理出兩篇對話錄發表於《文化中國》）。當時，李澤厚就提出一個我非常贊成的觀點，他說：「哲學是一種視角的選擇，或稱道路的探尋，可以有各種各樣的視角和道路。」說人是一種使用和製造工具的存在，這是一種視角；海德格爾說人是人與人的世界的共在，這也是一種視角；宗教哲學則把人說成是神創造的存在，這也是視角。視角不同，闡釋出來的道理就完全不同。

哲學視角較為抽象，文學視角則較為具體，我們還是稱文學視角為審美眼睛更好。朱天文如果用俗人的眼睛來看同性戀，就難以免俗，但她用「荒人的眼睛」，這就看出其中驚心動魄的故事。同樣，如果她用「凡境」的眼睛看情愛（包括色情），也難以免俗，但她用「極境」的眼睛，也就是所謂遠方的眼睛來看情愛，這就又贏得另一番驚心動魄了。以前我在文章中講過愛因斯坦因為用宇宙遠方的眼睛看人看世界，所以他就看出人不過是宇宙中的一粒塵埃，不可驕傲。極境眼光（遠方眼光）可以使人的眼睛增加許多維度，具有大智慧的作家作品，我們閱讀後常會朦朧地感到他們有種很難描述出來的超驗維度在其中，例如讀《哈姆雷特》、《白鯨記》、《紅樓夢》，都會有這種感覺。其實，這些作家都有一種超驗的極境的眼光。

作家的前世今生之感，導致文學作品的「前世維度」和「創世維度」，這也是極境眼光派生出來的。如果僅從輪迴之說來認識前世今生，還不免會陷入世俗視角。而如果用極境的眼光來看待生命，把生命看成一個連續的生命鏈，看成是一個生生滅滅的無限過程，那麼，對於現實（今天所發生的故事），就會有一種全新的領悟。大愛大慈大悲也就會從中發生。朱天文所以會寫出「我站在那裏，我彷彿看到，人類史上必定出現過許多色情國度罷。它們像奇花異卉，開過就沒了，後世只能從湮滅的荒文裏依稀得知它們存在過。……」就因為她用一種包攬整個人類歷史的全境眼光來看待生命故事的。我國小說《紅樓夢》的博大精彩無人可比，也完全得益於作者曹雪芹完全跳出「凡境」的眼光，而用「極境」、「全境」的眼光來看人間、看歷史、看生命。我們把今生今世的寄寓之所看作「故鄉」，曹雪芹卻嘲笑我們「反認他鄉是故鄉」，從極境的眼睛看來，故鄉當然不在此處，它至少是在無數年前女媧的補天處。在極境的眼睛之下，被世人所追逐的黃金府第不過是個齷齪之所，那些暫時被拋人黃金府第的靈性生命，個個都覺得與這個府第相處而不相宜，個個都絕望而歸，慟哭而返。《紅樓夢》從《好了歌》到整個結構，都把名利、權力、金錢看得那麼輕，把人的真情感看得那麼重，這都是極境眼睛中的價值觀念。與《紅樓夢》相比，《金瓶梅》的作者就完全沒有遠方的眼睛，《三國演義》、《水滸傳》也沒有。

視角的轉換，超越凡境眼光的極境眼光會帶給文學作品全新的風貌，這一點也許一經點破你就會明白，但有另一點你未必能明白的，就是極境眼光會給作家帶來一種大愛大慈大悲。佛陀、基督的眼光正是一種極境的眼光，在佛陀的眼中，地球上的人類就像恒河裏的小沙粒，與愛因斯坦所說的人類不過是宇宙中的一粒塵埃意思相通。這種看法，便是偉大的「齊物論」，它將導致平等地看待每一生靈的襟懷，導致大悲憫與大悲愴。佛學最後追求的「空境」，乃是放下一切世俗妄念而包容萬物萬法的無限心胸之境，因此，達到這一境界很難，可能正是因為我們很難擺脫世俗的眼光而贏得超越的眼光。如來的微笑是永恆的，因為他已獲得這種眼光並擁有心中的大慈大悲。

爸爸

一九九九年五月十二日

爸爸：

讀了你的信後，我更能理解你的《西尋故鄉》了。故鄉，就是屬於你所熱愛的那個世界。這個世界是你用全部心靈所擁抱、所尋求的最美麗的地方。換句話說，我覺得你已經把這一世界主體化了。正因為主體化了，故鄉才沒有一個固定的一成不變的外形，而且也難以用現實的字眼來命名。

最近我讀愛因斯坦的文集，有這樣的一段話吸引了我的視線。他說：「我是一個真正的『孤獨的旅行者』，我從未全身心地被我的國家、我的家鄉、我的朋友，甚至我的直接的家庭所擁有。在所有這些紐帶面前，我從未失去過一種距離感和一種孤獨的需求。」看來，他也有一個自己深藏的世界，這是他心中的世界，可說是他的心中之心。他所謂的孤獨感與距離感，使他能與心中的世界竊竊私語。這個世界好像是在腦中或心中的一個國度，一個至真至善至美的國度。這一國度，也許是他從小就用人類最美好的寶石積澱而成的，他常常與這個「祖國」和「故鄉」對話、商量，並傾聽它發出的道德與智慧的絕對律令。你所熱愛的那個世界，好像也是這樣一個心靈國度與心靈鄉土。

文學和學術相比，它的長處正是它的不確定性。你的「祖國」、「故鄉」的內涵不易確定，這反而使你不斷追尋和不停地流浪。你在《流浪》中說得很好，流浪就是沒有結論，沒有固定的起點與終點。流浪的過程就是不斷叩問，不斷接近你所熱愛的那個世界的過程。從這個意義上說，作家詩人就是永遠的尤利西斯，永遠的猶太人。你出國之後，雖然孤獨，但從不後悔，心境很好，這可能與你從精神的深層上理解流浪的意義有關。

另外，我很喜歡你行文間常有的那種自嘲精神。這種自嘲是對自我的一種審視、調侃與反諷，它使你自身的主體變為多重的主體。如果沒有一種距離感，是無法達到這一層次的。

小梅

一九九七年五月二十五日

小梅：

你在信中提到愛因斯坦腦中心中深藏着一個隻屬於自己的美麗的世界。這一信息對我來說真是太重要了。昨天晚上我被它衝擊着，怎麼也睡不着。你知道，「睡不着」對我這樣一個嗜睡的人意味着什麼。

因為愛因斯坦的內心有一個懸掛着太陽的世界，所以他的世界觀格外明晰。這一世界觀在利己主義十分猖獗的今天，我們實在應當「念念不忘」。他說：「人類存在於斯土，是為了他人——尤其是與自己休戚相關的人，以及因同情之心所繫結的無數陌生人。我常深切感到，我的物質和精神生活，不知拜受多少別人（包括現存和已死人們）的惠賜和幫助。人家既投我以桃，至少應報之以李，我該如何努力才能報答社會呢？我常為這些問題而攪亂心靈的平靜。」

愛因斯坦所講的「孤獨的旅行者」也與我的心思相通。我因為放逐——漂流，才與各種紐帶保持距離。這些紐帶包括愛因斯坦所說的「我的國家、我的家鄉、我的朋友、我的家庭」，還包括各種妄想、妄念、妄結，以及我的名號、我的地位、我的著作。不能被這一切所擁有，不能被這一切留住腳步。漂流，便是從各種紐帶的牽制中走出來，從而使自身從固定體變為自由體，並開始在更高的精神層面上流動。因為被放逐，我才有可能經歷一次瀕臨死亡的體驗，也因此對人間產生一種特別的依戀。因為漂流，我才領略到這多姿多彩的世界有多美，而創造這多姿多彩世界的人類有多偉大。站在達文西、米高安哲羅、羅丹的畫與雕塑面前，和站在大峽、尼加拉瓜大瀑布面前的感受是一樣的：無論如何，我只能謙卑。我之所以不停地寫作《漂流手記》，完全是因為漂流中才贏得對自由的充分體驗，才感悟到世界與人生的無盡之美。難怪喬伊斯要説：「流亡就是我的美學。」「要想成功就得遠走高飛，在都柏林則一事無成。」

爸爸

一九九七年五月二十七日

（發表於一九九七年六月八日紐約《明報》）

爸爸：

你引用喬伊斯的話，把漂流當作美學，我覺得是一種很有意思的闡釋。在此，漂流成了一種人生姿態，糅合自我選擇的需求，在探測人性幽深詭譎與世事變幻的過程中，經營構織起良知與情感的「故鄉」。但我很想知道，你是如何看待文化故鄉的？

作為一個文化人，我們所生存的世界不可能是一個孤懸天外的封閉世界。我們常常掙扎於傳統陰影與文明蠱惑之間，徘徊於東西文化之間。就拿我來說吧，我的身上混雜着中國傳統文化遺留下來的基因，還有八十年代「文化熱」滋養起來的現代夢，以及美國高低文化對我無形的滲透。我每每在試圖認同故鄉文化之時，不自覺地顯露出自身的矛盾。然而，我從未感到過一種「認同危機」的焦慮，也從未被中國知識分子歷代相傳的「鄉愁」和鄉土情結所侵擾。相反地，我在雙語寫作中常能窺見歷史與文化的罅隙，或折中於同質與異質的文化理念中，或浮游於夢幻與現實角力的空間裏。如果我把故鄉定義為文化家園的話，我發現我對它的認同是曖昧的、斷斷續續的、點點滴滴的。我的生命在這一文化雜體面前呈現出不可思議的多重向度，雖然缺少感時憂國的流風遺韻，卻儼然獲得了流動性的空間。這種文化雜體對我來說亦是流亡的一種形式，它賦予我多重的文化角色；而這些角色之間的對話又常會讓我自覺地自省與自嘲，在個人與國家之間尋找到一個駁雜含混的中間地帶。當我流離於文化雜體中，自我隨時面臨着被瓦解與重新構建的可能。這種流亡方式，不知你是否也有感觸？它是一種實實在在的「放逐」，而不是逃逸、深隱、空靈，或所謂唯美式的流亡。

小梅

一九九七年五月二十八日

小梅：

你信中彷彿有種無所皈依之感，為了找到皈依，你和你的同窗好友常念着中國文化與西方文化的中介地帶，好像那裏就是你們的文化家園。這一中介地帶的內涵是什麼？是中西文化的重疊處還是分流處，或者是中國文化和西方文化都尚未佔領的空白領域？我還不太清楚。但有一點我和你們不同的是，我並不刻意去尋找中介地帶，我的文化家園一直是個非常廣闊的領域，它在一切養育過我的文化中。它既在中國文化之中，也在西方文化之中，甚至也在印度文化之中，泰戈爾就絕對是我的文化家園之一。如果不是在茫茫天地間曾有一位名叫泰戈爾的老頭，就不會有我的散文詩。

我雖着意定義故鄉，但並不想給故鄉一個確定的、本質化的定義。本質化的定義往往是一種陷阱。我對祖國和故鄉的重新定義，一是要打破那種以為權力中心即祖國的錯誤定義，這一點梁啟超早就做了。他認為祖國不是朝廷，不是君主，而是同胞兄弟（國民）。愛國，關鍵是對同胞兄弟的關懷。我一直接受這種定義。而我的故鄉定義更為廣泛。我認定，故鄉應是養育和造就我們的精神生命與情感生命的家園，而不只是出生地和出生地裏的單一文化。就美國來說，它的最有象徵性的文化搖籃是哈佛大學。這一大學和東部文化鏈，是美國許多學者作家的精神故鄉。但是，恰恰是哈佛大學，它又以柏拉圖、阿里士多德和一切包容真理的大心靈視為自己的故鄉。哈佛大學的校訓是：「讓柏拉圖與你為友，讓阿里士多德與你為友，更重要的是讓真理與你為友（Amicus Plato, Amicus Aristotle, sed magis amica veritas）」哈佛大學一代又一代的學子都把從柏拉圖、阿里士多德開始的哲學巨流視為自己的哲學之鄉。如果他們不是這樣，而只是在美國本土內尋找自己的哲學家園，那麼他們只能找到一個杜威。杜威自有他的卓越處，但是只有杜威這一田野恐怕誕生不了偉大的哲學靈魂。因此，真正開放的博大的心靈是一定會承認他的文化家園是多元的。這一家園劃清了國家與朝廷的界限，不以忠君為愛國。我對故鄉定義的第二點是要打破祖國和故鄉的現實地域概念，強調祖國和故鄉超越性意義的一面。所謂故鄉，就是生命的原始本源與原始搖籃。談起生命，人們往往只想到那個看得見的肉體凡胎，即生命的軀殼，而忘記生命的本體乃是軀殼之內的精神、靈魂和情感，只有後者才是生命最終的真實。如果這樣看，那麼生命本體的故鄉在哪裏？這就不能簡單地規定為誕生軀殼的那一個地點，而應當把一切養育過我們的精神本體與情感本體的太陽、土地、人都視為搖籃，視為我們的皈依之所。

一個像愛因斯坦這樣偉大的靈魂，不能說他的文化家園和精神故園就是以色列或德國，他當然有超越以色列和德國的更廣闊更深邃的精神本源。今天任何一個偉大的詩人和作家，雖然都有出生地意義上的故鄉和祖國，但他的情感家園一定既在他的出生地，又在超越這一出生地的、沒有任何邊界的、更廣闊的地方。

爸爸

一九九七年五月三十日

（發表於一九九七年六月十五日紐約《明報》）

論《紅樓夢》方式

爸爸：

剛才我在《明報月刊》上讀了你的《〈紅樓夢〉閱讀筆記》。記得你說你寫了五十節，但刊登出來的只有二十節，我真想都讀一讀。你那麼喜歡《紅樓夢》，「寧可失去北京城，也不能失去《紅樓夢》」，這種文學情感真讓我感動。你因為擁有《紅樓夢》而贏得一種幸福感和排除孤獨的力量，這種感受，我還沒有。但我也很喜愛《紅樓夢》，以後還要好好讀，好好領悟。記得你寫過，聶紺弩老伯伯在臨終之前有一個未了的心願，就是想寫出一篇「賈寶玉論」。你在這些隨想中似乎也在猜測聶老的所思所想。賈寶玉這個形象真是太豐富了，他好像很傻、很笨，其實是一個具有大愛、大慈悲、大關懷（自然也是大聰明、大智慧的人），所謂大智若愚、大情若癡者，大概賈寶玉就是了。

說實在的，和這個世紀的西方前列名著如《尤利西斯》相比，《紅樓夢》要偉大得多。從閱讀感受來說，讀《紅樓夢》簡直整個生命都要被它拖進去，真的是「引人入勝」，而讀《尤利西斯》則像跋涉高坡，辛苦得很。倘若不是從事文學研究這一職業，我寧可不看。難怪福克納說要像教徒讀《聖經》那樣才能進入《尤利西斯》的世界。我總覺得《尤利西斯》雖然具有原創性，寫得格外細緻，但失之太繁，繁得讓人受不了。這也許是中國人的閱讀心理無法適應喬伊斯這種寫法。連翻譯《尤利西斯》的譯者蕭乾也這樣說過：「《優利賽斯》我想應該把它翻出來，不一定印很多，得讓人作參考，讓人知道究竟它是個什麼東西。……但就我們國家的現實來說，去寫這個東西就太說不過去了。」這段話是十幾年前他在接受香港《開卷》雜誌的採訪時說的。也許有人聽了會覺得奇怪，而我卻能理解。

小梅

一九九九年二月六日

小梅：

你對《尤利西斯》的看法，很有意思。而翻譯《尤利西斯》的蕭乾老先生竟還有中國作家不可學習喬伊斯的觀點，也很有意思。也許我的心理比較開放，各種文體都能容納，加上我喜歡閱讀散文（不會因缺乏故事情節而感到乏味），讀《尤利西斯》時又比較從容，所以也是覺得津津有味。不過，今天想起來，還是覺得讀托爾斯泰的《戰爭與和平》及杜斯托也夫斯基的《卡拉馬助夫兄弟們》有意思，更不用說讀莎士比亞了。二十世紀的小說有許多新寫法，也有很高的成就，但與十九世紀相比，我總覺得還是十九世紀的成就更高。二十世紀的小說，從卡夫卡開始，許多作家把小說變成大寓言，中國作家也學習了這一點。寓言往往負載一種觀念、一種哲學、一種對世界的大感受與大發現，但弱化了故事情節和人物性格，這種寓言式的小說與傳統小說相比，優劣得失何在，是一個需要研究的大題目。

至於《紅樓夢》，我覺得它實在太精彩了，太了不起了。我對《紅樓夢》的愛可說是一種酷愛。所以我慶幸自己出生在《紅樓夢》之後。如果誕生在這之前，此生此世沒有《紅樓夢》相伴，我會覺得人生要乏味得多。在海外，有《紅樓夢》放在案頭，就根本不會失去故鄉與祖國。中國文學批評家應當有自己的視角，而《紅樓夢》就提供我們一個最精彩的參照系。眼睛裏裝進《紅樓夢》，對其他作品的優劣就會看得很清楚。《紅樓夢》點亮我的一切，當然也點亮我的審美眼睛。你雖然是從事近現代文學的研究，但不要被專業所束縛，要從狹隘的專業中漂離出來，好好讀《紅樓夢》。愛因斯坦說過，不能光讀現代的作品，還要讀古典的作品，人才能深厚。而《紅樓夢》可說是我國古代文學和古代文化的集精華之大成者。中國文化的精華之最，我覺得並非在於孔子、孟子、十三經等，也不在於「二十四史」，而是《紅樓夢》。這部偉大小說所蘊涵的真性情才是中華民族的真金子。這一奇跡的產生不知經過多少年的積澱。我在《獨語天涯》中寫出了一點點的心得，因為覺得可說的話太多，乾脆就提綱式地說話。例如其中的一則，我說我國的古代小說，大體上都是一個情節暗示一種道德原則，唯有《紅樓夢》是多重暗示。一個人物的命運，都有多重暗示，這一點就可寫一篇很有意思的論文。

中國文化史的經典著作，從孔子到朱子，其思維方式其實都是「聖人言」的方式，即「聖人道出真理」的方式，並未把真理「開放」。後來形成獨尊與權力，與此有關。而《紅樓夢》則用完全開放的方式去看待被各種人尊為真理的古代經典，並敢於提出叩問。這種叩問不是控訴與審判，而是質疑，但又有同情的理解，所以《紅樓夢》中沒有世俗視角中的好人壞人之分，不把悲劇視為幾個「蛇蠍之人」作惡的結果。衝突的雙方都擁有理由，都有某種「善」。這一點，王國維是先覺者，他對《紅樓夢》悲劇的認識，後來一直無人可比。我說《紅樓夢》是一個無是無非、無真無假、無善無惡、無因無果的藝術大自在，就是指它的開放性。《紅樓夢》是一個多維世界，不僅有現實的一維，還是超驗的一維。其人性世界，也是多維的，賈寶玉的大性情用世俗的語言說，他是一個泛愛主義者，而用文學批評的語言說，他是一個人性多維的豐富世界。與《紅樓夢》相比，《金瓶梅》就大為遜色。它只有一個現實世界，沒有超驗世界（也沒有超驗語言）；它只有世俗的因果、善惡判斷，沒有超越的開放眼光，更沒有現實描述背後的哲學態度。

把文學話題擱下。你以後學習與鑽研中國文化，也可從《紅樓夢》入手，這部小說中的日常生活與日常關懷，是最具體、最生動的中國文化，儒家、道家、釋家，理學、心學、禪學，全都可以在其中學到或悟到。尤其是儒、道之前的《山海經》，更是與《紅樓夢》直接相連。從《山海經》到《紅樓夢》，中間又有魏晉風骨、唐宋詩詞、明末性情，把握住這一脈絡，便可把握住故國的自由文化氣脈。這一氣脈可能正是中國文化的未來指向。你從現在開始，有空就翻翻《紅樓夢》，不斷領悟，十年以後，你的內心一定能豐富得多。我們不必像時人那樣把研究《紅樓夢》當作敲門磚，當作政治工具和貪緣求進的階梯，所以，《紅樓夢》是屬於我們的。

爸爸

一九九九年二月九日

論文學之尺

小梅：

近日《亞洲周刊》讓我回答三個問題，歸結起來只是一個意思：對二十世紀中國小說得失的總評價。其中特別問到，從世界文學史的眼光看，二十世紀有沒有偉大的小說？有與無的理由是什麼？這又涉及白先勇先生所說的二十世紀中國有沒有偉大作家的問題。關於這點，我在被限定於只能是八百字的篇幅裏，作了一個簡要的回答，現寄給你看看，你也可借此想想這個問題，特別是什麼才算「偉大作品」的問題。

白先勇教授認為文學的價值最後還是看其文字藝術，從這一標準出發，他覺得二十世紀中國沒有偉大作家，包括魯迅。因為魯迅只有兩三本短篇小說集。反而是張愛玲的小說更有價值，因為她的文字是「五四」前的白話。

我已寫了一篇短文表明我不能贊成他的看法。因為他評價文學作品只講文字藝術，不講精神內涵，這實在說不過去。二十世紀下半葉語言哲學泛濫，語言被視為人類本體和最後的精神家園，許多作家玩語言、玩形式玩得走火入魔，因此，文學語言被強調到壓倒一切的地位。白先勇是位出色的作家，他未必是受語言哲學的影響，但也有這種看法，使我感到非常困惑。

文學固然是一種語言藝術，但它又不僅是一種「語言形式」，也不僅是一種「藝術」，它還是一種帶有精神內涵的審美現象，即既有審美形式，又有通過審美形式去實現的精神內涵和其他社會歷史內涵。偉大的文學作品都有高度的精神內涵。當文學從自己的高峰跌落下來的時候總是文壇強調、突出審美形式而鄙視精神內涵的時候。大量作家玩語言、玩形式玩到走火入魔，便是文學衰歇的一種徵象。十幾年前，李澤厚就論證一個觀點，即審美先於藝術、大於藝術。藝術產生之前，人類在勞動中和在與大自然發生關係中，就有了審美感受，所以說審美先於藝術。而一些被人類觀賞不盡的長城、金字塔、教堂等，是審美對象，而人們從中得到崇高、偉大的審美感受，不僅在於它是建築藝術，還在於它的巨大精神內涵，或者說，還在於它的巨大象徵意蘊。偉大的文學作品有如金字塔，既是藝術，又是大於藝術。在我國的詩詞史上，文字之美達到絕頂的如司馬相如、周邦彥等都不能算是偉大作品，反而是蘇東坡、陶淵明、辛棄疾、陸游贏得更高的成就，原因是後者具有更深廣的人間大關懷。周邦彥作為宮廷詞人，他的詞可以說是工麗工雅到極點，可惜內容上卻犯了明顯的貧血症。我不是不喜歡周邦彥的詞，香港羅忼烈先生所註的《周邦彥清真箋》這幾年我常常吟誦，其富麗精工真令人驚嘆，但讀後真是提不起精神。王國維説：「姜成深遠之致，不及歐、秦，唯言情體物，窮極工巧，故不失為第一流之作者。但恨創調之才多，而創意之才少。」（《人間詞話》）所謂創調，可視為詞的形式美，而創意則是詞的精神內涵了。沒有深廣的精神內涵，使得周邦彥在中國詩歌史上無法成為李白、杜甫、蘇東坡似的偉大詩人。

在世界文學史上，我比較熟悉的是俄國文學史。我敢肯定，托爾斯泰與杜斯托也夫斯基的文字語言不如屠格涅夫的精工絢美。你讀讀屠格涅夫的散文詩和他的《父與子》、《獵人日記》就會明白。但是托爾斯泰與杜斯托也夫斯基的精神內涵則是無與倫比的博大，在他們的小說中，有兩個世界：一個是肉體的此岸的世界，一個是靈魂的彼岸的世界，他們對這兩個世界都進行了大叩問。在現實世界中，他們又對戰爭與和平、人生的最後實在是什麼、人活着的意義等根本性問題進行叩問，這都是屠格涅夫望塵莫及的。

近年來，批評界一些朋友竭力推崇汪曾祺的小說。汪曾祺的小說別有一番意味，讀來津津有味。他致力於恢復漢語魅力的努力，揚棄一切火藥味，如同化外之人進行寫作，在語言文字上確實是很美的，但是，他的小說的精神內涵卻顯得單薄，比沈從文還差一級，更不必説與魯迅相比了。張愛玲的文字也很美，沒有雕琢的痕跡，現代內容的敘述中帶古雅味，這很不容易，但其精神內涵卻絕對無法與魯迅相比。魯迅的小說與散文，接觸了時代的根本，與他生活的時代脈搏緊緊相通，大感情中常有大啟蒙，後來又超越啟蒙，叩問人生的意義（《野草》）。

白先勇教授在評價文學作品時掌握的批評尺度除了失之偏頗之外，還有一個問題是我們雖可用世界文學史的視角來看中國文學，但不可有歐洲中心論。像《紅樓夢》這樣偉大的作品，可與人類文學史上任何一部最偉大的作品和任何一部最偉大的小說媲美，但是，曹雪芹在世界上的影響遠不如莎士比亞，這與中國在世界上的地位有關，說起來複雜。中國文學有自己的傳統，這首先是偉大的散文、詩歌傳統。孔子、孟子、莊子的散文，《史記》的散文，就是我們的文學傳統，世界文學史上少有像《史記》這種氣魄宏大的散文，概括幾個歷史時代的散文，融入物、事件、見識於一爐的散文，語言文字極為雄麗精粹的散文。在考察中國現代文學成就時，不要忘記散文。魯迅的散文成就實際上超過他的小說成就，如果看不到魯迅散文的成就，僅把他的小說孤立地審視，就會覺得他的作品還單薄些，說他偉大顯得勉強，但如果把散文與小說加起來，說魯迅的偉大就可以理直氣壯了。魯迅在自己的散文中投入時代，投入歷史，投入生命，投入對中國社會與中國文化的精闢見解，這很不簡單。你可以在魯迅書中找到最深刻的學識、史識、文識、器識、詩識、知識，這是在其他學問家與作家的作品中找不到的。現在，我把對《亞洲周刊》的談話附在信後，讓你參考。

此次評選，逼得我重新翻閱和思索二十世紀的一些有代表性的中文小說。從總體上說，這些小說取得兩項不可磨滅的成就：（一）共同創造了一個有別於《紅樓夢》、《水滸傳》等古代白話小說的中國現代漢語小說寶庫，在小說創作量上超過以往任何一個世紀，使小說進入中國文學的正宗範圍。（二）由於對社會現實的格外關注，這些中文小說便成為二十世紀中國特定歷史時代的一面巨大的鏡子，並對中國的社會面貌和歷史進程產生了巨大影響。

然而，也應坦白承認：二十世紀中國小說創作成就不夠理想。從世界文學史（包括中國文學史）來觀察，只有魯迅的《阿Q正傳》等小說加上他的散文（包括雜文）堪稱偉大作品，其他的就未必稱得上。這裏應當聲明的是，什麼才算偉大，很難掌握。我雖然使用「世界文學史」視角，但並不接受歐洲中心論。按其中國的文學眼光，散文雜文才是文學的主脈，而魯迅散文的成就是世界文學史上罕見的，因此，如果小說加上散文，魯迅當然無愧是偉大的作家。倘若撇開散文，僅談小說，《阿Q正傳》等就難以和《紅樓夢》、《戰爭與和平》、《卡拉馬助夫兄弟們》、

《尤利西斯》等史詩性的小說相比，也就是說，《阿Q正傳》等小說的「偉大」，也是有限的偉大。二十世紀所以未能產生舉世公認的史詩性的偉大小說，其原因大約有三點：

（一）本世紀中國社會處於大轉型、大動蕩時代，作家難以逃脫國家興衰的重擔，因而缺乏從容的時間從事個體精神價值創造，也無法從容地思考人類生存發展的一些更根本的問題（如生存困境、人性困境、精神家園等）。因此，很難在世界範圍內產生巨大影響。

（二）「五四」之後，中國作家創造了另一種漢語，進入另一種寫作方式，嚴格地說，「五四」後這八十年，還只是這種漢語寫作方式的開始階段和試驗階段，要真正達到成熟，還需要時間。

（三）二十世紀中的一些時期，文學生態環境不好，人為的干預干擾太多，以致使上半葉的一些有代表性的作家在下半葉無所作為，又使五六十年代新起的作家在大思路上發生問題（陷入敵我、社資衝突的極端世俗視角）。

八十年代中國小說出現新的氣象，一群中青年小說家改變原來的思路，語言文字也日趨成熟，並產生了一批傑出的作品。他們是二十一世紀中國文學的曙光。

關於諾貝爾獎問題，我在今年一月《聯合文學》發表的《百年諾貝爾文學獎與中國作家的缺席》長文中已作了分析，也回答了些問題，有興趣的朋友，可翻翻看。這裏不再贅述。

爸爸

一九九九年五月三十日

爸爸：

文學批評的尺度不只一種，極端地說，人的主體有多少種，文學之尺大概就有多少種。

如果我們天真地設想，每個文學之尺都如明鏡如秋水一般純潔清正，那我們就太簡單化了。事實上，所有的尺度後面，都隱藏着一定的知識結構和權力關係。我相信福柯的「知識／權力」的理論有助於我們思考文學之尺。比如，哲學或精神內涵和語言是什麼關係？文學之尺在一種語言和另一種語言相碰撞並發生意義交換時會有什麼調整？一種文化可不可能毫無偏見地認識另一種文化的內在機制？文學之尺是完全公正的嗎？有沒有能夠超越特定歷史意義和文化氛圍的文學之尺？

以往世界文學史的眼光基本上是歐美文學史的眼光。即使是以這樣的眼光看問題，我們是取哪個時期的尺度呢？比如說十九世紀和二十世紀的小說就很不同。十九世紀小說的創作意圖、人物性格、敍述方式和主題是明確的，一般着眼於對道德原則或人生真理的宣示，多數以全能全知、無所不在的敍事方式出現，最後總是試圖引導讀者得出明確的道德結論。而二十世紀的現代小說則排除語義的確定性和明晰性，表達的僅僅是作者對人生的感受和體驗，主題大體上都是表現世界的荒誕、人生的無意義、主體的迷失和精神危機，即阿多諾所說的「二十世紀的情緒」。[1] 從語言方面講，福柯認為，由於語言擺脱了所指的控制，而造成語意的喪失和向外的擴散。

二十世紀初期小說很有新意，是西方資本主義社會的批判者與叛逆者。但是，當它們逐漸被人們接受而成為時尚後，便丟失了它的批判能力，失去了先鋒的特色。後來，現代小說往後現代小說過渡，但其過渡的界限至今仍令人爭論不休，不過，後現代小說更注重對小說形式的顛覆和解構，用沙特的話來說，「小說正在進行自我反省」。法國的「新小說」，如羅伯·格里耶（Alain Robbe-Grillet）、納塔莉·薩魯特（Nathalie Sarraute）和克勞德·西蒙（Claude Simon）就對寫作本身的形式和敍述進行解構甚至自嘲式的模仿，認為現實是語言造就的，傳統小說的反映現實是虛假的，小說要揭穿這個虛假的現實。我在哥倫比亞大學時，曾讀過一些這類的小說，但難以接受，因為讀得很累。這些小說瓦解了我們傳統的閱讀經驗，閱讀的快感消失了你所說的，許多作家玩語言、玩形式玩得走火入魔，文學語言被強調到壓倒一切的地步，實際上與「新小說」很接近。

1 Theodor Adorno, *Asthetische Theorie* (Frankfurt: Suhrkamp, 1973), pp. 41–43.

如果不把後現代的小說放回歐美小說發展史上看，我們實在是很難接受與理解。現代主義小說還有陽春白雪與下里巴人之分，後現代主義則衝破雅俗文學的界限；現代小說仍有某種形而上意義，如哀嘆人生意義的丟失，及嚮往主體、價值、意義的回歸等，而後現代主義卻認為所謂意義只不過是人的虛構，寫作僅僅是語言遊戲，意義的差異只是語言組合的差異；現代主義仍有「寓言」性，後現代主義則充滿了反諷（parody），對古典文學名著裏的題材、形式等進行變形的嘲弄。不過，因為後現代主義是一個複雜的多元體，很難以某一派來描述，所以可以說，它更是一種文化現象。從小說史的角度上看，「語言、玩形式」的小說有它的意義，因為它們是要重新定義小說。就像美術史上所有新畫派的出現，都是對藝術這一定義的重新闡釋。

所以說用世界史的眼光看中國小說，我們是借用哪一種對文學的定義、哪一個文學派別的眼光呢？連世界文學史都有自己的歷史，我們又怎能忽視中國文學特定歷史時期的人文環境呢？我們用歐洲中心論的文學尺度，是不是把自己總是限定在落後的「第三世界文學」的規範呢？這樣看中國小說，是不是永遠都看不到所謂的「偉大的作品」呢？在這一點上，我與你的質疑是相同的。不過，你把精神內涵與語言分開，我略有不同的看法。

你的文學之尺更重視精神內涵而反對把語言作為根本，我想，這是一種「回歸古典」的思路。丹尼爾·貝爾曾說過：「我們的祖先有過一個宗教的歸宿，這一歸宿給了他們根基，不管他們求索反彷徨到多遠。根基被斬斷的個人只能是一個無家可歸的文化漂泊者。那麼，問題就在於文化能否重新獲得一種聚合力，一種有維繫力、有經驗的聚合力，而不是徒具形式的聚合力。」[2]從你的思路來看，你似乎在試圖求索一種類似宗教的文化聚合力，因為你知道，漂浮在語言和形式上，是永遠沒有根基的。所以，你反對以語言為根本。

我也不同意過分地玩語言，但我認為，精神內涵和語言是不可分的。這牽涉到「表現」（representation）的問題。精神內涵也要靠語言和形式才能表現出來。以往我們都以為語言是自然的、明晰的、反映現實的工具，但是結構主義語言學改變了這一看法。我們進入語言系統時，已經被這一套系統的種種規範、語碼和權力所限制及左右，根本就沒有一種超驗的、透明的、純淨的、擺脫一切意識形態和權力關係的語言。所以不是我在說話，而是話在說我。當然，真正優秀的作家，懂得從語言的內部着手遊戲之、改造之，以各種陌生化、間離化的手法賦予語言新的意義。比如說，魯迅的語言，既保留

2 丹尼爾·貝爾，趙一凡等譯：《資本主義文化矛盾》（北京：三聯書店，1989），頁168。

了部分古典漢語，又充分開發了現代漢語，於是，這二者之間自然而然就有了一種張力，有如他的思想，也常常在傳統與現代之間彷徨。

語言大概永遠都是一個牢房。語言內涵的多義性、不確定性、歧義性是否能負載作者的精神內涵？當我們陷入語言的遊戲中，我們是否已經丟失了自我？這些問題都沒有簡單的答案。但我相信，文學之尺是多樣的，你的和我的就很不同。你對二三十年代經歷了民族歷史大波折大災難的文學作品有着更深的同情與理解，我則更喜歡年輕的一代，因為他們對漢語的運用和創新為我們帶來了新的文學空間。

小梅

一九九九年六月三日

論張愛玲的局限

爸爸：

我請海立從國內帶來兩套《張愛玲文集》，一套送給你，一套留着自己讀。我讀過你的〈也談張愛玲〉，你說張愛玲是悲觀主義者，對社會、對人生、對愛情都是悲觀的。而悲觀哲學給予她第二視力，使她從繁華中看到荒涼，類似艾略特等西方詩人從資本主義的大繁華中看到人性的荒原，這些見解對我是很有啟發的。

這些年我可以說是細讀了張愛玲。她在中國現代文學史上可說是奇跡。《傾城之戀》、《金鎖記》的確是可與《阿Q正傳》、《邊城》並肩的最完美的中篇。「五四」以來開創的現代文學，用另一種語言寫作，如你所說，只是在實驗。在三十年代，現代文學受左翼的激進思潮影響很深，而她卻能站在潮流之外，這倒使她獲得個性。作家柯靈在他的文章〈遙寄張愛玲〉中曾這樣寫道：

我倒是想起了《傾城之戀》裏的一段話：「香港的陷落成全了她。但是在這不可理喻的世界裏，誰知道什麼是因，什麼是果？誰知道呢？也許就因為要成全她，一個大都市傾覆了，成千上萬的人死去，成千上萬的人痛苦着，跟着是驚天動地的大改革……流蘇並不覺得她在歷史上的地位有什麼微妙之點。」如果不嫌擬於不倫，只要把其中的「香港」改為「上海」，「流蘇」改成「張愛玲」，我看簡直是天造地設。五四時代的文學革命——反帝反封建；三十年代的革命文學——階級鬥爭；抗戰時期——同仇敵愾，抗日救亡，理所當然是主流……我扳着手指算來算去，偌大的文壇，哪個階段都安放不下一個張愛玲；上海淪陷，才給了她機會。

上海傾覆，給了張愛玲成功的契機。也許因為戰爭，她對人生的體會才走向深刻。她選擇的創作立足點，是自覺的。一九四四年，她在〈自己的文章〉一文裏，主張要重視人生和諧和安穩的一面，她的這種提法，在充滿鬥爭、革命和戰爭的時代，是反潮流的。她說她寫不出「時代紀念碑」那樣的作品，題材中沒有戰爭，沒有革命，只是抓住人類在一切，時代之中生活過的記憶，甚至只是寫些男女間瑣碎的小事情。正是這種逆反，使她獲得了成功。

我很欣賞張愛玲的這種思路。我國的新文學太看重時代性，幾乎只有「現在」之維，所以寫的便都是現實的肉搏，而忽視永恆性，即「任何時代」都存在的人生困境。張愛玲說，文學的和諧和永恆性，乃是人的神性，也可以說是婦人性，這話說得極好。文學如果只表現鬥爭、表現力，那只是男人性、魔性，只有表現出和諧的一面、永恆的一面，才有女人性。與男子的力的象徵相反，女子則是審美的象徵。中國現代文學的所謂主流，如革命文學、左翼文學，致命的弱點就是力有餘而美不足。

我對張愛玲很着迷，主要是因為她的寫作是一種屬於女性的寫作。在〈談女人〉一文中，她寫道：「『超人』這個名詞，自經尼采提出，常常有人引用……說也奇怪，我們想像中的超人永遠是個男人。為什麼呢？大約是因為超人的文明是較我們的文明更進一步的造就，而我們的文明是男子的文明。還有一層，超人是純粹理想的結晶，而『超等女人』則不難於實際中求得。在任何文化階段中，女人還是女人。」

張愛玲對女人的論述，句句着眼於「本質化」的女人，與當代流行的女性主義理論可以說是格格不入的。當代許多西方女性主義理論，強調性別定義中的歷史性、社會性和政治性，強調分析出性別定義後面的話語關係和權力關係。她們反對以生理的差異來談女人，因為那是本質論的說法，這種說法容易把女人固定在男性社會規定的性別差異中。比如西方女性批評家 Luce Irigaray 的理論指出，女人在傳統西方文化的表現體系中，永遠缺乏主體性，因為她被拜物教的表現形式所控制。所以，在男性中心的語言裏，女性是無法被真正表達的。而另一位女性批評家 Monique Wittig 則引進「女同性戀」這一「第三性」來超越異性戀差異對女人的束縛，從而超越男性社會對性別的定義。

然而，張愛玲卻對女子與男子「永恆性」的差異津津樂道，把這種差異歸結於自然。在她眼裏，代表男性的超人只生活在一個時代裏，而女人則是超歷史、超時代的。不過，她所謂的「超等女人」並不意味着像「聖母」或「神女」一般完美的女性，相反地，卻是那種在實際生活中掙扎的平常女子，是那些有小性子、矯情、作偽、眼光如豆、狐媚子似的女人。也就是說，她所謂的永恆性恰恰是與實際生活牢牢繫在一起的，用她自己的話來說，「女人把飛越太空的靈智拴在踏實的根樁上」。於是，她筆下的女性都是些無法超越現實生活的女性，是繡在屏風上的鳥，把自己的生命和聰明才智淹沒在油米醬醋和世故人情中。因為這種實際生活中的女性在各個時代都比比皆是，是最基本的存在，所以，我們從她們身上看到的是生命的本身，是永恆的真實的存在。她們不是「神女」，無法引導男子飛升；她們的平凡、斤斤計較與戀物，既與男性想像中的完美女性相距甚遠，又對「男子的文明」缺乏建設，更不是那種傳達高尚的革命理想的英雄女性。

有意思的是，正是張愛玲的這種「本質化」的女性書寫，使得她在男性中心的語言體系中找到了自己的語言。用批評家周蕾的話來說，張愛玲極度着眼於細節敍事，在雕飾性的瑣碎的描寫中流連忘返，而這種充滿細節的語言，既是頹廢的，又是女性的，對立於男性社會裏那些大的概念，如國家、民族、革命和階級等。

我自己非常喜愛張愛玲的女性化的語言，雖然她筆下的女性很世故，又常常是拜金主義者，可是很真實，具有日常生活的品質，是近人情的。她似乎在物質生活中發現了一個女性的新世界，她毫不掩飾內心對物質的愛悅與迷戀。因為通過物質化的女性生活，她實實在在地觸摸到了生命的本原與本體。所有的這一切，對於她來說，遠比啟蒙和救亡更為重要。

她耳朵上戴着個時式的獨粒假金剛鑽墜子，時而大大地一亮，那靜靜的亘古的陽光也像是哽咽了一下。（《華麗緣》）有美的身體，以身體悅人；有美的思想，以思想悅人。（《談女人》）

女人的物質性，女人的身體，是久遠的，亘古的，超越政治和歷史的。「有一天我們的文明，不論是昇華還是浮華，都要成為過去。」這裏所指的文明，是以男性為中心的文明，是以道德理念為中心的文明；而這樣的文明，會隨着時代的變遷而轉移、變更，甚至坍塌。相反地，只有張愛玲的類似謠言的《流言》和寫在水上的書寫，才有可能在「意義」消失的時候，還存活下來。

不過，現在大家對張愛玲的讚美之辭過多，很少人談她的局限性。不知你是怎麼看待這個問題的？

小梅

一九九八年五月一日

小梅：

讀了你這封信，也像聽你妹妹唱歌一樣，非常高興。你所談的和諧美，確實是中國現代主流文學所缺少的。

在中國現代文學史上，除了張愛玲之外，追求文學的和諧美的，還有沈從文與汪曾祺等。汪曾祺曾說，人們都在追求「深刻」，但我卻在追求和諧。描寫人生飛揚、壯烈的一面確實容易「深刻」，但是，這種深刻如果沒有人性的基礎，就會變得非常可怕。張愛玲說那只能製造「超人」，卻不是人。其實，和諧中的人性之美，也可以具有人性之深。張愛玲的《金瑣記》就有人性的深度。我喜歡金庸的小說，是他的小說兼有力量之美與人性之美，前者主要體現在男子形象身上，後者主要體現在女子形象身上。世界文學史上最成功的作家，都是兩者兼而有之。

儘管我也喜愛張愛玲，但並不喜歡她的冷氣。和諧，在她的字典中，只是與「鬥爭」相對立的人性概念，其實，作為人與作家，她與社會一點也不和諧。她有一種反社會的倔強人格。這本是無可厚非的，但她太內戀，把社會看得太壞，強調「人心險惡」，缺乏對人類的絕對信賴，這卻不是我願意仿效的。我理解她，但不願意師法她。我更願意在文學作品中多放一點熱量。

張愛玲確實不簡單，這我在《也說張愛玲》中已說過了。而她的局限，我卻沒有好好說過。傅雷曾經批評過張愛玲的缺陷，其中有句話我一直難以忘卻，他說：「聰明機智成了習氣，也是一塊絆腳石。」而且說：「王爾德的人生觀，和東方式的『人生朝露』的腔調混合起來，是沒有前程的，它只能使心靈從灑脫而空虛而枯涸，使作者離開藝術，離開人，埋葬在沙土裏。」傅雷甚至認為，張愛玲的作品有種「淡漠的貧血的感傷情調」。這一批評，顯然是過重了。其實，張愛玲的作品深處並不缺少血液，傷感中也不乏對社會的批判。但說她「聰明機智成了習氣」，卻是一種很有水平的提醒。所謂「聰明機智成了習氣」，便是世故。優秀的作家要不斷往前走，要走得很遠，光靠「聰明機智」即靠頭腦寫作是不夠的，她還必須靠心靈，靠心靈中那一片永遠不知社會險惡的呆氣與熱情。在中國現代女性作家中，冰心沒有世故，而張愛玲卻有點世故。冰心的小說寫得早，其文字技巧不如張愛玲，但她的主要成就是散文，散文中有她非常美的全人格，有她不滅不朽的母愛與童心。這一心態從未被世故所征服。張愛玲在一九三五年與蘇青的對談錄中強調「社會上人心險惡」，這固然是事實，但是，一個作家卻不能因此而處處設防或者對社會冷漠。偉大的作家，特別是王國維所說的那種「客觀的詩人」，其實都看清了社會的眾生相，甚至可以說是穿透了社會眾生相。然而，他們並不因此而學會一套對付社會的策略，而是保持自己的天真天籟，從社會世相走出來，「人乎其中，出乎其外」。托爾斯泰就是這種人，他在穿透社會、洞察人生之後又返回了孩子狀態，所以離「世故」很遠。

深刻的作家大概都能看到「人心險惡」。不能看到人性的黑暗，作品就容易流於膚淺。但是，這並不影響作家的社會關懷。大作家必定有大關懷、大慈悲、大同情心。包括對險惡的人心，也應有一種大悲憫。這種大關懷與大悲憫，是從生命深處發出的激情。張愛玲似乎缺乏這種激情。因此她寫的人物都很世故。筆下人物可以世故，但作家不能也跟着世故起來。人生飛揚的一面本來並不壞，糟糕的是把這一面極端化、唯一化，並以此排斥人生和諧的一面。反之，把「和諧」的一面強調到極端化、唯一化，絕對排斥人生飛揚的一面，鄙視社會一切正義的吶喊，並因此陷入自戀，這也是悲劇。我這樣說，不是苛求張愛玲，而是說，張愛玲如果變得熱一些，作家的大關懷多一點，她將會獲得更高的成就。尤其是晚年，她一定會釋放出更高的才華。

你很喜歡張愛玲的小說，十分欽佩她的聰明機智。將來你如果有機會寫小說，可學她的技巧和筆觸，但還是保持你的傻氣與書呆氣為好，不必太精明伶俐。

爸爸

一九九八年五月五日

爸爸：

讀了你的《西尋故鄉》感受到你處處都在重新定義故鄉。故鄉是賦予你生命本體意義的所在，而不是外加給你的精神枷鎖，這一根本感悟，將帶給你更多的精神自由。五四時期陳獨秀、郁達夫等文化先行者大聲吶喊，呼籲打破「國家」偶像，也是感到「國家」概念變成一種精神牢房。你不用他們那種大喊大叫的方式，不用理論的形式，而用詩意的、情感訴說的形式把「國家」、「故鄉」進行分解，放下「國家」、「故鄉」名義下的精神羅網，充滿喜悦地迎接良知故鄉與情感故鄉的曙光，你是一個幸福的人。

《西尋故鄉》中的〈再悟紐約〉一文，寫得真精彩。文中引了我的話，說明紐約給人的啟示乃是它的無所不包的寬容。的確，紐約的寬容，乃是地球上最龐大的寬容。紐約雖不完美、完善，但人生本就不完善，世界本就不完美，人們所期望的完善與完美只不過是暫時的虛幻與許諾罷了。讀了你引用的話，我心裏美滋滋的。不過，我不會驕傲，只會把「寬容」看作父輩對我的期待，並把「寬容」作為我的人生自覺。

我在想到寬容時也有苦惱，就是不知怎樣把握寬容的度數。讀古典，老想到恕道；讀魯迅，覺得報復也並非沒有道理；讀張煒的《古船》，又覺得還是不要陷入報復的惡性循環好。從事文學批評也有這個苦惱，我知道對作家應當寬容、厚道一些，但對有些作品有時也須作些入木三分、不顧面子的批評。到了此時，才知道從事當代文學批評不容易。我寧可退縮到「文學史」的安全地帶，藏匿鋒芒，日子可以過得安寧一些。

小梅

一九九七年九月五日

小梅：

聽到你說你已有一種「寬容」的自覺，我很高興。寬容不僅有益於他人與社會，也有益於自身。寬容排除對人的苛求，排除對人的忌恨，排除對人的計較，可使自己免於世俗雜念的煎熬。許多聰明人最後被自己的聰穎所燒焦，就因為他缺乏寬容。你從小就心地寬厚，這實在是後天對你的賜福。人很難意識到自己擁有怎樣的心地。但有寬闊的無私無垢無猜的心地，有對人類絕對信賴的心地，有對同行對朋友對成功者與失敗者都尊重的心地，其價值是難以估量的。你如果能一生都自覺地保持這種心地，你就是一個永遠擁有「美」的人。

我喜歡「寬容」，除了天性使然之外，還得益於大數學家哥德爾不完備性定理（Incompleteness）的幫助與支持，這一定理告訴我們，再完備的事物中也一定有不完備之處，再完美的邏輯之中也一定有錯誤。這種科學發現提高到哲學層面，便是人的思維體系，包括最完美的思維體系，其中一定也有克服不了的誤區與漏洞。這一不完備原理及其哲學啟示，使我對人世間各種判斷不會陷入「非此即彼」——不是白就是黑，不是善就是惡，不是好就是壞的二極陷阱之中，而是充分地看到衝突雙方的理由，看到悖論，看到歷史與人的悲劇性，看到「我可能對，你也可能對」，看到互相矛盾的對立性的假設均有充分理由。你喜歡給事物重新定義，但你的定義只是屬於你，只屬於你的假設，並非真理。精神現象非常複雜，往往不是一個定義、一個答案可以解決的。上帝反對給人品嘗智慧果，恐怕是擔心人掌握不了智慧的悖論，可能用自己偏執的智慧去互相殘殺。

在青年時代，我以為真有一種「四海皆準」的真理。其實，這是很幼稚的想法。我曾請教過余英時先生對中文「真理」二字的看法。他說了一席話對我很有啟發。他說：在英文世界裏只有truth這個詞，這個詞只有「真」的意思，而我們把它翻譯成「真理」，「真」字加上一個「理」字就很重。理的概念在中國是很重的概念。這樣，一旦被說成「真理」，便是絕對的不可變易的結論。其實，世上沒有絕對意義的真理。我們應當把真理置於開放系統中，用開放的眼光來審視真理，而不應把真理放在封閉系統中，把它視為不可質疑的結論。

聽了余先生的談論之後，我又想起福柯。福柯在解構本質主義的時候把一切都相對化，以至把歷史相對成難以連結的碎片，這是值得商榷的。但是他把概念、問題、真理歷史化與動態化，卻是很有道理的。在他的動態化觀念中，你所界定的概念與範疇，你所揭示的所謂真理，只是在一定的時間空間中才是有效的，而在另一時間空間中就會變得無效。任何「真理」，都只是你自己設定的意義和你所創造的框架。歷史一旦往前流動，這一意義就會變更。余英時先生所說的必須用開放的眼光審視真理，就是要看到意義的流動性與歷史性，沒有任何一個權威可以壟斷對意義的解釋。

性、監獄、國家、階級、剝削、狂人等概念與範疇，古已有之，但是，每一個時代都對這些概念的內涵和意義重新界定。不能認為某一權威的界定就是最後的界定，就是最後的真理。權勢者所界定的狂人，是他和他所掌握的政治文化權力結構所界定的狂人，超越這一政治文化權力結構，狂人可能是最清醒的思想者。毛澤東所說的「階級鬥爭一抓就靈」，只是在他控制的權力範圍內而且只是在一定的時限內才是有效的，如果不分時間、不分空間、不分具體情狀，把此視為四海而皆準的真理，世界就只能陷入永不休止的廝殺之中。馬克思對階級的界定，對「剝削」的界定，對革命的界定，也只是在某些時空中才是有效的，越過一定時空，就必須重新定義。例如剝削的揭示是建立於剩餘勞動價值的發現之上的，而剩餘勞動價值的計算又賴以對必要勞動時間的計算，可是，馬克思逝世後一百多年，科學技術飛速發展，近幾十年來又有電腦科學技術的驚人發展，這一發展的結果使時間無限增值，使人工數月數年數十年才能完成的工作在瞬間的電腦屏幕上就可以實現，在這種情況下，剩餘價值又該如何計量？在這種巨變中，馬克思「剝削」的命題又如何四海而皆準？

至於你所說的寬容的困境，的確是個問題。在遇到這種問題時，我的心靈原則，第一是堅持寬容；第二是對文學忠誠。有了這兩項原則，我們就可以與人為善，就可以尊重事實，就可以避免說過頭話和嘩眾取寵。我常常記取錢穆先生的話，他批評歷史，但對歷史採取一種理解的同情的態度，一種溫馨與敬意。我們對自己的批評對象，當然不能以「置之死地而後快」的態度，而是應有一種理解的同情，在這種態度下說該說的話，指出該指出的缺陷，就是一種美好的完成，至於被批評者能否接受，那是他們的選擇。他們也擁有拒絕的權利。你想逃到「文學史」的安全地帶，想法消極一些，但也不要勉強去作當代文學批評。

爸爸

一九九七年九月九日

爸爸：

最近有幾位朋友到我家裏，談論起科學技術的發展，談得驚心動魄。僅生物科學的發展就使我不知所措。現在已能複製羊，而有些科學家正準備複製人，如果真的複製出來，那可是驚天動地的事。其影響、其意義、其後果，當然就不是僅僅在科學技術領域。它對哲學的挑戰，對上帝的挑戰，對人的挑戰，都會是空前的。二十世紀的科學發展，也將把我們這些從事人文研究的人，逼出自己專業的書齋之外，不得不去思考一些對於我們是陌生的問題。不去思索，眼界就有限。

到了西方，隨着眼界的擴大，一些基本概念，如「人」、「自由」、「責任」等概念都變得非常巨大，大到自己也不敢輕易使用。我已感到，這些概念也正在經歷前所未有的挑戰。在美國，我一心沉醉於自己的學業；連報紙也很少閱讀，這種生活狀態實際上是一種蝸牛狀態。今天，我對你講起人複製人的現象，也是偶爾讀到的消息，有一種被刺激的感覺，覺得最實用的領域正在向我們這個領域的想像力挑戰，這並非與文學無關。

複製人的事早就出現在一九一八年雪萊夫人（Mary Shelley）的文學想像裏。她的小說 *Frankenstein, or The Modem Prometheus* 描述的人造人故事至今仍讓人回味無窮，連荷里活電影也對她的小說很感興趣。這部小說寫於浪漫主義時代，也只有浪漫時期才能對人的能力產生如此的幻想。Frankenstein 是一位學習自然哲學的學生，他造出了一個類似人的怪物並賦予他生命。這一怪物雖令人感到恐懼，卻渴望被愛。它要求 Frankenstein 給它再造十個伴侶，被拒絕後，它便在 Frankenstein 的新婚之夜殺死了他的太太。Frankenstein 家毀人亡後，決心除掉自己造出的怪物。最後，他與怪物經過十番追逐，跑遍世界後，終於在荒無人煙的北極相遇。他死後，怪物也因為感傷失去賦予它生命的人而消失在茫茫風雪地裏，希望自毀生命。

雪萊夫人在這部小說中提出了許多令人深思的問題：人是否能跟上帝一樣可以製造人？給予人的生命後，許多人倫關係將如何處理？被製造出來的人如何融入我們這個已規範好的社會？他們對我們又有什麼影響？另外，我們應該怎樣看待科學與宗教的關係？Frankenstein 中人造人的悲劇，是人看不到科學的有限性的悲劇，是人忽視人文關係、倫理關係的悲劇，是超人的悲劇，也是人只看到科學的進步力量而看不見宗教力量的悲劇。

現在看來，人造人的「複製」技術已不只是想像，而是快變成現實了。處於世紀末，我們更是不能忽視這個問題。科學的、進步的時間觀會把我們帶到怎樣的地方？是理想王國？還是人類最後的毀災：就像Frankenstein和他所創造的怪物一樣？人類的文明是面臨新的頂峰還是面臨最後的沉淪？我不敢太過樂觀。在有些科學家的眼裏，搞人文科學的人似乎一無所用，但我卻覺得，如果沒有人文科學的啟示，科學會最終走向歧途。

小梅

一九九九年三月二日

小梅：

你信中提到複製人的事，在第一次聽到這消息時，我的內心真是受到震撼。現在複製人的誕生只是時間問題。它已不是能不能製造出來，而是製造出來的是怎樣的「人」？例如，造出來的是完整的人還是片面的人？是半人半獸，還是半人半機器？還有，製造出來的人自然年齡與心理年齡是否能夠統一，也許自然年齡是一歲而心理年齡已經五十歲、一百歲，這豈不是怪物嗎？最讓我困惑的是製造出來的人，有沒有靈魂？是痞子還是赤子，或是騙子？雪萊夫人想像被造出來的人首先有慾望，除了生存需求之外，還有交往需要、情愛需要等，這回如果真的出現複製人，他會有怎樣的慾望？他的慾望是普通人的百分之五十，還是普通人的十倍、百倍、千倍、萬倍？無論如何，複製技術不僅是生物學的巨大突破，而且將對人的生命本質（當然包括人文科學）構成一次最嚴重的挑戰。

不知道美國國會、政府以及具有先進科技的國家能否允許複製人的製造，允許與否，這裏有科學問題、現實問題，還有哲學問題。自由，本是提高價值的好東西，但自由是否還得有邊界？如果人的自由邊界沒有限制，自由可以達到挑戰乃至摧毀人的生命本質，這自由的價值是否會走向反面？而複製人，不僅涉及到科學家自身發明的自由，而且還涉及到創造物影響人類生存環境的問題，這一問題的哲學詰問應是：人有改變自身的權利與自由，但人是否有改變他人與改變人類共同世界的自由？

人複製人將對人構成最大的挑戰。說人渺小和說人偉大都是對的，用遠方的眼光，即用無限宇宙的眼光來看人，人自然是渺小的。愛因斯坦這個偉大的宇宙旗手就用宇宙的眼光來看人所以看到人不過是一粒塵埃。但是，如果站在地球的表面看人，又會發現人太強大了，強大到不是用他們製造的原子彈去摧毀幾個城市，而是強大到它將可以製造人來摧毀生命的基本形式，毀滅已有的倫理體系與其他文化體系。這種可怕的力量並未被人類充分意識到。

在世紀末我們能想到這些挑戰，就可能使我們在下一個世紀的眼界、思路更廣闊一些。十幾年前我講「思維空間的拓展」，十幾年後的今天更感到需要拓展。到海外這十年，我有一點切實的收穫，就是擴大了視野。視野一擴大，人、世界、文學、歷史等，什麼東西在我們眼中就不一樣了。昆德拉談小說與別人談小說不一樣。他不把小說視為只有黑白兩色，而是極為豐富、複雜的藝術，他看到人這一存在的深重危機，看到這一存在正在被科技和權威所佔有、所遺忘，正在陷入更深的困境，所以他認為小說應當是對這一被遺忘的存在進行勘探，應當是關於人的困境的問答，然後給人以震撼、以驚醒、以解脱。文學僅僅有美的語言文字是不夠的，還需要有足以震撼、啟迪人的提問。我國的小說在本世紀因現實太黑暗，社會制度合理性問題一直牽制着作家的心，而對於人類共同的根本困惑無暇思索，下一個世紀如果文化生態環境有所改善，作家就會獲得更高的成就。我也許就可以像薩依德所説的，從專業中漂泊出來，既當專業者，又當業餘人。不了解今日的地球和人，除了自身的原因之外，科學技術的發展實在也太快，速度太驚人。快得讓人們沒有足夠的時間思考。今天我們講起複製人的現象，雖是偶然，但都有種被刺激的直覺，覺得最實用的領域正在向我們這個人文科學領域的想像力挑戰，的確並非與文學無關。

爸爸

一九九九年三月七月

論學術與生命的銜接

爸爸：

最近田曉菲、沈雙、那日斯等幾位在紐約的朋友和我突然萌生一個念頭，想成立一個文學社，並起名為「西邊社」，我們這幾個人也可算是你說的那種「兩棲人」，不過，我們既是遊蕩於東、西方兩種文化之間，又是遊蕩於學術評論與文學創作之間。我和曉菲有些相似，雖然已拿到博士頭銜，而且一定會以學術、教學為職業，現在又正在被英文學術書籍的寫作逼得喘不過氣來，但骨子裏還是喜歡文學創作，我真想幾年後拿到終身教職這一「鐵飯碗」後能夠寫點小說和散文。

這種念頭大約是早些年中了歌德那句話——「理論是灰色的，唯有生命之樹常青。」——的毒，過後，又受了錢鍾書先生的影響，他就認定學者不如作家。這不是指文化地位，而是指對文學的領悟與鑒賞上，學者往往不如作家詩人聰穎敏銳，不如作家詩人具有真知灼見。他說：「詞人體察之精，蓋先於學士多多許矣」[1]；「詩人心印勝於注家皮相」[2]；「秀才讀詩，每勝學究」[3]。這一點是你的鄭朝宗老師首先發現的。記得一九八八年他到我們的：比京家裏時，還特別提起了這一點。鄭老師雖然寫出《西洋文學史》以作為你們的教材，但他下功夫寫作的卻是他的散文，唯有散文才是他的生命歌哭，才如青樹綠葉四秀飄香。錢先生創作了《圍城》之後，本來還想創作另一部長篇，可惜沒有完成。這也說明他所說的「學士不如文人」並非戲語。

到了美國之後，我為了贏得「碩士」、「博士」頭銜，八九年全泡在學術裏，焦慮的全是怎麼寫好老師佈置的論文和畢業論文，評說的自然是別人的詩歌小說，十年寒窗，我對詩歌小說讀得不少，可能要比同齡的作家讀得更加「全面」（常要讀些不入流的小說），也掌握了西方評論界的一些批評視角，但是，我也自我懷疑，覺得真要和莫言、李銳、蘇童、余華等談論當代中國小說，未必有他們的真切，藝術感覺上未必有他們的「精緻」。四年前蘇童到美國來時，我和 Ann 等在紐約接待他，和他談得很高興，總覺得他比我有靈氣。我不能說自己一點靈氣也沒有，但是我擔心這點靈氣，早晚要被「學術」

1 《管錐編》第一冊，第 63 頁。
2 《管錐編》第二冊，第 783 頁。
3 《管錐編》第二冊，第 636 頁。

所吸乾。這回我要為潘耀明叔叔主編的《中國當代文庫（精讀）》編選《蘇童集》並寫一篇「導讀」，然而，寫之前我就幾回閃過這個念頭，還不如讓蘇童自己來「導」，他的「導」肯定比我的「導」生動、實在。

小梅

一九九六年三月三日

小梅：

讀了你傳真過來的這封信，我不能不坐下來給你回覆。

你已多次和我說過，以後要寫一點文學作品。看來這是你發自內心深處的要求，並非想走容易成名的捷徑。凡是從生命深處生長出來的萌芽，都不要輕易把它剔除。你在北京大學讀書期間所寫的散文詩，有自己獨特的語言與情思，可惜沒有不斷寫下去。但這已說明，你嚮往創作，並非空想。王國維說得很好，主觀之詩人，閱世不必太深；客觀之詩人，則閱世愈深愈好。他說的客觀之詩人，除了如杜甫似的現實主義詩人之外，應當還包括小說家與散文家。你讀大學時，閱世很淺，寫點散文詩正合適，而你現在假如要真的投身文學創作，就會覺得自己缺少「閱世」的準備。你今年三十歲，五年生活在混沌未鑿的孩童時代，二十五年生活在學校的雪白四壁之內，一直遠離人間風雨塵土，沒有多少刻骨銘心的感受，最好還是先放下「創作」的念頭，專注搞好教學與研究。倘若真要創作，也要多閱點世之後再說。

你進入學校當老師，也就是更深地進入人生與社會。你如果在英語世界裏認認真真地當一個教師，不是敷衍的而是實實在在的教師，你就能感受到這種職業異常崇高。我一直記得愛默生的一句話，他說：「就功績的輝煌說，就範圍的廣泛說，世界上主要的事業是培育人。」在愛默生看來，教師當然是在培育人，而哲學家、詩人也是在培育人。他把「培育人」視為世界中心的烽火，「時而從埃特納的唇間冒出來，照亮了西西里的山岬；時而從維蘇威的喉嚨噴出來，照亮了那不勒斯的塔樓和葡萄園。它是一道發自一千個星辰的光束，它是一個激勵一切人的靈魂。」如果你也在這個境界上看教師的職業，你就一定能體驗到人間一種最高貴的感情，這便是你創作的開始。在國內時，你媽媽一直當教師，可惜我們生活的年代，教師的職業卻讓人瞧不起，尤其是中小學教員。社會用勢利的眼睛看他們，把烽火看得全然無光。在社會的價值塔上，把官員視為塔尖，把教師視為地下室，這是價值觀念的致命顛倒。

學術研究中其實也有生命的烽火。歌德所說的「理論是灰色的，唯有生命之樹常青」這一判斷只能說明一般的情況。錢先生的「學士不如文人」也只是在文藝鑒賞領域中才道破部分真理。錢先生所說的學士，指的是經生、學究、註家。他說經生「不通共事」，「於詞章文學，大半生疏」，「未嘗作詩，故多不能得作詩者之意」，這是事實。但中國的經生、註家、學究並不是代表真正的大學問家、大思想家。其實，人類歷史上的大學問家，從古希臘的蘇格拉底、柏拉圖一直到近代的康德、馬克思，以及現在學院中經常談論的薩特、弗洛伊德、福柯、哈貝馬斯等，他們的學問與思想都是生命處於困境中而噴射出來的。他們的學問，固然也產生於書齋，但與其說是書齋的產物，不如說是生命被壓迫之後的產物。所有具有原創性的學說，它們的孕育與誕生都是一種生命的燃燒。教條化和書齋化都是後來他們的門徒幹的好事。也就是說，原創的理論並不是灰色的，而是火焰般的赤紅色。

灰色的理論確實到處都有。教條主義者的拿手好戲就是把理論變成灰色。他們忘記影響世道人心的學術、思想、理論，本來也是生命之樹，它站立起來之後，還需要生長、發展、壯大，需要不斷吸收新的陽光與水分，結果它就僵化成灰暗的孤木。現在世界各國的文科學者又以「理論」為職業，學術變成一種飯碗，於是，考慮飯碗往往大於考慮真理，因此，便產生一群奇怪的學者，這些學者的特徵乃是世故大於學術，姿態大於學問。這種聰明人，學問的外殼是具備了，但沒有太多思想，更沒有生命的赤誠即生命擁抱真理的赤誠。你在美國的學院內奮鬥一輩子，最後如果也變成這種學士，變成滿身冷氣與酸氣，確實也沒有意思，不如及時退出寫點具有真性情的東西。

然而，我們也看到學術史上一些星辰般的光束，這除了歷史上人們公認的蘇格拉底、柏拉圖、孟德斯鳩、盧梭等之外，在我們生活的時代中，我們看到的一些學者，如德國法蘭克福學派中的馬爾庫塞、阿多諾、哈貝馬斯等，也很了不起的。他們的特點是把生命與學術相銜接，把思想與時代相銜接，始終面對生命困境並從中發現問題，始終不放棄一個知識分子最高貴的品性——敢於對權勢説真話和提出坦率的叩問。他們所有的「大哉問」都積滿膽汁、心汁或其他生命的汁液，其問號是殷紅的，絕不是灰白的。如果你能向他們學習，找到一個生命與學問的連接點，就能找到一條自己的精神價值創造之路。

爸爸

一九九六年三月六日

爸爸：

在美國待久了一些，才發現美國人很重視傳記文學。美國的著名評論家Gore Vidal這樣說道：「對於美國人，一個作家的作品幾乎基本上是次於他的生活，或是他的生活方式的。」比如說，美國作家費茲傑羅的第三本也是寫得最好的一本小說——《偉大的蓋茲比》並沒有暢銷，而他去世後，他的朋友Edmund Wilson為他寫的傳記卻轟動一時。後來，更是有大量不同版本的傳記、評論和博士論文互相競爭，甚至荷里活電影也參與了對費茲傑羅的再創造。費茲傑羅死時是四十四歲，既不年輕也沒有年輕時那麼輝煌，可有些傳記把他塑造成了一個永遠年輕、聰明、輝煌的作家，把他和他後來進了精神病院的妻子極力神秘化，製造了一個又一個非真實的「真實故事」。

爸，你以前寫過《魯迅傳》。你說，我們為什麼需要傳記文學呢？如果傳記文學不能真實地表現出作家的生活、個性和內心世界，我們要它有什麼用？難道只是製造神話，或製造一個又一個「故事」嗎？

當然，讀者們喜歡讀傳記文學，是想尋找一種與作家發生親密關係、甚至延長這種親密關係的途徑。讀自己所喜愛作家的傳記，是了解他「隱私」的一種方式。通過了解他的隱私，讀者可以自作多情地在作家與作品之間尋找某種因果關係。傳記似乎為你開了一個後門，這後門直接通向作家的私人空間，人們可以在這私人空間裏放肆地瀏覽徘徊，指指點點，為虛構的故事拉扯上一些實在的影子。

墨西哥的詩歌評論家奧克塔維奧·帕斯（Octavio Paz）曾寫道：「詩人沒有傳記，他們的作品就是他們的傳記。」費茲傑羅在他的筆記本上也討論過傳記文學，他認為「從來就沒產生過一個好小說家的好傳記。因為不可能有。如果一個小說家是個好小說家，那麼，他一定是多種人」。「多種人」的說法倒是與你的「主體間性」理論中所講的「多重主體」相似，但是，如何才能表現出作家的多重主體呢？你真的能進入作家的每一重主體嗎？

寫維珍尼亞·吳爾芙傳記的人，有的側重她獻身事業、節省、自我懷疑的一面，有的側重她勢利、自以為了不起、只重視自己的世界而漠視外界的一面。眾說紛紜，讓你也不知道哪個才是真的吳爾芙。關於珍·奧斯汀的各種傳記，有各種不同的寫法。有的像寫小說一樣，似乎可以鑽進她的內心世界，做她內心的代言人；有的則採取純客觀的態度，只就事論事。寫尼采傳記的人，有的突出尼采「超人」的一面，有的則把他性格矛盾的一面與折磨他一輩子的梅毒聯繫在一起。

類似這樣的例子舉不勝舉。

我自己在寫〈革命加戀愛〉的博士論文時，發現石評梅的傳記也有很多不同的版本。比如廬隱筆下的石評梅和別人所塑造的就非常不一樣。廬隱在她的長篇小說《象牙戒指》中，收集了許多原始資料，如石評梅自己寫的日記、書信和散文等，還有她們作為好朋友之間的「私語」。這些第一手的原始資料為我們展示了一個極其纏綿、感情上容易走極端的石評梅。我以前所知道的石評梅，是一個英姿颯爽、追求進步、追求革命的新女性。而《象牙戒指》中的石評梅，則是一個追求像《茵夢湖》中的那種浪漫、效仿林黛玉的多情善感的女性。早期的共產黨人高君宇無論怎麼希望得到她的愛情也徒勞無功，但高君宇死後，她卻每日去高君宇墓前哭泣，直到她自己三年後也病逝。她似乎熱愛死亡勝於熱愛生命，沉浸在沒完沒了的眼淚中，像莎樂美親吻約翰頭顱那樣地親吻情人的死亡。廬隱的寫作和她的那一代人，受西方浪漫主義的影響很深。在《象牙戒指》中，我們就能看到《少年維特的煩惱》的痕跡。

如果我們不相信盧隱版的石評梅，那麼讀一讀石評梅寫給她的朋友袁君珊的信，就會發現她確實是一個過於多愁善感的女子。在信中，她寫道：

> 如今我是一直沉迷着辛的骸骨，雖然他足有許多值得詛咒值得鄙棄的地方。
>
> 不幸，天辛死了，他死了成全了我，我可以有了永遠的愛來安慰我佔領我，同時可以自然貫徹我孤獨一生的主張，我現在是建生命在幻想死寂上的，所以我沉迷着死了的天辛，以安慰填補我這空虛的心靈，同時我抱了這顆心去走完這段快完的路程。
>
> 我一直寫《濤語》的緣故，便是塹壁深壘的建造我們的墳，令一切的人們知道我已是這樣一個活屍般毫無希望的人。
>
> 我最愛處女，而且是處女的屍體，所以我願我愛的實現！從前我不敢說這樣大話，我怕感情有時不聽我支配，自從辛死後我才認識了自己，我知道我是可以達到我素志的。

不讀石評梅的信，不讀廬隱的《象牙戒指》，真是難以想像石評梅會把自己的愛情和生命建築在死亡上。但廬隱版的石評梅又太過忽視她追求革命的一面。石評梅的小說，如《歸來》、《紅鬃馬》、《流浪的歌者》、《白雲庵》、《匹馬嘶風錄》等，沒有一篇不是寫革命的故事。我想她的人生還有積極的一面是廬隱所忽視的。

不過，從此我們也可看到任何傳記都是一種再塑造，是傳記作家對他所寫的對象的再造。它跟誰寫、怎麼寫有很大的關係。我因而非常懷疑傳記文學的真實性。傳記文學如何能確切地表達出主體的內心世界呢？如何在外面世界與內心世界中找到一個平衡點呢？

吳爾芙說過：「外界與內心的平衡畢竟是一個極其危險的事業。它們非常緊密地互相依賴着。」作為一個女作家，吳爾芙在她的日記裏常強調「門」的意象。當她的眼穿透門窗觀察現實生活時，她是通過內心去讀外界；當她回到門的這一邊，回到自己的房間裏，卻因為外界的真實而感受着自己的真實。如果門外是現實，門裏是內心，那這門只可以暫時保護內心的震盪，卻無法完全隔開兩個世界。如果外部世界是厚實的，而內心世界像她筆下的意識流一樣是流動的，那麼，每個作家（包括傳記作家）都是同時生活在兩個世界裏，而且無法辨別它們的不同。正如她在日記中所寫的：「生活是固定的，還是流動的？這對矛盾總是縈繞在我的心頭。」

傳記文學是客觀的反映，還是一個主體對另一個主體的再造呢？

小梅

一九九六年三月十二日

小梅：

你在信中所引的美國評論家 Gore Vidal 的話：「對於美國人，一個作家的作品幾乎基本上是次於他的生活，或是他的生活方式的。」使我十分驚訝。一個詩人，最重要的竟然不是詩，而是詩外的生活與功夫，這恐怕只有美國人才這麼想。

美國人天真坦率，但未免膚淺一些。他們不去把握作家作品中深邃的精神內涵，而重視作家在作品之外的外部活動。他們喜歡傳記文學，也是喜歡作家的活動故事，特別是帶有傳奇性的故事。Gore Vidal 的話，可視為美國國民性的一種表述。

在寫作《魯迅傳》的時候，即二十年前，我一見到傳記就買。在勁松我們的家中，有滿滿一書櫥的傳記，不知道你讀了沒有？那時我很喜歡傳記文學，尤其是外國人所寫的外國作家、思想家的傳記，但是，後來我對傳記文學的興趣逐步冷淡了。這除了國內寫作的傳記作品毀壞我的胃口之外，還有一個原因就是最終我認識到傳記文學多數都有一個弱點，即無法展示傳主尤其是大作家、大思想家傳主豐富複雜的內心圖景。作家與思想家通過自己的作品（包括自傳）可以把自己的內心圖景展示得非常廣闊，但傳記很難做到這一點。最高明的傳記作者深知這種局限，因此，他們總是想辦法補救，但補救的手段也很有限。司馬遷《史記》中寫得最精彩的傳記是〈項羽本紀〉，這裏項羽的一生主要是行為，而不是思想。但他畢竟是一個比劉邦高貴的貴族，他有戰鬥，也有情愛，他擁有比劉邦之流精彩得多的內心圖景。然而，一個遠離項羽數百年的史家，怎麼知道項羽內心想些什麼呢？他除了仰仗想像力去作補充還有什麼辦法呢？司馬遷寫項羽在烏江自盡之前有兩個最精彩的故事，一是後來編成「霸王別姬」的故事，但在傳中只有寥寥數行，即「項王則夜起，飲帳中。有美人名虞，常幸從；駿馬名騅，常騎之。於是項王乃悲歌忼慨，自為詩曰：『力拔山兮氣蓋世，時不利兮騅不逝。騅不逝兮可奈何！虞兮虞兮奈若何！』歌數闋，美人和之。項王泣數行下。左右皆泣，莫能仰視。」這一情節感動了後代無數有情的英雄美人，但戲劇家們在再現這一故事的時候卻不能不加上許多項羽和虞姬的內心訴說。司馬遷深知傳記的局限，所以在第二個情節即生命最後瞬間時讓項羽說了一大段話，我懷疑這是司馬遷強加給項羽的，但是非加不可。當劉邦的數千騎兵追上來之後，司馬遷描寫項羽「自度不得脱」，便對自己身邊的騎士說：「吾起兵至今八歲矣，身七十余戰，所當者破，所擊者服，未嘗敗北，遂霸有天下；然今卒困於此，此天之亡我，非戰之罪也。今日固決死，願為諸君快戰，必三勝之，為諸君潰圍、斬將、刈旗，令諸君知天亡我，非戰之罪也。」自刎前烏江亭長勸他渡江，項羽則笑曰：「天之亡我，我何渡為！且籍與江東子弟八千人渡江而西，今無一人還，縱江東父兄憐而王我，我何面目見之！縱彼不言，籍獨不愧於心乎！」項羽有沒有這些精彩的獨白，死無對證，只有天知道。如真的有，也只有項羽的身邊騎士和烏江亭長知道，可他們絕不會記錄下來，因此，我敢斷定這是司馬遷想像補充的。他作這樣的補充，卻顯得非常自然真實，幾乎找不到編造的痕跡。然而，像司馬遷這麼高明的傳記作家極少，而司馬遷本身在描寫其他人物時，也少有類似項羽的內心告白，傳記文體的局限還是可看清楚的。

傳記文類雖然有其局限，但像《史記》這種最成功的傳記文學卻極有價值。《史記》所以能獲成功並流傳澤溉後人，其原因是它既有史學家的考查功夫又有文學家的合情想像，前者使傳記具有可信性，後者使傳記具有可讀性。既真實又豐富，這才成為好的傳記文學。司馬遷是史學家，他具有史德、史識、史才，司馬遷又是文學家，他又具有詩德、詩識、詩才。他的人物敍述，既不是皇帝的敍述或代皇帝敍述（漢武帝並不高興），不是官方的政治性敍述，也不是詩人作家的浪漫性敍述，而是史家和作家相結合的個體敍述。

也許因為了解傳記文體的限制，所以高明的傳記作家（包括司馬遷）總是不願意把自己放在傳主的地位之下，不願意「平起平坐」，而是用一種比傳主更高的視野來觀察和描寫傳主，即把自己放在傳主之上，即使這個傳主是皇帝、是偉人、是聖人。傳記作家與傳主是必須保持距離的，這種距離可以遠遠地拉開。傳記作家可以近距離觀照，但更重要的是遠距離觀照。作者可以設想自己站在時空的大場合中（歷史大場合），用遠方的眼睛來看一看自己筆下的人物，相應的、心理上不是卑微的、緊縮的，而是開放的、博大的。這樣，在描寫與敍述中就融入一種評價。而這種評價不是教科方式的鑒定，而是參與敍述的內在眼光。國內所作的名人傳記之所以乏味，最重要的原因是作者總是仰視着他的傳主，傳記成了對傳主的謳歌，謳歌中又沒有生命哲學與歷史視野。這與流行的小說史、詩史、教科書差不多，我們從中讀不出傳主人生道路上那些獨特的韻味。如果傳記作者對傳主無所發現，對其人生過程沒有提供任何精彩的認識，這種傳記就不會有什麼價值。讀這種傳記不如讀傳主的作品。

爸爸

一九九六年三月十五日

論藝術革命

爸爸：

我在今年五月的《明報月刊》上看到了一組紀念「五四」與重新評價「五四」的文章，覺得很有意思。這組文章裏，我尤其喜歡白先勇和你寫的那兩篇。

白先勇老師在〈世紀末的文化觀察〉一文中認為，二十世紀中國未能造就影響世界的文化巨人，包括魯迅小說的分量也不夠。這是因為從一九一九年五四運動到「文化大革命」，中國人對自己的文化破壞得太徹底，喪失了自己的文化根源。因此，他提議，我們要重新發掘、重新親近我們的文化傳統，來一個歐洲式的文化復興，才能銜接上世界性的文化。

你則從「文學不可革命」的角度來重新看待五四傳統。你提出「文學不可革命」的思想，不是抹殺五四運動的意義，而是批評激進思潮中的暴力革命心態和思維方式，因為這種心態與方式造成了二十世紀中國文學「滾雪球」

似的負面效應。你在文中寫道：「文學的不斷革命，是二十世紀中國文學的巨大悲劇，也是五四文學革命的最大負面效應。從陳獨秀到後來的文學革命者均忘記，文學乃是艱苦、複雜、充分個體化的精神創造活動，而不是顛覆性的革命活動。文學的繼承性是無法從根本上打倒的，任何文學創造都離不開前代文學創造的歷史成果和經驗。」

我不太同意白先勇老師關於「中國沒有世界文化巨人」的論斷，因為所謂世界文化巨人的概念充滿了「歐洲中心論」的意識形態，是以歐美文化的尺度來衡量中國及其世界各國文化的，忽視了特定歷史環境和特定人文環境的特殊性。不過，我非常同意他所強調的文化根源的重要性，「五四」的白話實際上在某種程度上繼承了它要打倒的古典文學中的白話文學。

你的文章雖然出發點與白先勇不同，可一樣重視中國的文化和文學根源，對「五四」的「文學革命」提出批評，讓人們要重視「文學繼承性」的問題。我覺得，你與白先勇提出的問題很有意義，很值得人們思考。你們所共同反對的是這個世紀中國文學崇尚的追求「新」的思維方式。「五四」的文化人，引進了西方的現代性，以「新」來反抗「舊」，以「革命」來反抗「落後」，以「現代」來反抗「傳統」，用「進步」的時間觀來衡量文學作品。正如你指出的，其結果是「滾雪球」式的不斷革命：「五四」的「文學革命」遭到三十年代的「革命文學」的反對，之後便是三十年代的「大眾化」對「五四」白話的顛覆，便是延安文學對知識分子文學的取代，便是七十年代的「高大全」文學對五六十年代社會主義文學的打倒。甚至八九十年代的新文學現象仍然脱不了這一模式：傷痕文學、尋根文學、實驗小説、新寫實小説，一浪推一浪，總是新的很快就取代舊的。

我在北大讀書時，也有崇尚「新」的心思，以為凡是「新」的就是好的。其實，這種心態是受了西方現代性的影響。西方的工業革命，帶來了科學技術的不斷發展，但其後果是單向式的思維，純粹追求「進步」的時間觀。西方理論家馬泰·卡林內斯庫（Matei Calinescu）認為，西方現代主義不同於現代性，着眼於內心的、美學的時間觀，對理性的、進步的時間觀進行了嚴肅的批判。但是，在我看來，現代主義自身一樣充滿了否定性，它滲入到各種藝術裏，採用陌生化的形式，迷戀震驚的效果，於是，它不得不永遠否定各種流行體裁，不停地製造更加先鋒、更為陌生化的新藝術形式。近百年來，各種流派一味翻新，不斷刺激，沒有一家能擁有足夠的責任感、影響力和深厚的精神蘊藏，最後只好一浪壓一浪，陷入到一個不斷造反的循環裏。這種循環，使現代主義對現代性的批判失去了原創力，漂浮在形式的表層上。

BBC電視公司曾製造過一個八集的電視紀錄片，題為《美國視力》，作者是 Robert Hughes。這個紀錄片詳細討論了幾百件個人的藝術作品，包括繪畫、雕塑、建築、家具、攝影等。作者認為，到了八十年代，美國的藝術因為追逐「新」而對藝術品的質量漠不關心，使整個藝術市場充斥了大量昂貴的假藝術。只要是新的、是激進的，或是顛覆性的，就被稱為是先鋒作品，也不管它是否是真正好的藝術。他批評道，美國藝術及其美國本身的中心神話就是迷信「新」，迷信人類的價值就是創新，但事實上，在藝術的領域裏，進步的模式和先鋒的神話，已經到了油盡燈枯的地步，連一具空殼或自我反諷的形式也難以保存。

除了西方工業社會大環境的影響以外，美國對「新」的不懈追逐與它早期新教徒建立「新世界」的心態有一定的聯繫，而中國則是因為長期被籠罩在落後國家的「危機感」下。然而，所謂「落後」、所謂「危機感」，也是「新」的意識形態的溫床。這「危機感」迫使中國人永遠要趕超世界，永遠要向世界看齊，要革命、要進步，好像慢一拍都不行。理論家 Gregory Jusdanis 給這種現象起了一個名詞，叫做「延遲了的現代性」（belated modernity）。他的學術著作《延遲了的現代性和美學文化》（*Belated Modernity and Aesthetic Culture*），討論了希臘文學現代化與歐洲先行者之間的關係，並且批評了現代化理論中的「歐洲中心主義」與年曆式的視角，即直線形的進步時間觀。「延遲了的現代性」是一個陷阱，是以第一世界的眼光來審視第三世界的現代化過程，是意識到西方現代話語霸權的人強加於自己身上的枷鎖。中國人在「延遲了的現代性」的心理影響下，總是匆忙與惶恐，生怕老是處於落後狀態。

王德威老師在他的英文著作《世紀末的華麗》中，提出「被壓抑的現代性」（repressed modernity）的概念。他通過對晚清小說的重新闡釋而解構了「五四」神話。他認為，晚清小說中表現出的四對辯證關係——啟蒙／頹廢、革命／衰退、理性／感情泛濫、模擬／反諷——構成了自「五四」以來被壓抑了的現代性。其實，王老師的這種讀法，是為了換一條思路，試圖走出「延遲了的現代性」的陷阱。晚清小說時期是一個眾聲喧嘩的時期：啟蒙的「新小說」與頹廢的「狹邪小說」並置；一邊有梁啟超等倡導小說革命，另一邊又有王國維堅持中國的古典美學；既有很理性化的小說，又有「溢美」、「溢惡」、殤情、哀情小說的泛濫；既有諷刺現實時政的小說，又到處是模擬、反諷、誇張的腔調；既有民族國家的呼籲，又有對外國科技文明的憧憬。恰恰是這樣的一個時期，難以用「西方的現代性」來描述，因為它不是簡單的追求進步的時期，也不是簡單的衰敗與潰散時期。可以說，它既是衰敗又是新生的開始，它既有吸收西方現代性的地方，又有徘徊於中國傳統的地方；它是一個充滿「異質」的時代。後來經過「五四」，有的異質因為時代的原因而被壓抑了，但在有些作家的筆下，仍舊能看到它們的延續。比如鴛鴦蝴蝶派的傳統，就繼承了狹邪小説《花月痕》的路數，而且我們在張恨水、張愛玲及金庸的虛構世界裏也能找到「被壓抑的現代性」的痕跡。

到了二十世紀末，我們又有了所謂的「後現代主義」。這個「後」字，又是崇「新」的思維模式，而且又是西方現代性陰影下的產物。後現代主義是否就比現代主義好？九十年代的大眾文化是否就比八十年代的精英文化好？中國是否有後現代主義？類似這樣的問題是要提醒我們自己，不能再做簡單的價值判斷，不能以「新」為唯一的價值尺度。

小梅

一九九九年七月五日

小梅：

你對崇新心態的批評有點出乎我的意外，也使我很高興。對於新的東西既保持熱情又有清醒的認識，這對我們來說是很要緊的。

給新的事物一種本質化的判斷顯然是不恰當的。我對新的事物天然有一種熱情。嬰兒是新的，每一天的露珠都是新的，我始終不會厭倦。在海外十年，我留心觀察美國，覺得這個國家雖有許多缺點，但它卻每天每年都在改革，或者說，每天都在革新。這裏雖然有市場的動力，但與這個國家的年輕也有關係。年輕總是嚮往新意。就我自己的經驗來說，寫作最難的是既要自然沖淡，但又要說點新話。沒有屬於自己的新話，能算是「創作」嗎？說真話難，說新話也難。韓愈說寫文章應把陳言務去。所謂陳言，就是新話的反面。新話、新意，無論如何應是評價文學藝術的一種尺度。

可惜什麼都會走火入魔。守舊者走火入魔時，會憎恨乃至殺戮新的要求。中世紀宗教殺害科學異端和近代政治守舊者鎮壓異端，都是對「新」的恐懼。求新者也會走火入魔，最典型的事例就是二十世紀的所謂藝術革命。

我在前三年所寫的〈告別藝術革命〉的短文中，就批評畢加索之後的整個世界範圍內的藝術革命。這種藝術上的不斷革命，以推翻前一代藝術為目標，不斷地宣佈前代藝術已經死亡，而他們自己完全從「零」開始，乃是一代開天闢地的創世主。可是他們並沒有什麼貨色，只不過是提出一個新的藝術觀念，其結果是以觀念代替藝術創造，以對藝術的褻瀆代替審美。剛出國時，我在巴黎參觀了蓬皮杜文化中心的後現代藝術展覽，之後，又在紐約觀賞了類似的前衛藝術，這才使我明白他們的所謂藝術原來是反藝術。給蒙娜麗莎塗上鬍子，這的確是別出心裁，也有力地表現出反藝術的觀念，但是，這種對美的「革命」本身有什麼審美價值呢？端出個馬桶，弄出一些頭髮，然後讓人們去猜測其中的「微言大義」。可是，我除了從中看到物質新材料和新技術取代藝術家的手藝，以及看到藝術家創作個性與個人風格的完全消解之外，也就是藝術與非藝術界線的最後消失之外，其他也看不見。這種走火入魔的創新，我們是不能跟着跑的。這些創新者正在創造千百萬的盲觀眾與盲評論者，我們可不能被拖入這種盲人的行列。

二十世紀不斷追求時髦的藝術革命，倒給我一種「教育」，即不能以顛覆前人作為美學原則，也不可通過藝術革命去確立一種永恆的原則，一旦想確立，藝術危機就會到來。無論是文學還是藝術，其繼承性是永遠不可抹殺的事實。前人的偉大作品是常新的，我們永遠不會覺得荷馬、莎士比亞、達文西過時。藝術只有優劣之分。新舊之分也是優劣之分所派生出來的。

爸爸

一九九九年七月八日

論文學信仰

爸爸：

昨天在電話裏問你：你那麼勤勞，為什麼我這麼懶？許多想做的事，總是拖，總是不能及時完成。現在，我在寫博士論文，每天像蝸牛一樣往前爬，進展很慢。聽説有人就是一直拖，拖了十年還沒把畢業論文寫出來。人的本性是懶惰的，我也一樣，不過，我不想拖過今年，決心在年底寫完。每次我與朋友們交流寫作經驗時，大家都提到寫博士論文必須有「紀律性」，每天規定自己寫一兩頁，不寫完就不能睡覺，否則可以永遠拖下去。但是，這種「紀律性」讓我覺得日子不好過。

不了解我們這一行的人，以為很輕鬆，其實我們幾乎找不到一個輕鬆的日子。我有時真的很羡慕在公司裏工作的朋友，他們一回家就可以放下身上的包袱，看看電視，聽聽音樂，好好放鬆一下。可是，做學問的人，卻一天到晚都有根弦緊緊繃着，連周末也一副「苦瓜臉」，寒暑假更是個電腦屏幕前的苦工。面對未來，想起前去的路，真有點害怕。

每次遇到新的朋友，人家問我，你是學什麼的呀？我回答，是研究文學的。對方往往緘口，或不以為然地聳聳肩。在美國學文學的人愈來愈少了，大家都轉去學電腦、經濟或法律等，這些專業好找工作，薪水又高，不像文學這一行，很多人好不容易拿到博士學位，一樣是找不到工作。美國校園裏的文學研究，已經自成一體，幾乎不需要了解作者的生平及寫作時的情形，而是面對文本，做文本分析。我喜愛文學，本來是因為文學中有生命，現在面對的則是概念對生命的替代。有時我真的感到迷惘，忘記自己是為了什麼來學這一行的了。現在又時興影視文化，書寫快成了過時的東西，更不用提很少讀者的文學理論研究了。八十年代，你的一本《性格組合論》一版再版，印數達到幾十萬冊，這在美國學界幾乎不可能。將來我寫的英文著作，如果有幾百個讀者就很不錯了。在這個講求實際的社會，學文學的不僅是邊緣人，更是多餘人。

最近我和幾位朋友都讀了薩伊德的《知識分子論》。薩伊德是我們哥倫比亞大學比較文學系的教授，因為他太出名，聽他的課要排隊，我們外系的同學擠不進課堂，只能讀他的書。不過，因為他畢竟是我們學校的教授，也就像在自己家園裏，加上他的學說影響這麼大，我也就格外留心他的思想了。今天我也無意和你討論他的東方主義等很受爭議的題目，只是有一個問題我想聽聽你的意見。他說，一個知識分子應當是個邊緣人，這我同意，但他又說應當是個業餘人，也就是說，應從專業中漂游出來。他說，僅僅守住自己的專業，其實是一種懶漢。他的這一思想對我有些震動。我本來就懷疑一輩子當個「文人」有什麼意思，而且這些年看到大陸和海外的一些學者，包括你，也都涉獵思想領域。我有些同行的朋友，甚至想改行學法律和政治。在這種空氣影響下，我想到自己的路是不是狹窄了一些。我是不是也會被迫改行，把寫作和做學問當作業餘的愛好？如果真如此，豈不是也很可悲哀。

小梅

一九九五年八月五日

小梅：

其實你並不懶。嚴復說他「精於思，惰於行」，這是許多知識者的特徵。你也許就屬於惰於行的人。當然，和我相比，你還是不夠勤奮。

在讀書和下鄉鍛煉期間，我當過許多次「勞動模範」。愛勞動，似乎是我的天性。小時候上山砍柴，常常滿手傷痕，有時還被蜜蜂叮得滿臉紅腫，但也不覺得苦。出國後我更喜歡勞動，在草地上幹活，流淌點汗水，就像你妹妹唱歌一樣，感到特別快樂。這種習慣，不是「勞動創造世界」這種道理教給我的，而是一種情感導致的，這就是我對生活的熱愛。出國後，我最喜歡看的電視節目是《發現》（*Discover*）。看到野生動物在大自然中的生活那麼艱苦殘酷，但它們還是那麼強烈地想生存下去，而人類的生活是多麼好啊，事業、娛樂、談天、讀書、情愛，每一樣都有說不盡的美妙。

對於寫作，我之所以不知疲倦，其實也源於對文學真正的熱愛。我批評文人的弱點（主要是什麼時候都希望別人欣賞的弱點），但並不後悔當「文人」。從事我們這個職業的人，常常處於貧困狀態，但有一個好處是我們生活在自己心愛的領域中。夜深人靜之時，一個人獨坐於燈火下，讀完了一本書，常常會激動不已。有許多次，我自己激動地想着，我們生來竟然會欣賞莎士比亞、會欣賞曹雪芹、會欣賞托爾斯泰，這是多大的幸福啊！如果這一輩子，我們完全置身於他們的世界之外，我們會感到多大的遺憾？這一最平常的「會欣賞」的本領，恰恰是蒼天贈予我們的恩惠，我們應當滿心感激。每個人都可以創造意義，但我們是在一個最美的職業上創造意義。我們可以把心靈存放在最美又是最心愛的地方。

可是，許多文人其實並不真的熱愛文學。錢鍾書先生在〈談文人〉一文中說得很好。他說：「蒲伯（Alexander Pope）出口成章（Lisp in numbers），白居易生識之無，此類不可救藥的先天文人畢竟是少數。至於一般文人，老實說，對於文學並不愛好，並無擅長。他們弄文學，彷彿舊小說裏的良家女子做娼妓，據說是出於不甚得已，無可奈何。只要有機會讓他們跳出火坑，此等可造之才無不廢書投筆，改行從良。文學是倒霉晦氣的事業，出息最少，鄰近着饑寒，附帶着疾病。我們只聽說有文丐；像理丐、工丐、法丐、商丐等名目是從來沒有的。至傻極笨的人，若非無路可走，斷不肯搞什麼詩歌小說。因此不僅旁人鄙棄文學和文學家，就是文人自己也填滿了自卑心結，對於文學，全然缺乏信仰與愛敬。」錢先生這段話值得我們記取。倘若我們從情感深處，對文學具有一種「信仰與愛敬」，那麼，我們就永遠不知疲倦。

我還常常想起沈從文說過的一段話。他在一九三六年三月二十七日所作的〈給志在寫作者〉一文中，對年輕的寫作者說，對文學不能只有「興趣」，而應當有「信仰」。興趣原是一種極不固定的東西，隨寒暑陰晴變更的東西。所憑藉的如果只是一點興趣，那麼一首自以為是傑作的短詩被壓下，興趣也就完了。所以，沈從文特別說明：「對文學有信仰，需要的是一點宗教情緒。同時就是對文學有所希望。而這種希望，又因為文學有一種最高的功能，這就是它能消除一切界線與距離。」沈從文引述一位俄國作家的話來說明這一點，而我則喜歡用王國維的話來表述，這就是文學的最高功能在於打破一切隔、一切人界之隔、一切人心之隔、一切種族之隔、一切文化之隔。一個偉大的作家所以受人尊敬，就是他用精彩之筆，打破一切圍牆，消除一切界線與隔閡，讓人感到心靈相通與人際溫馨。

薩伊德的《論知識分子》是本很好的書。他說知識分子不應被自己的專業所困，而應從專業中漂泊出來，這是很精彩的思想。然而，知識分子首先應是專業人，然後才是漂泊者，倘若沒有專業基礎，僅僅是個門外漢，那麼其漂泊也就和非知識分子一樣了。他說的「業餘人」，指的是知識分子不應僅僅是個專業主義者，還應關懷社會。沒有關懷，只能算「專業人」，不能算

「知識分子」。這點講得極好，所以我還是希望你先緊緊擁抱你的專業，然後再用生命穿越專業，把關懷伸向人間。

爸爸

一九九五年八月十日

附錄

附錄一：金庸談《共悟人間》

韋佩文（以下簡稱「韋」）：金庸先生，你為何推介這本書給年輕人？

金庸（以下簡稱「金」）：這本書是我讀過的書中，較適合年輕人閱讀的，其他我所看過的文學和歷史書比較深奧，不大適合中學生。這本《共悟人間》，文字流暢，內容淺白，加上容易在香港買到，適合中學生和大學生閱讀。

關於文學與人生的對話

韋：這本書的作者劉再復和劉劍梅，兩人你都認識，其實他們父女兩人，性格上有什麼相同或不同的地方？

金：我跟他兩父女都熟稔，劉先生有兩個女兒，劍梅是大女兒。看這本書，就像看到兩個朋友在討論文學問題，除了領略到他們父女之間的親情外，亦可學到很多知識。讀者不一定完全同意他們的見解，但由於文章很有感染力，看這書是一種享受。

韋：現在我們常討論代溝的問題。這本書是劉教授父女的書信對談錄，他們兩父女在書中有何共同話題？中國文學裏，有沒有其他類似「家書」體裁的作品？

金：兩父女討論文學的話題，他們之間沒有代溝。劉先生沒有擺起父親的架子教訓女兒，不像《傅雷家書》或曾國藩寫信給兒子的書信般，用父親教訓後輩的口吻，現在哪有年輕人愛聽教訓？其他著名的，還有魯迅夫婦婚前和婚後的通信，但說的是平淡家事，讀者因為認識他們才對他們的書信感興趣。像《共悟人間》般父女通訊的家書比較少見，但是，即使你不認識兩位作者，看這本書也會樂在其中，因其中談及的是文學與人生，可以乾脆不把它當書信，作為一般文章來看。

「悟」的境界

鄭啟明（以下簡稱鄭）：兩位作者在書中談及對人生及文學的看法，劉再復教授有什麼想法最感動你？

金：不能說是感動，可以說是同意。例如劉先生在美國教書時組織了一個研討會，我參加了，當時劉小姐也在座，許多外國的學者也參加。會上有人問我，在我的武俠小說裏，往往是許多女子愛上同一個男子，似乎很不公道，是否性別歧視？我其實在為女性平反，在我筆下，女性的素質都比男性好。男人多數重視政治、工作、名利及社會地位；和男人不同，女人則看淡名利，重視愛情及家庭，婚後也可為家庭而放棄工作。平均來說，女性比男性偉大，她們重視人與人之間的感情，男性則較自私。劉先生這方面的意見和我很相似。當年劉再復還在國內的時候，劍梅跟他通電話，告訴他必須離開。她認為不值得花時間在鬥爭上，做學問也好，人生也好，離開名利鬥爭和是非總是好些。

鄭：這本書是劉教授的《漂流手記》系列之一，是兩父女自九〇年代旅居海外寫的。是否因為這樣，兩人回頭看國內的政治、文化，可以有較客觀的角度？

金：劉先生離開了中國大陸，身在美國，對中國的鬥爭置身事外，所以能夠以旁觀者、以平常心客觀地看大陸的情況。《共悟人間》的「悟」就有看透的意味。但是我推薦這本書給年輕人，並非要求他們有所頓悟，畢竟他們還年輕。許多時候，人要親歷其境，再跳出來，才會到達「悟」的境界。這書值得年輕人欣賞的，還有劉劍梅談到在哥倫比亞大學如何寫博士論文，後來在馬里蘭州大學如何執教，我們可看到她如何做學問，這些都值得大家學習。

韋：劉氏父女共同領略文學世界的真善美。讀者可否投入那個世界？

金：他們兩人討論《紅樓夢》和《桃花扇》的世界，引用王國維的比較，指出前者出世，是人生之思；而後者則人世，是故國之戚。《紅樓夢》裏，最後賈寶玉看破紅塵，出家當和尚。唯有年紀大了，我們才會漸漸了解這兩個世界。

心的清靜

鄭：作者提及做人應保留赤子之心，不要太世故。我們如何可達到這種境界呢？

金：劉先生說凡事不要太執着，做人不要貪心，不要恨一個人太久，凡事要看開些。《紅樓夢》不是叫人去做和尚，《桃花扇》不是叫人離開世界，人要站在旁觀者的角度，才能看透人生。像哲學家所說，追逐名利，心便難以清靜，我們不要對別人的評價看得太重。寫文章是知易行難的事，劉再復說凡事要看開點，說得瀟灑，其實不易做得到。劉小姐現在有一個兒子，她對兒子日夜掛念，其實也瀟灑不來。

韋：你一開始提到這本書的文字優美淺白，就文字角度而言，兩位作者風格有什麼不同呢？

金：劉先生年紀大，文字較嫻熟；劉劍梅的長處是寫英文，寫中文當然不及父親好。有關文字的問題，可參考白先勇的意見。他認為好的文學作品，一定要文字好。

韋：很多年輕人都說看完一本書，很快就忘記內容，怎樣才能像你一樣牢記書中的內容？

金：我看過的書一定記得，這是天生的，老師說過的話我也一定記得。其實只要有興趣就不易忘記。沒興趣的，像數學理論，我全都記不起，歷史文化就難不倒我。

鄭：平時你愛看什麼書呢？

金：我正在讀歷史書，英文的看希臘、羅馬史，中文的看隋唐五代史。歷史和帝王的生平是看不完的，我好奇他們的生活，我想知道時代的真相，有興趣知道某個帝王如何傳位給自己的兒子，中間發生什麼事情，鑒古知今，覺得很有趣味。

（原載香港《明報》二〇〇二年四月二十日，選自《共悟人間》）

註：《共悟人間》經金庸推薦被評為香港二〇〇二年年度的「十本好書」。「二〇〇二十本好書」推薦活動，由香港電台與特區政府康文署共同舉辦。

附錄二：《兩地書寫》作者後記

劉再復

《兩地書寫》是我和大女兒劍梅的通訊、對話、相互評說的選本，主要選自《共悟人間》，還有我和她一起在《亞洲周刊》共同開闢的對話性專欄文章。與劍梅除了共著《共悟人間》這部散文集之外，還共著了學術性的《共悟紅樓》，但此書屬於思想學術範疇，編者只選了書前的兩篇散文性序文，這是妥當的。

與劍梅對話，這是我的海外精神生活的一部分。開始寫作「父女兩地書」（《共悟人間》），完全是為了劍梅。在海外校園裏，中文寫作不算「成績」，即不能作為爭取學位與評定職稱的根據，因此，中文寫作的確是可有可無。九十年代中後期，她正處於「博士」和「助理教授」的煉丹爐中，十分辛苦，並不想取得雙語寫作的雙向成功，而我則渴望她兩者都能寫得好，於是，便逼迫她把想說的話用漢語寫作下來。我意識到，這種「逼迫」乃是父愛的一種形式，此時艱苦，但日後會感到快樂。劍梅從小比較聽我的話，她果然就那樣一篇一篇地寫下來。沒想到寫下來出了書後很受香港的教師、學生歡迎，天地圖書公司一連印了五版，經金庸先生的熱烈推薦，特區政府文康局還把它評為「二〇〇二年十本好書」。尤其讓我和劍梅高興的是香港二〇〇二年高中部和初中部的全市徵文比賽中，高中第一名和初中第三名的作文都是《共悟人間》的讀後感。香港出版後，台灣九歌出版社也出了一版，今年韓國與我簽了合同，他們也已開始翻譯本書了。

在與劍梅的兩地書寫中，我竭力想避免的是習慣性的「父親相」。只有去掉這種「壽者相」，才能避免說教，也才能帶給散文以幽默感和親切感。與此同時，我也鼓勵劍梅去掉「女兒相」，暢所欲言，充分抒寫一下內心想說的真實的話。她在書寫中側重於心靈，不側重「知識」。與我在海外「走向生命，不走向概念」的人生「大方向」相通。

現在劍梅過的日子比我辛苦得多、沉重的多，正如她常說的，是「教學」、「研究」、「孩子」等三座大山壓頂，幾乎喘不過氣。所以後記只能由我來寫。問她有什麼話要說，她只叮囑別忘了感謝白燁、鴻基兩位叔叔和同齡朋友鄭勇。我遵此叮嚀，寫於此。

二〇一一年十一月八日
美國

「人生悟語——劉再復新文體沉思錄」
已出版書目

卷一　三書悟語
ISBN: 978-962-937-435-8
130x210mm • 192pp

卷二　紅樓悟語
ISBN: 978-962-937-436-5
130x210mm • 420pp

卷三　獨語天涯
ISBN: 978-962-937-437-2
130x210mm • 284pp

卷四　面壁詩思
ISBN: 978-962-937-438-9
130x210mm • 260pp

「人生悟語——劉再復新文體沉思錄」
限量套裝（一套五卷）

卷一　三書悟語
卷二　紅樓悟語
卷三　獨語天涯
卷四　面壁詩思
卷五　共悟人間
ISBN: 978-962-937-440-2